最後にひとつだけお願いしてもよろしいでしょうか2

鳳ナナ

Nana Otori

Regina

レジーナ文庫

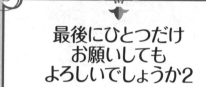

登場人物紹介
レオナルド
スカーレットの兄で、ジュリアスの腹心の部下。破天荒な妹と上司のせいで胃痛に悩まされている。
ジュリアス
パリスタン王国の第一王子。超優秀な王位継承者でありながら、人をからかって遊ぶのが好きな腹黒い性格の持ち主。
スカーレット
時を司る神クロノワの祝福を受けている公爵令嬢。その力と拳で数々の悪を成敗してきたことから、〝救国の鉄拳姫〟や〝撲殺姫〟などと呼ばれている。

ナナカ
獣人族の諜報員。ヴァンディミオン公爵家の執事として仕えている。
パラガス
聖女守護騎士団の団長。熱血タイプで、部下からの信頼も厚い。
テレネッツァ
スカーレットの婚約者だった第二王子カイルをそそのかし、婚約破棄させた張本人。その罪を問われ、王都から追放されたのだが……？
サーニャ
ディアナ聖教団の聖女。スカーレットのことを「お姉様」と呼び慕っている。
ディオス
聖女守護騎士団の筆頭騎士。飄々とした性格の裏には、なにやら秘密がありそうで――？

目次

最後にひとつだけお願いしてもよろしいでしょうか 2

第一章　私にだって、可愛げくらいありますわ？

「レオお兄様。私、温泉旅行に行きたいと思っていますの」

「で、今度は誰を殴りに行く気だ、我が妹スカーレットよ」

古い紙の匂いが香る、ヴァンディミオン公爵邸の書斎でのこと。

椅子に座ってティーカップを傾けていたお兄様――レオナルド・エル・ヴァンディミオンは、私が告げた休暇の予定に難色を示されました。

「お兄様ったら、またそんなに眉間に皺《しわ》をお寄せになって……。私はただ、この休暇を利用して温泉旅行に行きたいと申しているだけですわ。それなのにお兄様ときたら、まるで私が新しい獲物を見つけた肉食獣であるかのような言い方をなさるのですね。そんなに自分の妹が信用ならないのですか？」

そう言いながら顔を伏せ、よよと泣き真似をしてみます。

そしてダメ押しに、小動物のような上目遣いで一言。

「私、悲しいです」

しかし、そんな小細工がお兄様に通用するわけもありません。ティーカップをテーブルに置いた彼は、ため息をつきながら口を開きました。

「見え透《す》いた嘘を……。売られていく仔牛《こうし》のような目で、憐憫《れんびん》の情を誘っても無駄だ。そういったやり口には、昔から散々騙《だま》されてきたからな」

お兄様は半目で私を睨《にら》むと、自首をうながすように語りかけてきます。

「怒らないから、正直にどこへなにをしに行くのか言いなさい。うしろめたいことがないなら言えるだろう？　まあ、あるからこそ誤魔化《ごまか》しているのだろうが……」

はなから嘘と決めてかかる、この態度。まったくもって解《げ》せませんわ。

まあ、旅行に出かけたい理由は温泉に行く以外にもあるのですが……うしろめたいことなど、神に誓ってこれっぽっちしかありません。

「レオお兄様は、仔牛《こうし》を売った経験がおありなのですか？　ダメですよ、そんなことをなさっては」

「仔牛《こうし》が可哀相《かわいそう》だとでも言いたいのか？」

「いいえ。牛は乳からお肉、皮や内臓にいたるまで、まったく無駄のない家畜です。ちゃんと大きくなるまで育てて、余すことなく絞り取らねばもったいないではありませんか」

人差し指を立てて語る私の様子を見て、お兄様が呆れたようにつぶやきます。

「……お前はもう少し、可愛げというものを覚えたほうがよいと思うぞ。なにかというと口より先に手を出すし……」

まあ、酷《ひど》い。私にだって、可愛げくらいありますわ。

口より先に拳《こぶし》が出るのも、ちょっとした愛嬌《あいきょう》というものです。

そのせいで物騒な事件に巻き込まれたこともございますが、それも乙女の愛嬌《あいきょう》ゆえのこと。私に非は一切ありません。

いえ、そもそも最初から私に非など、まったくなかったと言ってもよいのではないでしょうか。

——あれは二ヶ月前のこと。

ヴァンディミオン公爵家の一人娘である私は、婚約者だったパリスタン王国第二王子のカイル様に、舞踏会で婚約破棄を言い渡されました。

そればかりか彼は、男爵令嬢テレネッツァさんと結婚すると、その場で宣言なさったのです。

バカで自己中心的なカイル様に、幼い頃から散々嫌がらせを受けてきた私。この宣言がきっかけで、長年溜め込んできた鬱憤《うっぷん》をとうとう爆発させることになりました。

テレネッツァさんとカイル様はもちろん、その場にいた第二王子派の貴族達の顔面を片っ端から殴り飛ばし、舞踏会を血に染めたのです。

どうしてそんなことが貴族の令嬢である私にできたのか、ですって？

それはこの世界に加護と呼ばれる神様の奇跡が存在し、私はその力を使うことができるからです。

我が国パリスタン王国のあるロマンシア大陸では、人々は必ず、数多《あまた》いる神様の誰かに祝福されて生まれてきます。

普通は自分がどの神様から祝福されたのか気づくことはありません。けれどごく稀《まれ》に、授かった祝福を自覚し、神々の力を発現できる者がいるのです。

その力は、加護と呼ばれています。

加護の力は、祝福を授けてくださった神様によって様々です。

私は時を司《つかさど》る神クロノワ様から祝福を受けているため、時間を加速させたり停滞させたりすることができます。

また、時空神クロノワ様の加護はとても稀少《きしょう》なので、私はパリスタン王家の保護を受けています。

そのため、私が数多《あまた》の貴族を殴り飛ばした『舞踏会血の海事件』のあとも、一切お咎《とが》めがありませんでした。

「……失礼する」

あの舞踏会のことを思い出していた私の耳に、澄《す》んだボーイソプラノが聞こえてきて、書斎のドアが開かれました。

入ってきたのは、執事姿の黒髪の少年。彼はティーポットを載せた台車を押しながら、こちらに向かって歩いてきます。

「……おかわり、そろそろいる頃かなと思って」

「ああ、ちょうどいい頃合いだった。ありがとう、ナナカ」

お兄様が労《ねぎら》いの言葉をかけると、無表情のまま少年がこくりとうなずきます。

黒髪で琥珀《こはく》色の瞳を持つ彼は、獣人族のナナカ。

彼との出会いもまた、中々に衝撃的なものでした。

期せずして撲殺《ぼくさつ》パーティーになってしまった舞踏会のあと、ナナカは私の命を狙う暗殺者として、目の前に現れたのです。

ですが、それは彼の意思によるものではありませんでした。

彼は悪徳貴族の奴隷《どれい》だったのです。

ナナカの胸元には、絶対服従を強制する奴隷《どれい》の証――奴隷紋《どれいもん》が刻まれていました。

それ故《ゆえ》に、ナナカは自分の意思とは無関係に、無理矢理働かされていたというわけですね。

事情を知った私は、加護の力を使ってナナカの奴隷紋《どれいもん》を消してあげるかわりに、私を暗殺しようとした人物を教えろと取引を持ちかけました。

そうして得た情報をもとに首謀者を追い詰め、見事ブン殴って事件は解決。そのあとお兄様が「我が家の執事として働かないか」と彼をスカウトし、いまに至るというわけです。

もともと真面目で几帳面な性格のうえ、手先も器用なナナカは、あっという間に執事の仕事を覚えて、いまやお兄様やお父様に重宝されています。

無愛想な言葉遣いは相変わらずですけどね。うふふ。

「そうだ。ナナカ、お前からも言ってやってくれ」

「……なんの話だ？」

「我が愚妹《ぐまい》スカーレットがなにかを企《たくら》んでいるようなのだが、温泉旅行に行くなどとデタラメを言って誤魔化《ごまか》そうとするのだ」

「……また？」

ナナカが呆れたような目で私を見つめてきます。

またとはなんですか、またとは。

私が嘘偽《うそいつわ》りを申したことなど、一度や二度くらいしかありません。

「レオお兄様は過保護がすぎるんですわ。ねえナナカ、貴方からも言ってくださらない？

『スカーレットは裏表のないお淑《しと》やかな淑女《しゅくじょ》なのだから、謀《はかりごと》などするはずがない』って。ね？」

清らかな笑みを浮かべながら、ナナカに語りかけます。

するとナナカは、私とお兄様の間で視線を行き来させてから、ふいにお兄様のほうへ歩み寄りました。そして、私に向き直ってこう言ったのです。

「……正直に言ったほうがいい。どうせすぐバレるんだから」

自分の主張が支持されて、お兄様がうむうむとうなずきます。

ナナカの裏切り者。もう今日はよしよししてあげませんからね。

「そう恨《うら》めしそうな顔をするな。ナナカとて、お前を心配して言っているのだぞ？」

お兄様の言葉に同意するように、ナナカがうなずいています。

「……スカーレットは、放っておくとなにをするかわからない。ゴドウィン事件の時だって、僕がついていくと言わなかったら、多分一人で乗り込んでいたし」

その名前を聞いた瞬間、彼のお肉を叩いた感触を思い出して、私の拳《こぶし》がうずうずと震えました。

ゴドウィン・ベネ・カーマイン様——我が国の元宰相であり、ナナカを仕向けて私を暗殺しようとした張本人です。

私が舞踏会で殴った貴族の中にどうやら彼の息子がいたらしく、その復讐を果たすべくナナカに暗殺を命じたのだとか。親バカにもほどがありますね。

さらにこのゴドウィン様、法で禁止された奴隷《どれい》売買に手を出したり、汚職《おしょく》をもみ消したりと、悪逆《あくぎゃく》の限りを尽くしていたのです。私が公衆の面前で婚約破棄されたのも、この方が裏で糸を引いていたせいでした。

世のため人のため、こんな所業を見過ごすわけにはまいりません。

そうして私は、鬱憤《うっぷん》を晴らすのにちょうどいいサンドバッグ——ではなく、パリスタン王国にはびこる巨悪の権化《ごんげ》を打ち倒すと決意したのでした。

「まったく、私の傍《そば》にはただでさえ手に負えないお方がいるというのに……お前にまで好き勝手に動かれては身が持たん」

「まあお兄様、心外ですわ。私はあの腹黒い金髪のお方のように、まわりくどい真似などいたしません。やるならば正々堂々、まっすぐ顔面に、ですわ」

「そもそもやるなと言って——っ！　うっ、胃痛が……ナナカ、胃薬をくれ」

顔を歪《ゆが》めてお腹を押さえるお兄様。そんな彼に胃薬を手渡しながら、ナナカが小首を傾《かし》げました。

「……ところで、なぜさっきから二人とも、あの人の名前を伏せているんだ？　腹黒い金髪のお方って、第一王子のジュリア……むぐ」

しーっ、とナナカの唇に人差し指を当てて、お口をチャックさせます。

「めっ、ですわよ、ナナカ。聞いたことがあるでしょう、夜中に口笛を吹くと悪魔がやってくるという言い伝えを。あのお方もそれと同様です」

うかつに名前を口走ろうものなら、どこからか聞きつけて「私の陰口で盛り上がっているうつけ者がいるらしいな？」などと言いながら現れかねません。

「あのお方は地獄耳なのです。なにもしなくとも勝手に現れるというのに、名前など口にしては、召喚魔法で呼び寄せるようなものですよ。二人で家を抜け出した時のことを忘れましたか？」

あれは、いざゴドウィン様を成敗せんと王都に向かおうとした時。家を出た私とナナカの前に、あのお方は待っていましたとばかりに現れました。

名前を呼んではいけない金髪のお方——そう、パリスタン王国第一王子ジュリアス・フォン・パリスタン様です。

ジュリアス様は、私達がゴドウィン様をブン殴ろうとしていることを知り、「面白そうだから自分も一枚噛ませろ」と言い出しました。

「……でも、ジュリアスがいなかったら、あんなに早くゴドウィンに辿《たど》り着くことはできなかった。だから、そんなに目の敵《かたき》にしたら可哀相《かわいそう》……って、頭を撫でるな」

首を傾《かし》げながらブツブツと話すナナカが可愛かったので、とりあえず頭を撫でておきます。

そう。業腹《ごうはら》なことですが、ジュリアス様はとても優秀でいらっしゃいました。

ゴドウィン様が主催していた奴隷《どれい》オークションの情報をあっさりと手に入れたり、警備隊を指揮して彼を追い詰めたり――もしジュリアス様の協力がなければ、ゴドウィン様をブン殴るどころか、相見《あいまみ》えることすらできなかったかもしれません。

本来であれば感謝すべきで、憎まれ口を叩くなどもってのほか。けれどあのお方は、私を散々からかった挙げ句、「貴女は最愛の玩具《おもちゃ》だ」などと言って乙女の気持ちを弄《もてあそ》んだのです。それを考えれば、この程度の扱いで十分でしょう。

「どうしたスカーレット、突然黙り込んで。それに少し顔が赤くなっているようだが、風邪でも引いたのか？」

「……なんでもありませんわ。久しぶりに動いたので、ちょっと体温が上がっただけです」

心配そうにこちらを見るお兄様に、大丈夫だと言うように微笑みを向けました。

体調が万全でないのは事実ですので、嘘は言っておりません。

なにしろゴドウィン様を成敗するために潜入した奴隷《どれい》オークションの会場では、悪徳貴族のみなさまやら邪魔をする兵士やらを、加護の力全開でブン殴りましたからね。

流石《さすが》の私も体力、精神力ともに尽き果てて、それから一ヶ月は部屋から出ることすらできませんでした。あれから二ヶ月経ったいまでも、完全に回復しているとは言い切れません。

たくさんのお肉を殴ってストレス発散できたので、私としましては大満足でしたが。

「お兄様のほうこそ、体調はいかがですの？　ここのところ本当にお忙しくされていたではありませんか」

奴隷《どれい》オークションで悪徳貴族達が一斉に捕らえられた結果、パリスタン王国では大規模な人事革命が起こりました。

国王陛下とジュリアス様は、身分や性別にかかわらず、有能で勤勉な方々を積極的に要職に起用。そのせいでジュリアス様の部下であるお兄様は、二ヶ月にも及ぶ連続勤務を余儀なくされていました。

レオお兄様は先日やっと休暇に入り、生ける屍《しかばね》のようなお顔でヴァンディミオン公爵領にある本邸へ帰ってきたところです。

「ああ、おいたわしいレオお兄様。どこぞの腹黒い王子様に馬車馬のごとく働かされたせいで、最愛の妹を信じる気持ちを忘れてしまったのですね」

「私が忙しく働くはめになったのには、お前にも責任の一端があるということを、当然認識しているのだろうな、愚妹《ぐまい》よ」

そう言って私を睨《にら》むお兄様を笑顔で誤魔化《ごまか》しつつ、彼の座る机に歩み寄ります。

雑談はさておき、そろそろ本題に入りましょう。

「ご覧ください、レオお兄様」

私は自らの銀髪を一房《ひとふさ》手にとって、その中の黒く染まっている部分をお兄様の目の前に差し出しました。

「消耗した加護の力はほとんど回復しましたが、この部分だけどうしても銀髪に戻らないのです。せっかくお兄様に綺麗《きれい》だと言っていただいた髪ですのに。私、申し訳なくて……」

加護の力は強力であるが故《ゆえ》に、デメリットも存在します。

それは力の種類や祝福を授けてくれた神様によって様々ですが、私の場合、使いすぎると身体機能が低下したり、このように髪の色が変わってしまったりすることがありました。

大抵は時間が経てば回復するものの、奴隷《どれい》オークションの一件から二ヶ月経っても、一部の髪が黒く染まったまま戻っておりません。

思えばあの舞踏会から奴隷《どれい》オークションに至るまで、通常より加護を多用したにもかかわらず、まともに休む暇がありませんでした。髪の色が戻るまで時間がかかっているのは、きっとそのためでしょう。

「私に気を使う必要などない……だが、確かにこれは心配だな」

私の黒髪交じりの銀髪を手に取り、お兄様が目を伏せます。そして思案するかのように顎《あご》に手を当てながら言いました。

「……それで、湯治《とうじ》に行きたいということか」

「その通りでございます。以前、我が家に遊びに来てくださった友人に相談をしたところ、霊験《れいげん》あらたかな温泉宿をいくつか紹介していただきまして……」

私は地図を広げ、国の東西南北に位置する温泉の場所を指し示しながら、ルートを説明します。

すると、お兄様はなにかに思い至ったらしく、探るような視線を私に向けて口を開きました。

「……そういえばお前は、いつもこの時季になると、決まってどこかへ旅行に行きたがるな」

「そうでしたかしら。レオお兄様の気のせいでは？」

「間違いない。私は一度記憶したことは絶対に忘れないからな」

とぼける私に、疑惑に満ちたお兄様の視線が突き刺さります。

とりあえず、それらしいことを言って誤魔化《ごまか》してみましょうか。

勘の鋭いお兄様に通用するとはとても思えませんが……

「仕方ありませんね。白状いたします。実は――」

「もしや、聖女様を殴る機会をうかがっているわけではなかろうな？」

「……はい？」

お兄様がなにやらとんでもないことをおっしゃいました。

こんな言いがかりをつけられたら、本来は即座に否定したいところです。

しかしとりあえずはお兄様の言い分を聞いてみるとしましょうか。

「昔からお前はなにかと理由をつけては、傲慢《ごうまん》な貴族や悪人を殴りたがるだろう？」

「世のため人のため、ですわ」

「聖女様を信仰している〝ディアナ聖教〟も、国やその他各所に多額の寄付を要求しているからな。お前の言う世のため人のために殴られる対象となっても、おかしくはないだろう?」

「……なるほど。一理ありますわね」

パリスタン王国には、ふたつの大きな宗教組織が存在します。

ひとつはここ数年の間に国の権力者たちを中心に信者を増やし、国教に認定されるまでにいたったパルミア教。

そしてもうひとつが、パリスタン王国建国当初から存在するディアナ聖教です。

パルミア教は女神パルミア様を信仰しているのに対し、ディアナ聖教は魔を祓《はら》う力を持った聖女ディアナ様を信仰の対象としています。

どちらの宗教が国教と呼ぶにふさわしいかと問われれば、ディアナ聖教だと私は答えるでしょう。

パルミア教は現在国教とされているものの、成金商人をトップにすえた、厳《おごそ》かな雰囲気の欠片《かけら》もない宗教です。それよりも、古来よりこの地に根づいていて、民衆の支持も厚いディアナ聖教のほうがはるかに信頼できますからね。

ですが、ディアナ聖教とて完全に真っ白と言えるわけではありません。

ディアナ聖教は神ではなく人間を信仰しているうえ、先ほどお兄様が言った通り、多額の寄付金を国から受け取っているのです。

そのお金は、ディアナ聖教が国防にとって大事な役割を担っているからこそ提供されているもの。ですが、民衆はその事実を知らされていないため、昨今ではディアナ聖教のあり方に疑問を持つ人も増えており、パルミア教に改宗する方も少なくないとか。

もし私がディアナ聖教と国防の関係を詳しく知らなかったなら、彼らが宗教を利用してお金を騙《だま》し取っていると考えてもおかしくはないでしょう。

ですが……たとえ聖女様が私の拳《こぶし》を叩きつけたいような悪いお方だったとしても、それは絶対に不可能なのですよ、お兄様。

「毎年この時季に行《おこな》われること――それは〝聖地巡礼〟だろう。もし私の心配が当たっていて、お前が〝聖地巡礼〟を機に聖女様を殴ろうなどと考えているのなら、絶対にやめておけ。あのお方の……聖女ディアナ様のお力は本物だ。実際にこの目で見た私が保証しよう」

お兄様の言う〝聖地巡礼〟とは、一年に一度、ディアナ聖教主導で行《おこな》われている行事のことですね。

その内容は文字通り、聖女様を連れた一行が、東西南北それぞれの国境沿いにある聖地を巡り、とある儀式を行《おこな》うというものです。

お兄様は去年、巡礼の一行に同行し、そこで直《じか》に儀式をご覧になりました。

「お兄様がそうおっしゃるのであれば、疑う余地はありませんね」

あっさりと肯定する私に、お兄様は眉間に皺《しわ》を寄せて疑わしげな表情を浮かべます。

『悪徳宰相飛翔事件《ゴドウィン・フライハイ》』以来、いままでにも増して疑《うたぐ》り深くなっていらっしゃいますね。

大方、なんの躊躇《ちゅうちょ》もなく宰相様を殴った私であれば、聖女様であっても容赦なく殴るだろうと思っているのでしょう。

流石《さすが》ですわ、お兄様。とてもよく私のことを理解なさっておいでです。ですがいまのところ、私が聖女様を殴る予定はございません。

「レオお兄様。聖女様は国民から愛され、国からも必要とされているお方です。表でも嫌われ、裏の顔も真っ黒だった宰相様とはまるで違います。そのようなお方を無闇に殴ろうなどとは、流石《さすが》の私も考えておりませんよ。ご安心くださいませ」

落ち着いた調子で話す私に、お兄様はまだ訝《いぶか》しげな表情を向けています。

「それに私は本当に温泉旅行に出かけたいだけですのよ。いつもこの時季に……とおっしゃいますが、今はちょうど休暇の時季。それが聖地巡礼のタイミングと同じなのですから、お出かけしたくなる時季といつも重なってしまうだけですわ」

「……この件に関してなにひとつ、嘘偽《うそいつわ》りもやましいこともないと私に誓えるか？」

「誓いましょう」

しばし見つめ合ったあと、お兄様は深いため息をつかれます。

そして身体の力を抜いて椅子に深く腰かけると、険のとれた穏やかな声で言いました。

「……わかった。温泉旅行を認めよう。だが、くれぐれも問題は起こさないよ――」

「ありがとうございます。では、早速出発するといたしますわ」

「……は？」

お兄様が唖然《あぜん》とした顔で、素《す》っ頓狂《とんきょう》な声を上げられます。

私はスカートを摘まんで優雅に一礼すると、微笑んで別れの言葉を口にしました。

「それではご機嫌よう、レオお兄様、ナナカ」

「ま、待て！　出発するって、いますぐに行く気か⁉」

「……大体こうなることは読めていた。いってらっしゃい」

慌てて席から立ち上がろうとするお兄様と、諦《あきら》めた顔で手を振るナナカ。そんな彼らに背を向けて、駆け足で書斎から廊下に出ます。

そのまま一足飛びに階段を駆け下りた私は、玄関から外へと飛び出しました。

本邸の中は大騒ぎになっていることでしょう。

しかし、いまの私はお兄様から外出の許可をいただいた自由の身。

何人《なんぴと》たりとも止めることは敵《かな》いません。

だって奴隷《どれい》オークションの一件以降、ほとんど家から出してもらえなかったんですもの。

少しくらい羽目を外しても、バチは当たらないでしょう？

と、そんな解放的な気分で本邸の正門をくぐり、我が家の敷地を出ますと――

そこには王家の紋章が刻まれた豪奢《ごうしゃ》な馬車が一台、待ち伏せするかのように停車しておりました。どうやら私の自由な時間はここまでのようです。

「随分と遅かったな」

馬車の陰から出てきた金髪の殿方が、私の顔を見るなり憎まれ口を叩きます。

遅かったな、ではありません。

貴方とは王都で落ち合う予定だったはず。なのになぜわざわざここまで来たのでしょうね、このお方は。

予想するにお兄様から逃げてくる私を見たかったとか、そんな意地悪な理由でしょうけど。

まったく、相変わらずの腹黒っぷりでございますね――ジュリアス様は。

このたび旅行へ行きたいと言い出した本当の理由。それは、私が聖地巡礼に向かう一

行のメンバーだからでした。

ジュリアス様は王族の代表として、今回の聖地巡礼を見届けるお立場でいらっしゃいます。そして実は私も、ディアナ聖教とは深い関わりがあり、巡礼に参加しなければならない立場。物心ついた頃より毎年巡礼の一行に同行しております。

けれど私が同行することは、聖地巡礼の関係者以外には明かせない秘密。

そのため、今年は領地でお留守番のお兄様には、温泉旅行に行くと伝えたのでした。

まあ、巡礼で訪れる先に霊験《れいげん》あらたかな温泉があるのは本当ですし、ついでに湯治《とうじ》もしたいと思っておりますので、嘘はついておりませんよ。

「淑女《レディ》を待つのは殿方の務めでしょう？　大人しく王都で待つこともできないのですか？」

挑発的に微笑む私に、ジュリアス様はとびっきりの黒い笑みを浮かべて言いました。

「くくっ。貴女が淑女《しゅくじょ》としての扱いを期待するような人だったとはな。面白い冗談だ」

「これでも私、公爵家の令嬢なのですけれど。まったく、相変わらず口の減らないお方ですわね」

「いい加減慣れろ。それが私の素《す》だ」

もう慣れましたたし、疑いようもありませんわ。貴方が腹黒王子だという事実はね。

「ちなみに今年は、どんな嘘をついてレオの追及を逃れてきたのだ？」

「人聞きが悪いですわね。私は嘘などついておりません。事実の通り、温泉旅行に行くと言って、ちゃんと許可をもらってきましたもの」

私の答えを聞いて、ジュリアス様がフッと鼻で笑います。

「確かに嘘ではないが、ものは言いようだな。真実を知ったレオがあとでどんな顔をするのか、いまから楽しみで仕方がないぞ。ククッ」

はい、出ました。これがこのお方の本性でございます。

人の苦悩する顔や、うろたえる顔を見るのがなによりも大好きという、サディスト腹黒王子。たまに甘い言葉をささやかれたとしても、決して騙《だま》されてはいけませんよ。私も改めて肝《きも》に銘《めい》じておきましょう。

「さて、立ち話はこれくらいにして、そろそろ王都へ出発するとしようか。私と一緒にいるところをレオに見られても面倒だろう？」

そもそも立ち話を始めたのは一体どなただったかしら？

と、無駄な応酬を重ねても疲れるだけですね。心の広い私は、ジュリアス様に「はいはいそうですね」と同意してあげます。

うまく殿方を立てるのも、淑女《しゅくじょ》の役目ですからね。

「レディ、お手をどうぞ」

そう言って、ジュリアス様が芝居がかった仕草で手を差し出してきます。その手を取り、私は完璧かつ優雅な所作で馬車に乗り込みました。

さあ、まいりましょうか。

温泉旅行ならぬ、聖地巡礼の出発地点――王都グランヒルデへ。

第二章　死ぬほど痛いだけですわ。

グランヒルデへ向かう道中では、山賊の襲撃などがないかと期待していた私。ですが、そういったトラブルはなく、平和そのものといった感じで退屈にもほどがあります。

それはジュリアス様も同様だったらしく、馬車での旅も三日目に差し掛かった時、「退屈しのぎになにか話せ」と要求してきました。

上から目線の発言に、何様？　と思いもしましたが、暇を持て余していたのは事実だったので、仕方なしに二人で雑談をすることに。

温泉旅行に行きたいと言った私を、なぜお兄様が引き留めようとしたのかお話しして差し上げました。

「くっくっくっ……！」

馬車内にジュリアス様の含み笑いが響きます。

一体なにがこの方の笑いのツボを刺激したのでしょう。

「では、レオは貴女が毎年この時季に出かけたがる理由を、聖地巡礼の隙をついて聖女を殴るためだと思っていたというわけか」

「あの話しぶりから察するに、そうなのではないでしょうか」

「ダメだ、こらえきれん……！　はははっ！」

お腹をかかえて笑うジュリアス様。

そのまま笑いが止まらなくなって、笑い死にされればよろしいのに。

「いやいや、流石《さすが》は私の片腕だな。鋭い考察をしているではないか。半分正解といってもいいくらいだぞ、その解答は」

ジュリアス様の言葉には、大いに語弊《ごへい》があることをここに明言しておきます。

当たっているのは聖地巡礼の一行と行動をともにしようとしている、ということだけですからね。

「そこまで疑われているのならば、聖地巡礼に貴女が同行するということにも勘づかれているだろう」

本邸を出る前にお兄様に見せた温泉旅行の道筋は、聖地巡礼のルートとほぼ同じものです。言わずもがな、気づかれていることでしょう。

お兄様が深く追及しないでくださったのは、なんだかんだ言って私が間違ったことはしないと信用してくれているからでしょうね。

お優しいのですよ、お兄様は。どこぞの腹黒王子様と違って。

「去年はローブで全身を覆《おお》って巡礼の旅を終えたようだが、もし今年もレオが参加していたらどうやって誤魔化《ごまか》すつもりだったのだ？　いや、待て。言わなくていい。それは次の楽しみに取っておくとしよう。くくっ」

「……許可が出ていないので、一応レオお兄様には伏せておきましたが……いまやお兄様も王宮秘密調査室の室長という公的な身分を授かっております。私が巡礼の一行に同行している理由を秘匿《ひとく》する必要は、もはやないのでは？」

王宮秘密調査室とは、国王陛下とジュリアス様が立ち上げられた諜報《ちょうほう》組織で、主に王宮内部の汚職《おしょく》や不正を取り締まることを目的としています。

以前は議会の承認を得ていない秘密組織として活動していましたが、悪徳上位貴族の粛正《しゅくせい》をきっかけに、正式な王宮の機関として始動しました。

その室長を務めるレオお兄様は、国の機密を知るに足る地位にあると思うのですが……

「いや、隠す必要はある」

「……？　どうしてですか？」

首を傾《かし》げる私に、ジュリアス様は髪を掻き上げながらドヤ顔で言いました。

「ギリギリまで黙っておいたほうが、レオの反応が面白くなるからに決まっているだろう」

ブン殴っていいですか、このお方。

「冗談はさておきだ。ゴドウィンの一件以来、どうも周辺諸国の動きがきな臭くなっている。悪徳貴族どもは一掃したが、そのせいで王宮内部はまだ混乱したままだ。これを機に隣国がなにかを仕掛けようとしてきても不思議ではない。どこに諜報《ちょうほう》員が紛れ込んでいるかわからんからな。気をつけるに越したことはないだろう」

ゴドウィン様を捕らえることに成功したものの、彼は獄中で自殺。協力していたと思われる他国の組織など、その背後関係はまったくわからないままになってしまったのでした。

残念ながら、今後またなにかが起きてもおかしくありません。

「よって、たとえレオであっても情報は伏せておくように。わかったな？」

お兄様の名前をことさらに強調する辺り、絶対に面白がっているでしょう。まったく、どうしようもない方ですね。真面目に聖地巡礼に取り組もうとしている私を、少しは見習ってほしいものです。

まあ、どのみち聖地巡礼が終わるまでは、お兄様とお会いすることもないでしょうから、いまはお望み通り口をつぐみましょう。

って、なにを勝手に私の頭に触れているのですか。

私の頭を撫でているジュリアス様に、思いきり不満を込めた視線をプレゼントしてあげます。

ちょっと気を抜くと、すぐこういうことをしてきますからね、この方は。油断も隙もあったものではありません。

「ほら、私ばかりに熱い視線を向けていないで、外を見てみろ。目的地はすぐそこだぞ」

頭を撫で続けるジュリアス様の手をペチペチとはたきながら、言われるがままに視線を窓の外に向けます。

レンガ造りの家や店が立ち並ぶ、王都の中央通り。

そこから東に目を向けると、見上げるほど高い純白の壁がそびえ立っていました。

――聖教区。

聖地巡礼の出発地点であり、〝不浄《ふじょう》の壁〟で囲われた特別街区ですね。

「神々しい、と言いたいところですが……仰々《ぎょうぎょう》しいと言ったほうがふさわしいですわね、あの壁は。威圧感しか覚えませんし」

「〝不浄《ふじょう》の壁〟には、城がひとつ建つほどの国費が投入されているからな。聖教区を俗世の穢《けが》れから守るために必要だったという話だが、説得力もなにもあったものではない。これを建てるだけの金があれば、一体どれほどの政策を実現できたことか。まったく、見るたびに頭が痛くなるわ」

白い壁で囲われた聖教区内にあるのは、パルミア教とディアナ聖教それぞれの総本部です。

その周辺には大小様々な家が建ち並び、各教団関係者の方々が暮らしています。

もともとこの地域に住んでいたのは、ディアナ聖教の方々だけだったため、聖教区は小さな一街区でしかありませんでした。

そこにパルミア教が参入し、いまは貴族街に匹敵するほどの総面積を誇っています。パルミア教の勢力拡大を象徴するかのように〝不浄《ふじょう》の壁〟が建てられたことからも、その隆盛をうかがい知ることができるでしょう。

聖教区を目指してやってきた私達にとって、本来ならあの壁が見えたことは喜ばしいこと。

ですがなんと言いますか……壁の内側から滲《にじ》み出てくる悪意を感じ取ってしまって、素直に喜べないのですよね。

「俗世の穢《けが》れを遮《さえぎ》るための壁、ですか。まるでまっとうな聖職者のような言いようですわね。それを主張した教皇様の腹のうちは、あの壁の色とは正反対に真っ黒だというのに」

パルミア教の教皇サルゴン様といえば、商売としての宗教に目をつけて成り上がった人物。

いまでこそそれなりに信者をかかえて敬《うやま》われているようですが、昔はかなり悪どい商売をしていたらしく、当時を知る商業区の方々からは〝成金クソたぬき〟のふたつ名で呼ばれているのだとか。

そういった噂で人を判断するのはどうかと思いつつも、サルゴン様に関してはその限りではありません。

だってサルゴン様は、清貧《せいひん》に身を置くべき聖職者であるにもかかわらず、でっぷりと太って脂《あぶら》ぎった顔をしているのですよ？　そのうえ、いかにも高級そうな宝飾品をジャラジャラと身につけているのです。

私が殴ってきた悪徳貴族の方々の特徴と、完全に一致するではありませんか。

これを黒と言わず、誰を黒だと言うのでしょう。

「実際には、その腹のうちの黒さを隠すための壁なのだろうよ。そんな下らないことのために国庫を開かされるこちらはたまったものではないがな」

吐き捨てるように言って舌打ちをするジュリアス様。

「パルミア教を国教まで押し上げたのは、確かゴドウィン様でしたね。宰相様がバックについていたのであれば、国庫を開かせるのも容易《ようい》ということですか」

私利私欲を満たすために悪事を働いている者同士、利害が一致したのでしょう。ゴドウィン様とサルゴン様が協力関係にあったのは、王宮内ではもはや公然の秘密となっていました。

それを証明する最たる例が、パルミア教を国教に認定させるために、ゴドウィン様が様々な手を使って尽力したことです。

資金を援助したり、自分の派閥に属している上位貴族達に働きかけて優遇措置をとったり。

結果、王国議会で過半数の賛成を得て、パルミア教は国教に認定されました。

一度議会を通ってしまった以上、ゴドウィン様がいなくなってもその決定が覆《くつがえ》ることはありません。国内の膿《うみ》を出し切りたい国王陛下とジュリアス様にとっては、目の上のたんこぶになっているのが実情です。

こんなことになるのであれば、先にディアナ聖教を国教にしておけばよかったのに、とも思います。ですが、パリスタン王家はディアナ聖教を国教と定めることにずっと難色を示していました。

ディアナ聖教は、古くからパリスタン王国の国防において非常に重要な役割を担っております。

ある意味軍よりも頼りにされている立場にあるため、王家はずっと、国教化して発言権を大きくするのは危険だと主張していました。

確かに国教に認定されれば、王家に匹敵するほどの権力を持ちかねません。そうなれば王家と議会による統治は揺らぎ、国が乱れる可能性があります。

そういった背景から、ディアナ聖教は国教に認定されることなく、パリスタン王国に数多《あまた》ある宗教のひとつとして存在してきたわけです。

まあ昔ならともかく、いまは聖女の力を信じている人も減っており、本当に国防において欠かせない存在だと知っている人はかなり少数になっています。

その隙を、悪辣《あくらつ》なパルミア教にまんまと突かれてしまったのですが。

いまやパルミア教の教皇の権力たるや、国王陛下と肩を並べるほどです。

「止まれ、止まれ！」

その時、不意に外から男性の大きな声が聞こえてきました。

それと同時に馬車が急停車して、ぐらりと大きく車内が揺れます。

「……あら」

体勢を崩して少しだけ前のめりになった私の身体を、正面に座っていたジュリアス様が抱きとめてくださいました。

こういう時はしっかり紳士然とした振る舞いをするところがまた、憎たらしいのですよね、このお方は。

「大丈夫か？」

「はい。お手数おかけしました。ありがとうございます」

「どうした？　やけに素直だな。頭は打っていないはずだが……」

真顔でのたまうジュリアス様の腹に、心の中でパンチをお見舞いします。

どうして貴方はそう、いつも余計な一言を付け加えるのでしょうか。

この方に感謝なんて、もう金輪際《こんりんざい》いたしません。

「ジュリアス様、スカーレット様、申し訳ございません！　お怪我はありませんか！」

御者《ぎょしゃ》が慌てた様子で馬車のドアを開けて、私達に頭を下げます。

手を振って「大事ない」と答えたジュリアス様は、御者《ぎょしゃ》を落ち着かせるように穏やかな声で続けて言いました。

「それで、一体なにが起こっている？」

「そ、それが……あれをご覧いただけますか？」

御者《ぎょしゃ》に促《うなが》されるまま、ジュリアス様と馬車の外に出ます。

目の前には聖教区唯一の入り口である、聖門が立ちはだかっていました。

この門は、日中は常に開かれているはずなのですが、なぜかいまは固く閉ざされているよう。

これは一体どういうことでしょう。

「門兵！　なぜ聖門を閉ざしている！」

ジュリアス様が、門の上の見張り台に立っている兵士に向かって叫びます。

兵士は叫んでいる相手が誰なのか気づくと、困った様子で敬礼しました。

「はっ、ジュリアス殿下！　我々は教皇サルゴン様より、国王陛下の指示がない限りは誰も通すなと厳命を受けております！」

門兵の答えにジュリアス様は顔をしかめました。

聖教区を囲む〝不浄《ふじょう》の壁〟やこの聖門は、パルミア教の管轄《かんかつ》下にあります。つまりここにいる門兵は、パルミア教の僧兵ですね。

ジュリアス様は面倒くさそうに彼らを睨《にら》みつつ、再び声を張り上げます。

「そんな報告は受けていない！　それに今日は王宮から使者が行くと、聖教区全体に正式に通達されているはずだ。それを知っていて門を閉鎖するなどありえんぞ！」

「う、承《うけたまわ》っておりません！　申し訳ございませんがお引き取りください！」

なにやら雲行きが怪しいですわね。

「ちっ、サルゴンのたぬきジジイめ。やってくれる」

「国王陛下に指示をいただけばよろしいのでは？」

「無理だ。父上はいま、大陸諸国との会議に出ているため、一ヶ月は戻ってこられない。それを知っていてわざと嫌がらせをしてきたのだろう」

あら。それはまた、都合の悪いタイミングでしたわね。

彼らにとっては、好都合なのでしょうけれど、妨害されるこちらはたまったものではありません。

「聖地巡礼の妨害をするのが目的に違いない。稚拙《ちせつ》で子供じみた嫌がらせだ」

「殿下！　我らが教皇猊下《げいか》を貶《おとし》めるようなことをおっしゃるのはやめていただきましょう！」

ジュリアス様の挑発に応《こた》えるように、門の上からヒステリックな声が響き渡ってきます。

見上げると、パルミア教の僧服を着た肥満体型の殿方が、兵を押しのけて姿を現しました。

「早速親玉がお出ましか。こうもあっさり釣られるとは面白みがないやつらだ。そうは思わんか、スカーレット」

つまらなそうに同意を求めてくるジュリアス様には申し訳ないのですが、私はいまそれどころではありません。

節制という言葉とはかけ離れた、見るからにだらしのないあの体型。

高慢な口ぶりと人を見下すことに慣れきった目つき。

あちこちに高価な宝飾品を身につけたその出《い》で立《た》ちは、まさしく私の大好物である悪人《おにく》そのものでございます。

ああ、できることならばいますぐに見張り台に上がっていって、この拳《こぶし》をあの肥《こ》え太ったお身体に叩き込みたい。

でも、果たしてあのお方は、本当に私が殴るに値するような悪人なのでしょうか。

「わかりきってはいるが、一応聞いておこうか。貴公、何者だ？」

ジュリアス様の問いに、僧服を着たお方が誇らしげに名乗りました。

「私の名前はジャルモウ。恐れ多くもパルミア教の異端審問官を務めさせていただいている者です。以後お見知りおきを、ジュリアス殿下」

ジャルモウと名乗った男の言葉に、ジュリアス様が顔をしかめて問い返します。

「異端審問官だと？　いつそのような役職を作ることが許された？　我が国は信仰の自由を保証している。いくらパルミア教が国教であっても、他の信仰を排除することなど断じて許されるものではない」

「偉大なる我らが女神、パルミア様が許されました。よって異端者はすべからく排斥《はいせき》します。これを行《おこな》うは我々の宿命。何人《なんぴと》たりとも妨《さまた》げることは許されません。たとえ相手が殿下だったとしてもです」

これはまた……とんでもないことをおっしゃいますね。

ここまで行きすぎた思想の教徒がいるなんて、流石《さすが》に聞いたことがありません。俗に言う狂信者というやつなのでしょうか。

「たとえ貴公らの神が許したとしても、我が国を統治しているのは国王陛下であり、国政に関わる決定は王国議会でなされるものだ」

フン、と鼻を鳴らしながら、ジュリアス様が吐き捨てるように告げました。

「しかるべき手順を踏んでいない以上、貴公らがどんな大義名分を掲《かか》げようとも、その行為は看過できるものではない。覚悟はできているのだろうな？」

「どうぞご自由に。ですが、私達に手を出してみなさい。教皇猊下《げいか》の不興を買って、痛い目を見るでしょうね」

「ほう。貴公らが裁かれた場合、私が教皇の不興を買うのか。では異端審問官などというふざけた組織は、教皇の認可を得ているものだと考えていいのだな？」

ジュリアス様がそう問い詰めると、ジャルモウさんは大きく目を見開き、こちらを指さして大声で叫びました。

「なにを当たり前のことを！　我ら異端審問官は異端者どもをなぶり殺しにするため、聖なる鉄槌《てっつい》を託されている。いわば偉大なる女神の使徒なのだ！　教皇猊下《げいか》が最も信頼を置いていると言っても過言ではない、選ばれし者。それが私達である！」

そう言ってジャルモウさんは背中に手を伸ばし、僧服の中から先端に鉄球がついた棍棒のようなものを取り出します。

確かあれは、モーニングスターという武器だったかしら。

魔を祓《はら》う聖職者が、悪魔と対峙《たいじ》する時にああいった武器を使うことがあると聞いたことがあります。

これは面白くなってまいりました。

「ご覧あれ！　これぞ異端者を処刑するために女神パルミア様から託された魔道具、〝神なる雷槌《いかづち》〟！　これで彼奴《きゃつ》らの信仰ごと頭を叩き割り、神罰を下してくれる！」

先端についた鉄球を振り回しながら、血走った目でこちらを睨《にら》みつけてくるジャルモウさん。

悪人っぽいのは見た目だけだったらどうしようかと思っていましたが。

はい、人格も申し分ありませんね。彼の発する一言一句が耳に入るたびに、このお方が我が国に存在してはならない邪悪な存在だということが伝わってまいります。

ゴドウィン様以来でしょうか、これほどのお肉と巡り会えたのは。正直そそられます。

「よし、言質《げんち》は取った。あとは好きにしていいぞ」

満足そうなお顔でジュリアス様が言い、私のうしろに下がりました。

いつの間にかその手には、音声を記録する魔道具が握られております。

どうやらジャルモウさんの発言を記録していたようです。これを使って、パルミア教に責任を追及するつもりなのでしょう。

なんという抜け目のなさ。流石《さすが》は腹黒王子ですわね。

「それを使えばパルミア教の教皇様を処罰することはできそうですか？」

「ないよりはマシ程度だろうな。問い詰めたところで知らぬ存ぜぬを決め込むだろうし、精々が下っ端の尻尾を切っておしまいだろうよ。面倒なことだ」

「それはそれは。残念でございますね」

「嬉しそうに言われても慰《なぐさ》められた気にすらならん。ほら、さっさとやってしまってくれ。会合の時間も迫っているのだ。時間は有限なのだから、無駄にするなどもってのほかだぞ」

せっかちですわね、もう。

ご馳走《ちそう》を前にした期待感を、少しは楽しませてくださいまし。

「最後に確認いたしますが――本当によろしいのですね？　あれをブン殴っても」

「かまわん。相手は聖職者の皮を被った、犯罪者予備軍だ。派手にやれ」

安心いたしました。それでは思う存分、好き放題にやらせていただきます。

「おや？　誰かと思えば、貴女はスカーレット・エル・ヴァンディミオンではありませんか」

歩み出た私を見て、ジャルモウさんが鉄球を振り回す手を止めました。

「あら、私のことをご存じで？　光栄ですわね」

「ええ、知っております……知っておりますとも！」

見張り台から身を乗り出し、ジャルモウさんが目を見開いて叫びます。

「貴様こそ！　パルミア教の最も忌《い》むべき怨敵！　我らが同志、大司教ゴドウィン様を卑劣《ひれつ》な罠にはめた邪悪の権化《ごんげ》！　ここで相見《あいまみ》えることが叶うとは、なんという僥倖《ぎょうこう》！　いますぐにその頭を叩き割ってあげましょう！」

「……大司教、ゴドウィン様？」

頭に疑問符を浮かべながら振り返ると、ジュリアス様も肩をすくめてお手上げのポーズを取っております。

えっと、あの方はパルミア教ではそんな地位だったのですか？

というか、そもそも彼はパルミア教の教徒だったのですか？

信仰心の欠片《かけら》もなさそうな方でしたが……なんだか意外な一面を知ってしまいました。

ですが、まあそれがどうしたというお話です。だって――

「ゴドウィン様と繋がりがあったということは、殴る理由がひとつ増えましたわね」

行く手を阻む聖門に歩み寄った私は、手の平を門扉《もんぴ》に這わせます。

ジャルモウさんはメインディッシュ。彼のお相手をする前に、まずはこの門を開くところから始めましょう。

高さ五メートル、幅はその倍はありそうな大きな木造の門には、内側から閂《かんぬき》が掛けられているようでした。これはとても人の力では開きそうにありませんね。

それにこの門、ただ閂《かんぬき》が掛けられているだけではないようです。

手の平から、聖教区を囲っている〝不浄《ふじょう》の壁〟と同様の神聖な力を感じました。

「素晴らしいでしょう、その聖門は。女神パルミア様の使いによって、聖防御の結界が張られているのですよ。破城槌《はじょうつい》を使っても傷ひとつつけられず、魔法の類《たぐい》はすべて撥《は》ね返されます。まさに神の奇跡と呼ぶにふさわしいでしょう。そうは思いませんか？」

決して壊れず、魔法も効かない門。これを外側から開ける手段はないと言っていいでしょうね。

まあ、私には関係ありませんが。

「神の奇跡だなんて、ただの門ひとつに随分と大げさなことをおっしゃいますのね」

目を閉じ、加護の力を手の平に集中させます。

確かに通常の人間の力では、この門を開けることはできないでしょう。

ですが、同じ神の奇跡をもってすれば……

「――開きなさい」

ドゴーン！　と派手な音を立てて聖門が吹っ飛び、聖教区の奥へまっすぐ飛んでいきます。

それは門の向こう側に立っていたパルミア教の教会に激突すると、建物を崩落させながらバラバラに砕け散りました。

「扉なのですから、押して開ければいい――ただ、それだけのお話でしょう？」

何事かと見張り台から下りてきた門兵の方々が、破壊された門を見て顔を青くします。

なにをそのように焦っているのでしょう。私はただ、閉じていた門を開《ひら》いただけですのに。

「め、女神パルミアの加護厚き聖門が……」

「武器も使わず、素手で押し開《ひら》いただと……？」

「ば、化け物……！」

門兵の方々の失礼なつぶやきを聞き流しつつ、ぶらぶらと手を振って手首の関節をほぐします。

久しぶりに力を使ったので、少し力《りき》みすぎたかしら。

まさかあんな遠くまで門が飛んでいくとは思いもしませんでした。

もしかして硬くて重そうなのは見かけだけで、本当は中に綿でも詰まっていたのかしら。

それとも、みなさまが門の開け方を間違っていたとか？

引いて開ける扉だと思っていたら押して開ける扉だった、などはよくあることですし。

ああ、きっとそうですわね。

だって、あれだけ大仰に聖門を讃《たた》え上げていたのに、実際はか弱い乙女である私の細腕一本で粉砕できるなんて。普通に考えてありえませんものね。

「みなさま、気づいていらっしゃらないようなので教えて差し上げましょう——この門は押して開けるのですよ」

「「知っとるわー！」」

盛大なツッコミを入れられてしまいました。解《げ》せません。

「貴女にしては気の利《き》いたことをするな。ご苦労」

私のうしろで腕を組んで立っていたジュリアス様が上から目線でそう告げると、門扉《もんぴ》のなくなった聖門を馬車が悠々と通過していきます。

ここから目的地まではまだ距離がありますから、馬車は必要です。都合よく利用された気がしないでもないですが、まあよしとしましょう。

ぶらぶらと手を振りながらジュリアス様のところまで戻ると、彼は怪訝《けげん》そうな顔をなさいました。

「どうした？　いまので手でも痛めたか？」

「まさか。戸を開くだけで手を痛める者などおりません」

「箱庭で蝶《ちょう》よ花よと育てられたご令嬢という生き物は、スプーンやフォークよりも重いものを持たぬと聞く。虚飾《きょしょく》と業《ごう》で塗り固められた扉を力任せに開けば、手ぐらい痛めてもおかしくはあるまい？」

しれっとそう告げるジュリアス様を、半目で睨《にら》みます。

なにが蝶《ちょう》よ花よ、ですか。幼少期の私が〝狂犬姫《きょうけんひめ》〟と呼ばれていたことを知っているくせに。

「ジュリアス様、わかっていて聞いていらっしゃいますね？」

「くくっ。なんのことだ？」

……本当に意地の悪いお方！

まあ、悪者を殴る機会を与えてくれたということで、今回だけは許して差し上げますが。

ジュリアス様は不意に門の上を見上げ、口の端を吊り上げて悪い笑みを浮かべました。

「見ての通りだ。命が惜しい者は引き下がったほうが身のためだぞ？　なにせこのご令嬢は、諸君らも知るあの〝救国の鉄拳姫《てっけんひめ》〟なのだからな」

ジュリアス様の言葉に、門兵の方々が目を見開きます。

「せ、鮮血姫スカーレット・エル・ヴァンディミオン様！」

「元A級冒険者を一撃で再起不能にしたという、あの撲殺姫《ぼくさつ》か！」

「前宰相ゴドウィン様を大講堂の屋上から叩き落とし、文字通り失墜させた『悪徳宰相飛翔事件《ゴドウィン・フライハイ》』の首謀者……まさか、こんな華奢《きゃしゃ》な小娘が!?」

「は、離れろ！　殴り殺されるぞ！」

私達を取り囲もうとしていた門兵の方々が、蜘蛛《くも》の子を散らすように離れていきます。

まあ、失礼な。人のことをまるで怪物のように言うなんて。

「大袈裟《おおげさ》ですね。命まではとりはしませんよ。ただ――死ぬほど痛いだけですわ」

次の獲物は、この門兵の方々ですね。

ポケットから取り出した手袋をはめ、微笑みながらボキボキと指の関節を鳴らして足を踏み出します。

「ひっ」と、門兵の口から小さな悲鳴が漏れました。

小鳥のさえずりのように可愛らしいそのお声に、私はにこやかに微笑み、一息に距離を詰めようとして――

「神をも恐れぬ不届き者め！」

鋭い声とともに飛んできた鉄球を、首をわずかに傾けてかわします。

せっかちですわね。メインディッシュは最後までとっておくつもりでしたのに。

「聖門を砕くとは、なんと罰当たりな！　異端なる魔女め！　この私が直々《じきじき》に正義の鉄槌《てっつい》を下してくれる！」

いつの間にか見張り台から下りてきていたジャルモウさんが、ブンブンと鉄球を振り回しながら近づいてきます。

確かあのモーニングスター、女神パルミアから託された魔道具だと言っていましたか。見たところ、ただの野蛮《やばん》な鉄の武器にしか思えませんが、一体どんな力が込められているのでしょう。

「鍛《きた》え抜いたこの身体から繰り出される鉄球の一撃、避けられるものなら避けてみよ！　――ぬうん！」

そう声を上げ、ジャルモウさんは鉄球を振り回したのですが……

「ぐべっ⁉」

鉄球が傍《そば》にいた門兵の顔に、運悪く直撃しました。

顔面が潰れたその方は、顔を押さえて血溜まりにうずくまります。

味方であるはずのジャルモウさんに攻撃され、門兵の方々は困惑した顔で叫びました。

「な、なんで俺達を攻撃する⁉　アンタの標的はあっちだろう！」

「大いなる行《おこな》いに多少の犠牲はつきものです！　運が悪かったとお思いなさい！」

隣でジュリアス様がうわぁ……というお顔をなさっていますが、あの、このお方、貴方が将来統治するパリスタン王国の国教幹部なのですからね。他人事じゃありませんよ。

「今度こそ外しませんよ！　喰らいなさい！　我が正義の鉄槌《てっつい》！」

ジャルモウさんの渾身《こんしん》の叫び声とともに、風切り音を立てながら鉄球が飛んできます。

このような戦いの場で玉遊びのお誘いなんて、中々洒落《しゃれ》たことをしてくるではありませんか。

よろしい。少しだけ付き合ってあげるとしましょう。

「ちょっとお借りしますね」

「えっ、あっ」

一番近くに立っていた門兵から槍《やり》を取り上げます。

長さといい軽さといい、ちょうどいい具合ですね。これなら申し分ないでしょう。

「バカめ！　そのような貧弱な槍《やり》で、この〝神なる雷槌《いかづち》〟をどうにかできるものですか！　自らの罪を懺悔《ざんげ》しながら潰れなさ――」

「えいっ」

槍《やり》をフルスイングして鉄球を弾《はじ》き飛ばします。

音速を超える速度で打ち返された鉄球は目にも留まらぬ速さで飛んでいき、ジャルモウさんのお腹に激突しました。

「おぐぅ!?」

お腹にめり込んだ鉄球を抱きかかえるように、ジャルモウさんが顔を真っ青にしながら倒れます。

その様《さま》はまるで、神に懺悔《ざんげ》をしているようで、とても滑稽《こっけい》でした。

「残念ながら、許しを乞《こ》うのは貴方のほうだったようですわね――はー、スッキリした」

よいものを見せていただき、ありがとうございます。

「手癖が悪くてごめんなさいね。これはお返しいたしますわ」

「え、あ、はい」

微笑みながら、なかば辺りでひしゃげた槍《やり》を門兵さんにお返しします。

幼い頃はよく、私の教育係だった執事長とこのような玉遊びに興じたものです。思わず童心に返って、えいっ、などとはしゃいだ声を上げてしまいました。お恥ずかしい限りですわ。うふふ。

「ぐふぅ……ど、どうやって、私の〝神なる雷槌《いかづち》〟を……っ」

血反吐《ちへど》を吐きながら、ジャルモウさんが地面を這っています。

「どうやって、とは異なことをおっしゃいますね。私はただ、なんの変哲《へんてつ》もない鉄の槍《やり》で、貴方の鉄球を打ち返した。それだけですよ」

羽をもがれた蝶《ちょう》のような惨《みじ》めな姿に、ついほっこりして笑みがこぼれました。

いいえ、違いますね。蝶《ちょう》がこんなに太っていては、空を飛べませんもの。

それに、ジャルモウさんは蝶《ちょう》と呼ぶにはあまりにも醜悪《しゅうあく》すぎます。

そんな彼にふさわしいのは、そう――

「おわかりですか？　――この豚野郎」

起き上がろうと顔を上げたジャルモウさん。その顎《あご》を掬《すく》うように殴り上げます。

「ぐはあああ⁉」

王都グランヒルデの青空に、一匹の豚が天高く舞い上がりました。

「――『殴られれば、豚も空を飛ぶ』」

無理だと思えることであっても、とりあえず殴れば解決するという意味です。

今後は比喩《ひゆ》表現の一種として、国中で使われることになるでしょう。

辞書に新たな言葉を加えてしまいましたね。おめでとうございます、ジャルモウさん。

「いや、貴女以外誰も使わないからな、そんな比喩《ひゆ》」

感じ入っていたところでしたのに邪魔しないでくださいませ、ジュリアス様。

しかしあれですね。肩透《かたす》かしと言いますか。最初、ジャルモウさんにはとても期待しておりましたのに、思っていたほどの爽快感はありませんでした。

地面に叩きつけられたジャルモウさんを眺めながら、その理由に思考を巡らせます。

どうやら、ただ太っていて腹が立つ程度の相手では、もう私の拳《こぶし》は満足できないようです。

舌ならぬ、拳《こぶし》が肥《こ》えてしまったのかしら。

「な、なんと凄まじい力だ……」

「それになんという容赦のなさ……」

「俺たちなんかに止められるわけがない……」

一部始終をご覧になった門兵の方々は、完全に戦意を喪失されたご様子ですね。

賢明な判断でございます。兵士としては頼りないとも言えますが。

「勝敗は決した。諸君らも教皇の命を受けているとはいえ、我が王国の臣民である。こちらとて、いたずらに傷つけるのは本意ではない」

わざとらしく憂《うれ》いを帯《お》びた表情を浮かべたジュリアス様が、門兵達に手を差し出して告げました。

「今回の一件、罪には問わぬ故《ゆえ》、全員武器を捨てて投降せよ。よいな?」

「は、ははーっ！」

すべての門兵が武器を下ろし、地に頭を伏せます。

これにて一件落着でしょうか。若干消化不良なのは否《いな》めませんが。

まあ、私も久々の外出ですし、今日はこれくらいで勘弁して――

「私の正義はァ！　まだ……っ、負けてないぃ！」

「な、なんだっ⁉　ぐわあぁ⁉」

「ひぎゃっ⁉」

そんな声を上げながら、門兵の方々がジャルモウさんの鉄球に吹き飛ばされていきます。

あら、存外にしぶとかったのですね。まだ立ち上がれるなんて。

「はぁ、はぁ……許しません、許しませんよ……女神に仇《あだ》なす魔女めェ……！」

立ち上がったジャルモウさんは、僧服があちこち裂けてはいるものの、私が与えたはずのダメージがいくらか回復しているご様子でした。

治癒魔法……にしては、それらしい素振りがありませんでしたね。

これは、まさか――

「魔女の穢《けが》れた拳《こぶし》ごときで、このジャルモウが倒れると思ったら大間違いです！　私にはこの――〝聖少女の首飾り〟があるのですからね！」

そう言って、ジャルモウさんは胸元から青白く光る首飾りを取り出しました。あれには見覚えがあります。

「……やはりそうでしたか」

――聖少女の首飾り。

加護の力に匹敵する、強力な自動回復効果を持つ魔道具です。

魔道具はいくつかの等級に分けられているのですが、その中でも世界にひとつしかない稀少《きしょう》なものを幻想級と呼びます。

あの首飾りは奴隷《どれい》オークション事件の時、瀕死《ひんし》の重傷を負ったゴドウィン様を一瞬で回復させるほどの効果を発揮しました。それを考えると、あの首飾りは幻想級だと思っていたのですが——まさかもうひとつあったなんて。

これは少々面倒なことになりましたね。

「驚いたようですねえ？　これは模造品《レプリカ》ですがね。ただし治癒の効果は絶大です！　さあ、続きを始めましょう。先ほどは少々油断しましたが、次はそうはいきませんよ！　今度こそ、貴女の脳天にこの正義の鉄槌《てっつい》を——」

「ディ、ディアナ聖教の聖女守護騎士団《ホーリーオーダーズ》だ！」

意気揚々《いきようよう》と口上を述べていたジャルモウさんを遮《さえぎ》るように、見張り台に残っていた門兵が叫びました。

聖教区内に目を向けると、純白の鎧《よろい》を身につけた騎士達が、馬でこちらへ駆けてくるのが見えます。

聖女守護騎士団《ホーリーオーダーズ》。ディアナ聖教のかかえる騎士団であり、大陸最硬《さいこう》と名高い方々でございます。

パルミア教が勢力を拡大する中、ディアナ聖教が同じ聖教区内にとどまり続けていられるのは、彼らの力によると言って間違いないでしょう。

私達はもともと、聖門で彼らと落ち合う約束だったのですが……そう思えば随分と遅いご到着ですわね。……あら、よく見れば鎧《よろい》が血で汚れていらっしゃいます。どこかで足止めでも食らっていたのでしょうか。

「くっ……仕方ありませんね。どうやら今日はここまでのようです。ですが！　次に会った時は、今度こそ貴女に聖なる鉄槌《てっつい》を下して差し上げますからね！」

そんな捨て台詞《ぜりふ》を残して、ジャルモウさんが私達に背を向けて走り去っていきました。

自国の第一王子に躊躇《ちゅうちょ》なく牙を剥《む》く狂信者でも、数には敵《かな》わないと踏みましたか。

「……まったく、舐められたものですわ」

守護騎士団の姿を見て逃げ出すということは、私一人が相手であれば倒せると思っていたということでしょう。これは少々、腹立たしいですわね。

「その思い上がり、いずれ絶対に矯正《きょうせい》して差し上げます。首を洗って待っていてくださいな、パルミア教のジャルモウさん」

守護騎士団が到着して周囲が慌ただしくなり始めた中、私は今後の方針を定めて一人拳《こぶし》を握りしめるのでした。

「やれやれ、これはまたひと波乱起こりそうだ。貴女がいると本当に退屈しないな、スカーレットよ」

この腹黒王子……なにをしれっと私が元凶であるかのように語ってるんですか。

今回に関しては、どう控えめに見ても、私は巻き込まれただけですからね。もうっ。


聖門での騒ぎのあと、私達は守護騎士団の方々に護衛されながら聖教区内に入りました。

馬車で行くこと約五分。ようやく目的地に到着です。

青い屋根に大きな鐘。青みがかった灰色の、巨大な石造りの建物。

ディアナ聖教団の総本部、ディアナ聖堂です。

パリスタン王国でも屈指の歴史を誇る建造物ですね。

ここの神々しさと荘厳《そうごん》さは、いつ見ても思わずため息を漏らしてしまいます。

「ジュリアス殿下！　スカーレット様！」

馬車を降りると、聖堂の前で私達を待っていた聖女守護騎士団《ホーリーオーダーズ》の一団の中から、一際身体の大きなお方が歩み出てこられました。

そのお方が純白の兜《かぶと》を外すと、お髭《ひげ》の素敵な壮年の殿方の顔が現れます。

聖女守護騎士団《ホーリーオーダーズ》団長、パラガス様でございますね。彼の鎧《よろい》も、ところどころに血や泥がついております。

「お迎えに上がるのが遅れてしまい、申し訳ございませんでした！」

「よい。その有様を見れば大体予想はつく。なにかしらのトラブルがあったのだろう」

ジュリアス様の言葉に、パラガス様がうなずきます。

「おっしゃる通りでございます。聖教区内の各所で市民の暴動が発生いたしまして。鎮圧のために戦力を割《さ》かざるをえない状況になっておりました」

眉間に皺《しわ》を寄せて険しい表情をされたパラガス様は、深々と頭を下げました。

「まさかパルミア教のやつらが聖門を閉じて、殿下とスカーレット様に直接妨害してくるとは思いませんでした。考えが至らず、重ね重ね誠に申し訳ありません！」

ジュリアス様が手を振って、パラガス様の謝罪を受け流します。

そしてふっと口元を歪《ゆが》ませて、笑みを浮かべながら言いました。

「暴動か。そのような野蛮《やばん》な市民が、一体この聖教区のどこに潜《ひそ》んでおったのだろうな」

「……殿下がお察しの通り、暴動を起こした市民はパルミア教の信者でございます」

パルミア教の方々は、聖地巡礼によってディアナ聖教の求心力が高まるのが気に食わないようですね。聖地巡礼で行《おこな》う儀式は、あの疑《うたぐ》り深いレオお兄様でさえ虜《とりこ》にしてしまうほど見栄えのよいもの。ですから、あらゆる手段を使って、中止させようとしているのでしょう。

「聖門での足止めも、市民の暴動も、おそらくは我々を分断するためだけの作戦だろう。本当の狙いは、なにか別のところにあるに違いない」

「でしょうな。この程度の戦力で、我等やスカーレット様をどうにかできるはずがありません。やつらもそれは重々承知しているでしょう」

「たぬきジジイどもめ。一体なにを企《たくら》んでいるのやら」

ちなみに鎮圧された暴徒は、守護騎士団の方々の手によって警備隊に引き渡されています。

ジュリアス様いわく「下っ端を捕まえても意味がない」とのことでしたけれど。

私としては大元を絶つことを提案したのですが、ジュリアス様にフッと鼻で笑われてしまいました。

どうやらゴドウィン様の時と同じように確たる証拠を掴まなければ、ボコボコにすることはできなさそうです。面倒なことですわね、まったく。

「あっれー。隊長、こんなところでみんな集まってなにしてんすか？」

真剣なお話をしていたのに、背後からまるで空気を読まない明るい声が聞こえてきました。

振り向くと、乗ってきた馬車の上に、聖女守護騎士団《ホーリーオーダーズ》の鎧《よろい》を身につけた殿方が立っておられます。

緑がかった金髪。人族より少し長いお耳。美しく、線の細い端整なお顔。

この容姿の特徴から推測するに、ハーフエルフの方でしょうか。

「ディオス、貴様ぁ！　この非常時に一体どこをほっつき歩いておった！」

「あーはいはい、そんなに怒んないでくださいよ――っと」

パラガス様の怒声を飄々《ひょうひょう》と受け流しつつ、ディオスと呼ばれた殿方が馬車の上から飛び下ります。

まるで軽業師《かるわざし》のようにくるりと空中で身体を一回転させ着地した彼は、ウインクをしながら軽薄な調子で言いました。

「聖女守護騎士団《ホーリーオーダーズ》筆頭騎士、ディオス・ウエストウッド。ただいま参上いたしました。以後お見知りおきを、ジュリアス殿下」

「ああ……よろしく頼む」

どこまでも軽い態度に、ジュリアス様はなんとも言えないお顔をしていらっしゃいます。

真面目な方をからかうタイプのジュリアス様にとっては、このように奔放《ほんぽう》な振る舞いをなさるお方は苦手なのかもしれませんね。

ふふ、これはいいことを知りました。

「こんの、バッカモンがあああ！」

「おっとあぶねー。なんすかいきなり殴りかかってきてー。暴力反対っすよ、団長」

「ジュリアス殿下に対してなんたる無礼な振る舞い！　今日こそその羽よりも軽い貴様の性根を叩き直してくれるわ！」

「団長の拳骨《げんこつ》で殴られたら、二枚目な俺の顔が台無しになっちゃいますよ」

ひらりひらりとパラガス様の拳《こぶし》をかわしながら、ディオス様が私の前まで移動してきます。

その光景を興味深く見ていた私は、ちょうどディオス様と向き合う形になり、彼と目が合いました。すると、ディオス様は大きく目を見開いて叫びます。

「うおー！　す、すっごい美人!?　誰、誰っすか貴女は!?」

あまりに大仰な反応に、少々驚いてしまいました。

ですが私も公爵家の娘。それを表に出さずに優雅に会釈《えしゃく》することなど、造作《ぞうさ》もないことです。

「お初にお目にかかります、ディオス様。私、ヴァンディミオン公爵の娘、スカーレット・エル・ヴァンディミオンと申します。以後お見知りおきを」

スカートを摘まみ微笑みながら一礼します。

そんな私を見たディオス様は、突然私の足元にひざまずきました。

「一目惚れしました！　俺と結婚してください！」

そして、うやうやしく私の手を取ると、その甲に口づけをなさいます。

「……あの、これは一体なんの真似ですか？」

微笑みを浮かべたまま、ひざまずいているディオス様に尋ねます。

私の手の甲から唇を離したディオス様は、人懐っこい笑みを浮かべて答えました。

「求婚っすよ。スカーレットさんは身分の差とか気にするタイプっすか？」

「そうですわね。私はさほど気にしませんが、我が家は公爵家ですし、ある程度のお家柄のお方でなくてはお父様とお母様が納得しないでしょう」

「それなら大丈夫っすよ。俺、こう見えてエルフの王族の息子なんで。ちなみに母親は人間の女って設定のハーフエルフっす。あ、設定って言っちゃったわ」

「ふふ。面白いお方ですわね」

ですが、いけませんね。こういうことは、時と場所を弁《わきま》えてもらわなければ。

「おっと」

お仕置きをしようと拳《こぶし》を握り込むと、ディオス様がさっと私から飛びのきます。

それと同時に、誰かがうしろから私の手を引きました。

「私の連れをあまり困らせないでもらおうか」

振り向けば、ジュリアス様がムッとした表情で私の手を握っていました。

助け船を出してくださったのかしら。

私が困っているこのような状況、普段のジュリアス様なら笑いながら見ていそうなものですけれど。

「なーんだ。彼女、ジュリアス殿下のこれっすか」

小指を立てて軽薄そうに笑うディオス様。

これ、とは？　一体なんなのでしょう。

「まあ、そういうことだ。理解したなら、スカーレットにちょっかいをかけるのはやめてもらおう」

「えー、どうしよっかなぁ。俺、他人に指図されるの嫌いなんすよね」

挑発的なその答えに、ジュリアス様はわずかに口の端を吊り上げて悪そうな表情を浮かべます。

「奔放《ほんぽう》なのはかまわんが、長いものに巻かれるのも賢いとは思わんか？」

「いやあ、そう言われて身を引くのも、それはそれで権力に屈したみたいで格好がつきませんし。ほら俺、反骨精神だけは人一倍っていうか。そういうアウトローなところも俺の魅力の一部っていうか――」

「「「ディオスううう……！」」」

ディオス様の全身を、四人の聖女守護騎士団《ホーリーオーダーズ》の方々が一斉にがしっと掴みます。

「スカーレット様だけでなく、殿下にまで無礼な振る舞いをしおって！」

「貴様のたるみきった性根、我らがきっちりと叩き直してくれる！」

「や、やだなー、先輩達。ちょっとしたジョークっすよ。ほら、色々トラブルがあって殿下達も気が立ってるかなーって思って。思いやりってやつっす。ね？」

「聞く耳持たぬ！」

「しかり！　しかり！」

「ああっ。モテる男は辛いっ。それじゃスカーレットさん、今度デートしましょうねー」

「「「まだ言うか！」」」

まるで犯罪者のように、ディオス様は他の騎士のみなさまによって引きずられていきました。

その姿を見たジュリアス様が、やれやれと大きなため息をつきます。

「規律を重んじる聖女守護騎士団《ホーリーオーダーズ》に、まさかあのような不真面目な者がいるとはな。見かけぬ顔であったが、最近入った者か？」

「一年ほど前に入団した者なのですが……申し訳ございません。腕はとびきり立つのに、いかんせんいい加減と言いますか、自由すぎる気質の者でして」

……ディオス・ウエストウッド様。

あのお方、確かに只者ではないようですね。

どうやって察知したのかはわかりませんが、私が殴ろうとしたら、気配を読んでうしろに飛びすさったみたいでしたし。

ひと欠片《かけら》の殺気も出していなかったというのに、不思議なこともあるものです。

なにか加護の力でもお使いになれるのかしら。

「ところでジュリアス様」

「なんだ」

「いつまで手を握っていらっしゃるおつもりでしょうか」

指摘すると、いま気がついたと言わんばかりに、ジュリアス様がぱっと手を離します。

「ああ。いや、すまぬ。咄嗟《とっさ》のことで、ついな。強く握りすぎたか?」

「いえ、ほどよい加減でございました。助けていただき、ありがとうございます……とでも、言ったほうがよろしいでしょうか」

「やめろ、本心でもあるまいし。こそばゆいわ」

ふんと鼻を鳴らすジュリアス様は少し照れくさそうです。

この方にも可愛らしいところがあるのだな、と不敬なことを考えてしまいました。まあ、不敬だなんていまさらですが。

「そういえば、先ほどディオス様が小指を立てておっしゃっていた〝これ〟とは一体どのような意味だったのでしょうか?　ジュリアス様は肯定なさっていらっしゃいましたが」

「――さて、余計な時間を食ってしまったな。聖女ディアナのもとへ急ぐぞ」

誤魔化《ごまか》すように、ジュリアス様がそそくさと歩いていかれます。

一体〝これ〟とはなんのことなのでしょうか。気になりますね。

後ほどどなたかに聞いておきましょう。

中庭から聖堂に入り、パラガス様のあとを歩きます。

聖堂の中は外壁と同じ青灰色《せいかい》の石壁と石床が続いていて、神聖な気で満ち溢《あふ》れていました。

「聖女守護騎士団《ホーリーオーダーズ》団長、パラガスでございます。ジュリアス殿下とスカーレット様をお連れいたしました」

聖堂の最奥。聖女の間の扉の前で、パラガス様が厳《おごそ》かに告げました。

「……どうぞ、お入りください」

少し間を置いてから、いかにも真面目そうな女性の声が返ってまいります。

扉を開《ひら》いて中に入ると、青い法衣《ほうえ》を纏《まと》った方々が、左右の壁際に列を作って並んでいました。

広い部屋の奥には薄い純白の布で作られた御簾《みす》が張られていて、その向こうには小柄な人影が。

そこにおわすお方こそ、ディアナ聖教団の聖女ディアナ様でございます。

「遅れて申し訳ない。道中、トラブルに見舞われてな」

「ディアナ様、ご機嫌麗《うるわ》しゅうございます」

ジュリアス様と私が挨拶《あいさつ》の言葉を述べると、青い法衣《ほうえ》を身につけたお付きの方が無言で御簾《みす》の中に入っていきました。

中からボソボソとささやく声が聞こえてきて、やがてお付きの方が御簾《みす》の中から出てくると、声高らかに告げました。

「ジュリアス殿下、スカーレット様。ご機嫌麗《うるわ》しゅうございます。話はすでにパラガスより聞いております。どうぞこちらにはお気を遣わず、楽になさってください……と、ディアナ様はおっしゃっております！」

聖女の間では、このように人を介してお話しするのが決まり。いかに王子といえど、神聖なこの空間で聖女様と直接会話することはできません。

「……到着して早々だが、聖地巡礼の儀についての話し合いを行《おこな》いたい。会合の内容は国防に関わる機密ゆえ、聖女ディアナ以外の者には下がってもらいたいのだが」

ジュリアス様がそう言うと、先ほどと同じことが繰り返されます。

そして御簾《みす》から出てきたお付きの方が、再び声高らかに言いました。

「承知いたしました。では、会合の間へ移動いたしましょう。準備をしてから後ほどまいりますので、少々お時間をいただきます。ご容赦くださいませ……と、ディアナ様はおっしゃっております！」

「……わかった。では、お先に失礼させていただく」

「ディアナ様、また後ほど」

礼をしてから部屋の外に出ると、バタンと聖女の間の扉が閉じられました。

廊下を歩いていきますと、会合の間に辿《たど》り着きました。

部屋の中は聖女の間とは違い簡素で、十人ほどが向かい合って座れる長机が並んでいます。

私達は、机のちょうど真ん中の辺りに向かい合うように着席。今後の予定を話していると、扉の向こうからパタパタと廊下を走る足音が聞こえてまいりました。

どうやらいらっしゃったようですね。

「――スカーレットお姉様っ！」

バーンと勢いよく扉が開かれます。

そして法衣《ほうえ》を纏《まと》った可愛らしい小柄な女の子が、緑色の髪をなびかせながら、猛烈な勢いで私に飛びついてきました。確かこのお方、年齢は今年で十四歳になるとおっしゃっていたでしょうか。

その小さなお身体をしっかりと抱きとめます。

「お久しゅうございます、ディアナ様」

「お姉様ぁ……えへへ。本物だぁ……本物のスカーレットお姉様だぁ……」

ディアナ様は私の胸に顔を埋《うず》め、そこにお顔を擦《す》りつけて至福の表情を浮かべていました。

私との再会をこんなにも喜んでいただけるなんて、こちらも嬉しくなってしまいますね。

「おい、まずは王子である私への挨拶《あいさつ》が先であろう」

そう言って机のこちら側へ移動してきたジュリアス様は、子猫でも捕まえるかのようにディアナ様の首根っこをひょいっと摘まみ上げました。

「ぎゃあああ！　男が私に触れるなあ！　神聖な私の身が男菌《おとこきん》で穢《けが》されるぅうう!!」

ディアナ様が悲鳴を上げて、ジタバタと手足をバタつかせます。ふふ、可愛らしいですわね。

「黙れ小娘が。まったく、これならお付きの者がいたほうがマシだったな。いまからでも呼び戻すか？」

「や、やめなさい！　あの人達が来たら、お姉様とイチャイチャできる貴重な時間がなくなっちゃうじゃない、バカ！」

「それが本音か。聖女が聞いて呆れるな。煩悩《ぼんのう》まみれではないか、この煩女《ぼんじょ》め」

「なにおう！　えーん、お姉様ぁ！　腹黒王子が私のことをイジメるよぅ！」

お二人とも仲がおよろしいようで。

ディアナ様も変わらず元気なご様子で安心いたしました。

「戯《たわむ》れはほどほどにして、本題に入りませんか？　あまり長引くと、お付きの方にお小言を言われてしまいますよ」

私の提案に、ジュリアス様ははっと顔をこわばらせてディアナ様を解放します。

「やかましいお転婆娘《てんばむすめ》のせいで、ここに来た理由を危うく忘れるところであった。そうだな。さっさと会合を終わらせて、こんな堅苦しい場所からはおさらばするとしよう」

「はあっ!?　誰もジュリアス様なんて呼んでないんですけど！　そんなに帰りたいなら、さっさと一人で王宮に帰りなさいよ、腹黒王子！　しっしっ！」

再びがーがーといがみ合い始めたお二人を見て、私は頬に手を当ててあらあらと首を傾けます。

もう、お二人ともはしゃぎすぎですわ。

特にジュリアス様。私達がここまで足を運んだ理由を、ちゃんともう一度思い出してくださいいな。

「はいはい、仲がいいのはわかりましたから。そろそろ会合を始めましょう。聖地巡礼をつつがなく終えるために、私達はここまで来たのですからね」

聖地巡礼――これが行《おこな》われるきっかけとなった出来事は、いまから約三百年ほど前に起きたと言われています。

ロマンシア大陸の中央に位置し、周囲を列強四ヶ国に囲まれているパリスタン王国は、常に侵略の脅威に曝《さら》されておりました。

しかし、それよりも対処に困っていた問題があります。

それは〝魔物〟の存在でした。

大陸の外に広がる海の遥か向こう、魔大陸と呼ばれる地には、魔王が支配する広大な国が存在します。

魔王は私達が生きるロマンシア大陸を支配せんと、邪悪な力を持つ異形の怪物——魔物を大量に送り込んできました。

海に面した四大国は魔物との戦いに明け暮れ、疲弊《ひへい》していきます。

そのおかげで人族の侵略を免《まぬが》れたパリスタン王国ではありましたが、一部の魔物は内陸に位置する我が国にも迫ってきていました。

当時は国力も低く、戦力も十分ではなかったパリスタン王国は、国境付近に出現する魔物に、少しずつ国土を侵略されていきます。

そんな時、国境にあるなんの変哲《へんてつ》もない村に現れたのは、魔物を祓《はら》う力を持った一人の少女。

彼女は〝忘れ去られた古《いにしえ》の神〟の加護を使うことができ、どんなに凶暴な魔物であっても一瞬で消し去るほどの強力な破魔《はま》の力を持っていました。

当時のパリスタン国王は藁《わら》にもすがる思いで少女を呼び出し、国を救うために力を貸してくれと懇願《こんがん》します。

少女は自分の力が人々の役に立つのであればと、喜んで助力を申し出ました。

そして国と協力し、東西南北の国境にある村に〝浄化の大聖石〟を設置。

少女はそれを要《かなめ》とし、魔物の侵入を阻む結界を張ったのです。少女の加護によって作られた結界は、触れるだけで魔物を消滅させる効果を持っていました。

〝浄化の大結界〟と呼ばれるその結界のおかげで、それ以降魔物がパリスタン王国を脅《おびや》かすことはなくなります。

けれどそうして得られた平和は、決して恒久的なものではありませんでした。なぜなら浄化《キュアー》の力を注《そそ》ぎ込まれた大聖石は、魔物を一匹消滅させるたびに穢《けが》れていき、その効力を失っていくからです。

結界が汚れるたびに少女は何度も浄化していましたが、やがて彼女は老いて死に、破《は》魔《ま》の力は途絶えてしまいました。

その後、結界を維持する手段が見つからず、人々は途方に暮れることになります。

しかしそこへ再び、魔物を祓《はら》う力を持った少女が現れました。

彼女の名前は〝ディアナ〟。

最初に結界を張り、パリスタン王国を救った少女と同じ名前の彼女は、いまにも壊れそうだった大聖石を浄化し、見事に結界を張り直してみせました。

国王は二人目のディアナを救国の英雄と称し、神聖な力を持つ聖女として手厚く遇《ぐう》します。ディアナの死後には聖堂を建て、信仰の象徴として崇《あが》め奉ったほどでした。

それからも結界が壊れそうになるたび、どこからか破魔《はま》の加護を持った少女が現れては大聖石を浄化し、彼女達は〝聖女ディアナ〟として信仰の対象になっていったのです。

「……これがいまの信仰の対象だなど、歴代の聖女達も草葉の陰で泣いていることだろうよ」

フッと嘲笑《ちょうしょう》するかのようにつぶやくジュリアス様に、ディアナ様が声を荒らげます。

「ちょっと、うるさいわよ真っ黒王子！　お姉様ぁ、もっとぎゅーって抱っこしてくださいませ」

「はいはい、おおせの通りに。ディアナ様」

私のお膝の上に座って足をバタつかせるディアナ様を、背後からふんわりと抱きしめてあげます。

よしよし。かわいらしいですね。ふふ。

「それで、巡礼の道筋は例年通りに、東、北、西、南の順でよいのですね？」

「ああ。すでに大聖石がある国境の各村にも通達してある。出発の際には式典を行《おこな》って、盛大に送り出す決まりになっているから……準備の時間も考えると、王都を発《た》つのは三日後になるだろうな」

聖地巡礼の本当の目的は、大聖石の浄化にあります。今代の聖女であるディアナ様が、国境にある四つの大聖石を巡り、穢《けが》れを払って結界を張り直す儀式が行《おこな》われるのです。

「えー、やっぱりあのパレードやるの？　私、あれ嫌いなんだけど。ずっと立ったままなの疲れるし。お神輿《みこし》の中に椅子置いて座っていい？」

口をとがらせて不満を漏らすディアナ様に、ジュリアス様が嘆息しながら答えます。

「ダメだ。国民に聖女ディアナが健在であると示すことに意味があるのだからな。それがパルミア教への牽制《けんせい》にもなる」

ジュリアス様が「いいか」と前置きをして人差し指を立てます。

「くれぐれも素《す》を出すなよ。聖女としての威厳を保ったまま、神輿《みこし》の上で微笑んで手を振っていればそれでいい。ただでさえいまのお前は、聖女としての力を失っているのだから、お飾りの役目くらいきちんと――」

「ジュリアス様」

強めの語調でたしなめると、ジュリアス様がはっと口元を押さえました。

「……大丈夫よ、お姉様。殿下が言ったことは事実だもの。悔しいけど、いまの私にできることはそれぐらいしかないものね。ちょっと言ってみただけ。冗談よ、冗談」

ことさら明るい口調でそう言って、ディアナ様は私の膝から勢いよく飛び下ります。

「今日の会合はここまでね！　そこのドス黒王子は王宮にお帰りになるとして、お姉様はここに泊まっていくでしょう？」

「おい、誰がドス黒だ」

「そうですわね。泊まらせていただけると助かりますわ」

「じゃああとでまたお話ししましょ！　まったねー！」

ブンブンと手を振りながら、ディアナ様が部屋から出ていかれます。最後に振り返り、ジュリアス様にあっかんべーをするのも忘れずに。

「……まったく。見え透《す》いた強がりを」

「それがわかっているのなら、ジュリアス様もあまりディアナ様をお責めにならないでくださいな。本人ももどかしく思っているのですよ、いまのご自分のお立場を」

「ああ、少し口が滑った。次からは気をつけよう」

バツが悪そうに咳払いをするジュリアス様に、私はにっこり微笑みます。

何事においても優秀なジュリアス様も、女性の心の機微《きび》を感じ取ることに関しては赤点ですね。

「なにはともあれ、今回の聖地巡礼に関しても、貴女の力が頼りになりそうだ。よろしく頼むぞ、スカーレット」

「もちろんでございます。そのために、私はここにいるのですからね」


「――そこで私は言いました。『貴方はまるで豚ですわね』と。次の瞬間、呆然とする貴族の顔面に、私のパンチが突き刺さりました」

「きゃあああ！　お姉様素敵ー！」

その日の夜。ディアナ様の寝室に呼ばれた私は、過去に殴った貴族《おにく》のお話に花を咲かせておりました。

「はぁ……やっぱりお姉様は格好いいなあ……私もお姉様みたいに美しくて強くて、男に媚《こ》びない素敵な淑女《しゅくじょ》になりたいわ……」

「ディアナ様は、殿方が苦手でいらっしゃるのですか？」

「あったりまえよ！　だって男ってむさいし、ジョリジョリだし！　筋肉ムッキムキだし、汗臭いし、説教くさいし！」

「ジョリジョリ？」

「お髭《ひげ》よ！　ジョリジョリなんだから！　あー、想像しただけで感触を思い出しちゃったわ！　うーっ！」

もしかして、パラガス様のお髭《ひげ》のことをおっしゃっているのかしら。

あの方のお髭《ひげ》はダンディで素敵だと思うのだけれど。

「それでは、ジュリアス様はいかがでしょう。ディアナ様が挙げた嫌なところは持っていらっしゃいませんよ」

「殿下ぁ？　確かに殿下のお顔は綺麗《きれい》だし、スタイルもいいけれど……でも嫌！　だって性格悪いんだもの！　すぐ私のことをチビチビってイジメるし！」

「ふふ。ジュリアス様も嫌われてしまったものですね。でも、わかりますわ。私もあのお方にはいつもからかわれてばかりで、悔しい思いをしていますもの」

「お姉様にまでそんなことしてたの!?　あんのゴン黒王子ー！　今度会ったらただじゃおかないんだからっ！　このっ！　このっ！」

ディアナ様がシュッシュッと拳《こぶし》を突き出して、手元にあった枕をボスボスと叩きます。

彼女もここの堅苦しい生活のせいで、ストレスが溜まっていそうですわね。

今度、私特製のサンドバッグをプレゼントしましょう。

「あーあ。どこかに銀髪で人形のように綺麗《きれい》なお顔をしていて、青い瞳をした白馬の王子様はいないかしら」

「そうですわね……銀髪に青い瞳は珍しいですから、国内で探すとなると中々難しいかもしれません」

「むーっ」

頬に指を当てて思案していると、ディアナ様が半目で私を見つめてきました。

「いかがなさいましたか、ディアナ様」

「なんでもないわっ！　お姉様のお顔に見惚《みと》れていただけっ！」

そんな風に、時間を忘れて二人で会話を楽しんでいますと、コンコン、と寝室のドアがノックされました。

「ディアナ様。そろそろご就寝のお時間でございます」

お付きの方の声がドアの向こう側から響いてきます。

夜も更《ふ》けてまいりましたし、そろそろ私もお暇《いとま》いたしましょうか。

「ディアナ様、私はそろそろ――」

「えー！　もうおしまい!?　やだ、もっとお姉様とお話ししたいっ！　あ、そうだわ！

今日はこのまま一緒のベッドで寝ましょう？　それがいいわ！」

私のお膝にディアナ様がころんと頭をのっけて、じーっとこちらを見つめてきます。

甘えん坊ですね。まあお年を考えれば、仕方ないことなのかもしれませんが。

「いけませんわ、ディアナ様。お付きの方に怒られてしまいます」

「いいの！　私は聖女ディアナだもの！　普段色々なことをずーっと我慢して頑張ってるんだから、添い寝くらい許されてもいいはず……んぅっ」

「……めっ、ですわ」

ディアナ様のおでこに自分のおでこをぴとっとくっつけて、微笑みながらささやきます。

「お話ならば、また明日もたくさんできます。ですから、今日はお休みになってくださいませ。お付きの方々にご心配をかけてはいけませんわ。ね？」

「はう……わ、わかったわ、お姉様……」

ゆっくりとおでこを離すと、ぽーっと火照《ほて》ったお顔のまま、ディアナ様がベッドに横になられました。

「……ねえ、お姉様。言うことを聞くから、ひとつだけお願いしてもいいかしら」

「私にできることであれば、なんなりと」

「私ね、聖女様にあやかってディアナって名づけられたの。でもね、同じような理由でディアナって名前をつけられる子はたくさんいたから、本当は別の名前がよかったんだ」

ディアナ様の髪を撫でてあげながら、小さなお声に耳を傾けます。

「でね、それを不憫《ふびん》に思ったお父さんが、こっそり私にサーニャって名前をつけてくれたの。だから――」

「ディアナ様！　ご就寝のお時間でございます！」

強い語調で、お付きの方がドアの向こうから急《せ》かしてきました。

ムッとしたお顔をなさるディアナ様に、私は指を立てて「しーっ」とささやきます。

「楽しい一時でございました。それでは、また明日」

「あっ……」

ベッドから腰を上げ、ドアへ向かう私の背中に、ディアナ様の悲しそうなお声が聞こえてきました。私はドアの前で振り返ると、スカートを摘まんで優雅に一礼しながらこう告げます。

「おやすみなさいませ――サーニャ様」

「……っ、うん！　おやすみなさい、お姉様！」

ドアを閉めて、控えていたお付きの方々にも一礼します。

そして私は、月明かりが照らす廊下を一人、自分に用意された寝室へと歩いていきました。

――一年前。ディアナ様はいままで持っていた聖女としての力を突然失ってしまわれました。

原因は不明で、王家とディアナ聖教があらゆる手を尽くしたにもかかわらず、彼女の失った力は戻ってきませんでした。

この情報は国家機密として秘匿《ひとく》されましたが、聖女と関わりが深かった私はその事実を知り、ディアナ様を心配して様子を見に行ったことがあります。

その時、真っ暗な部屋の奥で足をかかえてうずくまっていたディアナ様は、暗く澱《よど》んだ目を私に向けてこう言いました。

『聖女じゃない私に、生きてる価値なんてないじゃない』と。

力を持っているとはいえ、ディアナ様は七歳まで平凡な農家で暮らしていた普通の少女でした。そんなディアナ様に、聖女として国を救う役割を与えたにもかかわらず、その力をいきなり奪うなんて……あまりにも酷《ひど》いではありませんか。

「神様も残酷なことをなさいますね」

その日から、私は決意したのです。

このいたいけな少女を、私の力が及ぶ限り助けて差し上げようと。

だからこそ、もし彼女の邪魔をしようとする者達がいるのならば――その時はこの拳《こぶし》でもって制裁を加える所存です。

「――出発の式典、なにも起こらなければいいのですが」


私が聖教区に到着して一週間。

予定より数日遅れて、ついに聖地巡礼のはじまり――王都を出発する日がやってまいりました。

「お着替え、終わりました」

「ありがとうございます」

ディアナ聖堂にある客人用のお部屋にて、着替えを手伝ってくださったディアナ聖教の方に会釈《えしゃく》をします。

「お姉様っ！　お着替え終わった？」

バタンとドアを開けて、ディアナ様がお部屋に入ってきました。

その背後からは――

「お待ちください、ディアナ様。まだお化粧が終わっておりません！」

そう言ってお付きの方が慌てて追いかけてきます。

ふふ。相変わらずのお転婆《てんば》さんですわね。

「ご機嫌よう、ディアナ様。ちょうどいま、着替え終わったところですわ」

「わぁ……お姉様のドレス姿、素敵……」

ディアナ様が私の姿をご覧になって、うっとりとしたご様子で喜びます。

面と向かって褒められるのは嬉しいですが、少しこそばゆくもありますね。

「ふふ。ありがとうございます。ディアナ様の晴れ姿も、とても素敵ですわ」

「へ？　わ、私は別にそんなっ、褒められるようなものじゃっ」

金の装飾が施《ほどこ》された薄い青灰色《せいかい》の僧衣《そうえ》に、純白のケープ。

代々の聖女様が聖地巡礼の際に身に纏《まと》っていたものですわね。

ディアナ様の明るい緑色の髪との色合いもぴったりで、とてもよく似合っていらっしゃいます。

「わ、私のことはどうだっていいのよ！　そんなことより、お姉様のこのお姿！　絵画にしてお部屋に飾って、毎日眺めたいくらい素敵よね！　アンタもそう思うでしょ？　ね？」

「えっ？　あ、はい！　そうですね、とっても素敵ですわ！」

突然話を振られた若いお付きの方が、慌てた様子でうなずきます。

「私も来年はお姉様みたいな真っ赤なドレスがいいなあ。ダメ?」

「ディアナ様には、歴代の聖女様に代々受け継がれてきた式典用の僧衣《そうえ》を着てもらうことになっております。諦《あきら》めてください」

年配のお付きの方が苦笑しながら、彼女にテキパキとお化粧を施《ほどこ》していきます。

その間にもディアナ様はそわそわと落ち着かない様子で、ことあるごとに私やお付きの方に話しかけていました。

緊張しているのでしょう。無理もありません。これからたくさんの国民の前に姿を見せるわけですからね。

「準備はできたか。そろそろ時間だぞ」

ディアナ様のお化粧も終えて、少し経った頃。

ドアの向こうから、ジュリアス様のお声が聞こえてまいりました。

「それではディアナ様、また後ほど。式典、楽しみにしておりますわね」

「うー、プレッシャーだなぁ……がんばりまーす、お姉様っ」

お付きの方々にも礼をしてから部屋を出ます。

そこにはジュリアス様が、廊下の壁に背を預けて立っていました。

「遅かったな。待ちくたびれ――」

口の端を吊り上げてそう言ったジュリアス様は、こちらを見るなり口を半開きにしたまま硬直してしまいました。

「ジュリアス様、どうかなさいまして？」

「……うむ。やはり貴女は、天上の女神のようだと思ってな。容姿だけを見れば、だが」

相も変わらず、一言余計です。

ですがここでムッとしては、ジュリアス様の思うつぼ。

意地悪な王子様の嫌味は、微笑んでサラッと受け流すのが淑女《しゅくじょ》ですわ。

「ありがとうございます。〝金色の君〟にそう言っていただけるなんて、光栄ですわ」

私の返した言葉に、ジュリアス様が嫌そうに顔をしかめます。

「……どこでその名を聞いた？」

「レオお兄様からお聞きしました。夜会ではご令嬢方にそう呼ばれていると。なぜ教えてくださらなかったのですか？　素敵なふたつ名ですのに。ふふ」

「ちっ……レオのヤツ。覚えていろよ」

そんな風に軽口を叩きながら、聖堂の外へ出ます。

聖堂の周りには警備隊と守護騎士団の方々がずらりと並び、厳重な警戒網を張っておりました。

いくらパルミア教でも、この警備を突破することは容易《ようい》ではないでしょう。

「よく聖教区内に警備隊が入る許可を得られましたね。確か、聖教区内への国家権力の介入を禁ずる決まりがあったはずでは？」

「聖門の無断閉鎖の件と暴徒の先導について罪を追及しないことを条件に、教皇に無理矢理承認させた。中々首を縦に振らぬものだから、三日ですむ準備が一週間もかかってしまったがな」

なるほど、それでこんなにも聖地巡礼への出発が長引いたわけですね。

「いくらパルミア教がディアナ聖教を目の敵《かたき》にしているとはいえ、聖教区を出れば聖門の時のように妨害をしてくることはあるまい。教徒ではない国民の目もあるからな」

「そうだといいのですが……」

「含みのある言い方をするな？　なにか気にかかることでもあるのか？」

「いえ……ただ、聖門の一件以降、パルミア教に動きがないもので」

私がそう言うと、ジュリアス様はパチンと指を鳴らしてドヤ顔で口を開きます。

「わかったぞ。誰も殴れなくて退屈なのだろう。当たりか？」

「それもありますが……」

「……あるのか」

私にはどうしても、この式典が何事もなく終わるとは思えないのです。

ただの勘と言えばそれまでですが、こと美味《おい》しそうなお肉——もとい邪悪な企《たくら》みの気配に関しては、こういう勘は一度も外したことはありません。

「なにも起こらないに越したことはありませんけどね。さあ、まいりましょうか」

王都の城下町に、正午を知らせる鐘が鳴り響きます。

聖教区の入り口は、聖女様の登場をいまかいまかと待ちわびる民衆で埋め尽くされていました。

総動員された警備隊と守護騎士団が大きな盾を持って壁になり、聖女様を乗せた神輿《みこし》が通る道を作っています。

その様子を、私とジュリアス様は少し離れたところに停められた馬車の中から見ていました。

ディアナ聖教に疑問を持つ人が増えてきたとはいえ、多くの民の心の拠《よ》りどころとされていることも確かなのでしょう。

そんな中、民衆のざわめきを打ち消すように、管楽器によるファンファーレが高らかに鳴り響きました。

音のほうへと視線を向けると、聖教区の中から管楽器を構えた楽器隊が登場。彼らは一糸《いっし》乱れぬ動きで行進しながら、式典のはじまりを告げる聖歌を奏で始めます。

盛大な演出に、民衆は大いに沸き上がりました。そして——

「おお、見ろ！」

「聖女様のお神輿《みこし》よ！」

楽器隊のあとを追うように、大きな馬車に引かれて、建物の二階ほどの高さがある神《み》輿《こし》が現れます。

神輿《みこし》の上には、白い布で顔をお隠しになったディアナ様が立っており、民衆を見渡すようにお顔を巡らせました。

そして両手に持っていた金色の大きな盃《さかずき》を天に掲《かか》げて、その中から青い水滴を振りまきます。

——〝浄化の聖杯〟。

心身の穢《けが》れを取り除き、清める魔法——浄化《キュアー》の効果が宿った聖水が、恒久的に湧き上がる魔道具ですね。

幻想級には及ばないものの、失われた古代魔法によって作られた魔道具——古代級《エンシェント》のものです。

「聖女ディアナ様！」

「なんと神々しいお姿……！」

「我らがパリスタンの守護天使様！」

「ディアナ様、万歳!!」

楽器隊の演奏すら掻き消さんばかりの歓声が一斉に沸き上がります。

「いい演出だ。あのように神秘的な光景を見せつけられては、まさか聖女が力を失っているとは思わないだろう」

馬車の窓から式典の様子を眺めていたジュリアス様が、満足そうにうなずきます。

「例年通り、とても賑《にぎ》わっておりますわね。ジュリアス様の自画自賛も納得できる、素敵な演出かと思いますわ」

「いや、珍しく貴女が褒めてくれているところに水を差すようで悪いが、あれを考えたのは私ではない。レオだ」

「お兄様が？」

「ああ。こういった派手な演出に関しては、レオに一任するのが一番楽……ではなく、向いているからな。流石《さすが》は私の右腕だよ」

確かに現実主義者のジュリアス様がお考えになったにしては、華がありすぎると思いましたが。

お兄様が企画をなさったと聞けば納得ですね。流石《さすが》は私の自慢のお兄様です。

「さて、これで式典は成功と言っていいだろう。スカーレット、貴女の心配もどうやら杞憂《きゆう》だったようだな」

「そのようですわね」

「残念だったか？　なにも起こらなくて」

「お戯《たわむ》れを。ディアナ様の御身を危険に晒《さら》すようなことなど、起こらないに越したことは——」

私の言葉を打ち消すように、ドーン！　と耳をつんざくような轟音が鳴り響きました。

突然の出来事に民衆は混乱し、辺りにどよめきが広がります。

「いまのは砲撃音か？　一体誰が……まさかパルミア教の——」

ジュリアス様が顔をしかめて言いかけた次の瞬間。さらに続けて、二度、三度と砲撃音が広場に鳴り響きました。

「きゃあああああ!?」

「て、敵国の侵略か!?」

「に、逃げろ！　逃げろおおお！」

民衆はパニックを起こし、四方八方へと逃げ出そうとして大混乱。

どよめきは悲鳴へと変わり、怒号があちこちから上がります。

「くっ、一体なにが起こって……おい、スカーレット⁉」

呼び止めるジュリアス様を無視して、馬車のドアから外に飛び出します。

そのまま開《ひら》いたドアを足がかりにして馬車の側面を駆け上がり、屋根の上から周囲の様子を見渡しました。

一番人の多かった聖門の周辺では、警備隊や騎士団の方々が必死になって、将棋倒《しょうぎだお》しになりかけている民衆の方々を押さえ込んでいます。

しかし、兵に比べてあまりにも民衆の数が多く、このままでは警備兵もろとも人波が決壊するのは時間の問題でした。

「お、落ち着いてください！　みなさん！　落ち着いて――」

神輿《みこし》の上ではディアナ様が必死になって声を張り上げ、混乱を収めようとしていらっしゃいますが、半狂乱となった民衆の耳には届いていないようです。

その間にも砲撃音はドーン、ドーンと立て続けに鳴り響き、民衆の混乱は加速度的に増していきました。

いけませんね、これは。一刻も早く彼らを落ち着かせなければ。

「出所は——あちらですか」

耳を澄《す》まさなくてもわかります。

砲撃音は聖門の向こう側、聖教区の奥から響いてきているようでした。

正確な場所や犯人まではわかりませんが、ディアナ聖教の式典をブチ壊して喜ぶ者を想像すれば、大体の見当はつきます。十中八九、パルミア教の人間でしょう。

砲弾が飛んでこないので、どうやら空砲を撃っているようです。パルミア教の仕業だとバレても、直接的な攻撃は行《おこな》っていないと罪を逃れるつもりでしょうか。

「落ち着け！　ただの空砲だ！」

「走るな！　止まれ！　怪我人が出るぞ！」

いち早く空砲だと気がついた兵達が的確に指示を出していますが、この様子だと全体に情報が伝わるより先に死傷者が出るでしょう。それだけは、絶対に避けなければなりません。

「嫌がらせのつもりなのでしょうが……少々やりすぎましたわね」

さあ、お祭りを再開しましょうか。

「お祭りはお祭りでも……血祭り、ですけどね。ふふ」

馬車から飛び降りた私は、人の流れに逆《さか》らって進み、聖教区内に戻ります。

途中、聖教区内を警備していたと思われる兵の方々が、慌てて外へ走って行くのとすれ違いました。民衆の安全確保のためでしょう。

原因の究明よりも、まず人命を優先しようとする警備隊や騎士団の方々には頭が上がりませんね。

ですが、このまま騒ぎが沈静化するまで待っていては、まんまと犯人に逃げられるだけです。

ここはお忙しい彼らに代わって、僭越《せんえつ》ながらこの私が原因への直接対処をいたしましょう。

「まずは耳障りな大砲のお掃除ですわね」

一足飛びに聖教区内を駆け抜け、パルミア教の総本部前に辿《たど》り着きます。

そこには黄金でできた人間大の女神像が立っていました。右手に槍《やり》を、左手に盾を構えて、神殿をバックに堂々と佇《たたず》んでいます。

この悪趣味な像を建てるために、一体どれだけのお金がドブに捨てられたのか……想像するだけで拳《こぶし》がうずいてしまいますわね。

「まあ、立派な槍《やり》。少しだけお借りしますわね、女神様」

形ばかりの断りを入れつつ、女神像が手に持っている黄金の槍《やり》をぐっと引っこ抜きます。

するとバキンッ！　と音を立てて、槍《やり》だけでなく女神像の手まで取れてしまいました。

「あら」

意外ともろい作りですね。次からは黄金ではなく、超硬度金属であるアダマンタイトで作ることをおすすめします。

「さて、砲撃音の聞こえてくる方向は……あちらですか」

槍《やり》を構えて、音の聞こえてくる方向に耳を澄《す》まします。パルミア教総本部の敷地はそれなりに広いようで、音は奥の方から聞こえてくるよう。

神経を研《と》ぎ澄《す》まし、音の発信地へ慎重に狙いを定めます。

一体どこの誰が撃っているかはわかりませんが、こんなテロリスト紛《まが》いのことをする方々には、手痛いお仕置きが必要ですよね？

その結果として、テロリスト達が隠れている建物が崩壊したとしても、それは世のため人のため、致し方ないことでしょう。というわけで――

「……そーれっ！」

加護で加速させた槍《やり》を、上空へと放り投げました。

超高速で放たれた黄金の槍《やり》は、空気を引き裂きながら、空砲が聞こえてくる辺りに落下します。それから少し遅れて、ズドーン！　と凄まじい轟音が響いてきました。

「次は足で行きましょうか」

女神像を蹴り倒し、両足を叩き折ります。

そして先ほどと同じように、パルミア教総本部の上空に放り投げました。

今度は轟音とともに、怒号と悲鳴が微《かす》かに聞こえてきます。

ふふ。これぐらいで悲鳴を上げられては困りますわ。まだまだ投げる弾はたくさんありますのよ。

「しかし、もったいぶるというのは私の趣味ではありませんし。いっそ、景気よく残りの部分を一気に投げてしまいましょうか」

「――お待ちなさい！」

女神像の頭を片手で掴みながら思案していたところ、総本部の屋根のほうから甲高い叫び声が響いてきました。

目を細めて見上げると、そこにはパルミア教の僧衣《そうえ》を纏《まと》った殿方が立っています。

「ぜえ、ぜえ……わ、我らの神聖なるパルミア教の総本部に、はぁ、はぁ……金のガラクタを投げていたのは貴女ですか！」

ひょろりとした長身で痩《や》せ型のその方は、そこまで全力で走ってきたのか、肩で息をしながら言いました。

ああ、なんということでしょう。

せっかく太ったお肉を殴れるだろうと楽しみにしていましたのに、あんな痩《や》せたお身体では殴り甲斐がないではありませんか。正直、落胆を禁じえません。

「はぁ……そうですが、それがなにか？」

「なんという悪魔のような所業！　ゴミはゴミ箱に捨てろとご両親に教わらなかったのですか!?　この不届き者め！」

「ええ。ですから女神像《ゴミ》をパルミア教総本部《ゴミバコ》に入れさせていただいたのですけれど」

「なにをわけのわからないことを……いいからその手に持ったガラクタを捨てなさ――って、はぅあ!?　そ、それはまさか女神像の頭ぁ!?」

私の手の中でメキメキと音を立てて潰されようとしている女神像の頭を指さして、パルミア教徒の方が口をパクパクと開閉させます。

ようやく気づかれたようですわね、おバカさん。

「で、ではいままで貴女が投げていたのは、まさか……」

「はい。貴方がガラクタと称した女神像の一部でございます」

「ヒイ⁉　パ、パルミア様！　これはなにかの間違いで――お、おのれえ！　神聖なる女神像に対してなんたる振る舞い！　この悪魔め！」

その神聖なる女神像を散々ガラクタ扱いしていたのはどこのどなたです？

というか、空砲の音がやんでいますね。私が教会に攻撃を加えた途端にやむなんて、やはり空砲を撃っていたのはパルミア教の方々だったのですね。

「ディアナ聖教の小賢《こざか》しい式典を中止させるという、我らの崇高にして重大な使命を妨害する悪魔め！　たとえ天が許そうとも、パルミア教異端審問官であるこの私が許しませ――」

ふと思い立ってブン投げた女神像の頭が、名も知らぬ異端審問官様の顔面にメシャアッ！　とめり込みます。

「お話が長いですわ」

「おごぉ……」

ぐるんと白目を剥《む》いて、異端審問官様が屋根の上から転げ落ちました。

ああ、そうでしたわ。前にブン殴った異端審問官様のように、また〝聖少女の首飾り〟の模造品《レプリカ》を持っていては面倒です。

とりあえず魔道具はすべて没収させていただきましょう。

気絶している彼の懐《ふところ》を探り、それらしいものを抜き取ります。

「さて……それではテロ組織の総本部に殴り込むとしましょうか」

気持ちを新たに、その場から駆け出します。

犯人も犯行場所も特定した以上容赦はいたしません。

私がこの拳《こぶし》をもって、パルミア教の総本部を地上から消し去って差し上げましょう。

「……おかしいですわね」

パルミア教の総本部に足を踏み入れた私の眼前には、崩壊して瓦礫《がれき》の山と化した神殿が広がっていました。

私はただ女神像の槍《やり》と足を適当に投げただけなのですが……

建物にある程度のダメージを与えてしまうことは予想していましたが、まさか全壊させてしまうなんて。まったくもって予想外です。

「なんということだ……まさか大砲の火薬に槍《やり》が衝突するなんて。誘爆してなにもかもが吹っ飛んでしまったではないか」

「一体どこの誰だ！　こんな罰当たりなことをしたのは！」

……瓦礫《がれき》を前に呆然としているパルミア教徒の方々が、経緯を説明してくださいましたね。

それにしても、神殿が吹き飛ぶほどの爆発に巻き込まれたのに無傷とは、この方々も運がいいのか悪いのか。

ああ、もしや全員が〝聖少女の首飾り〟の模造品《レプリカ》を身につけていらっしゃるのかしら。だとしたら、少し面倒ですわね。

「ん？　なんだお前……いまは取り込み中で――」

「ま、待て！　銀髪に凍えるような青い瞳……こ、こいつまさか！」

「〝銀髪の悪魔〟！　スカーレット・エル・ヴァンディミオン！」

パルミア教の教徒達が私の存在に気づいて、一斉に取り囲みます。

彼らはみな、懐《ふところ》から短剣を取り出すと、刃を私に向けて叫びました。

「ゴドウィン大司教を罠にはめた背徳者、スカーレット！　ここに槍《やり》を投げ込んだのも、お前の仕業か！」

「おのれ！　ディアナ聖教に与《くみ》する悪魔の化身め！　許さぬぞ！」

この手の方々はどなたも似たような口上を垂れ流すもので、こうもワンパターンだといい加減飽きてきます。まあ、どんな相手であっても最低限の礼儀をもって接するのが淑女《しゅくじょ》というもの。

私は騒がしい教徒達に向けて、スカートを摘まんで優雅に一礼しながら微笑みます。

「ご機嫌よう、パルミア教のみなさま。なにやら不幸な事故があったようですが、お加減はいかがでしょうか」

「「「「お前のせいだろおおお！」」」」

まあ、失礼な。まるで私が悪者であるかのような言いようですね。

こう見えて私、昔から世のため人のために戦っている、正義の使者ですのよ。

「ふん！　そうして余裕ぶっていられるのもいまのうちだ、悪魔め！」

「丸腰で現れるとはな！　ここをどこだと思っている！」

口々に喚《わめ》き立てる彼らに、私は頬に指を当てて首を傾《かし》げます。

「えっと……廃墟？」

「「「「廃墟にしたのはお前だあああ！」」」」

いちいち騒がしい方々ですわね。そんなに私に殴られたいのかしら。

「ククク……あまり調子に乗るなよ。ここにはいま、お前のような悪魔を滅することを生業《なりわい》とされている、それはそれは恐ろしいお方がいらっしゃるのだ！」

「あのお方の手にかかれば、たとえ〝銀髪の悪魔〟であろうがひと捻《ひね》りよ！」

「まあ、それは恐ろしいですわね」

口元に手を当てながら言うと、一人の教徒が私を指さして叫びます。

「いまさら怯《おび》えても遅いわ！　ゴドウィン様の仇《かたき》、いまこそ討《う》たせてもらおうぞ！　あのお方がな！」

「さあ、この悪魔めに正義の鉄槌《てっつい》を！　おいでくださいませ、異端審問官様！」

教徒達の叫び声が、廃墟と化した神殿跡に響き渡ります。

しかし、それに答える声は一向に返ってきませんでした。

「……おい、教皇猊下《げいか》より遣わされた異端審問官様はどこに行かれた？」

異端審問官……一体何人いらっしゃるのか知りませんが、もしや先ほど屋根から転げ落ちてきた方でしょうか。ならば所在を教えて差し上げなければ。

「そのお方なら、向こうのほうで白目を剥《む》いて倒れていらっしゃいますが」

「で、でまかせを言うな！　女神の祝福厚きあのお方が、そのような無様なお姿を晒《さら》されるわけがない！」

そう叫ぶ教徒の前に、ゴトンと鋲《びょう》がついた棍棒を放り投げます。

先ほど気絶させた異端審問官様が持っていたものです。おそらく魔道具だろうと思うのですが。

「これで信じていただけますか？」

微笑みかけながらそう言いますと、教徒達は一瞬固まったあと――顔を見合わせてから、私に向かって一斉に土下座なさいました。

「申し訳ございませんでしたああ！」

頭を思い切り地面に押しつけて謝罪する彼らに、私は首を傾《かし》げつつ尋ねます。

「申し訳ございません、とは？」

「いままで我々が口にしたご無礼の数々、どうかお許しください！」

「私達が束になってもスカーレット様に敵《かな》うはずがありません！　大人しく投降いたしますのでどうかお許しを！」

頼みの綱だった異端審問官様がすでに倒されていたと知って、戦意を喪失されてしまったようですね。期待していたような血祭りにはなりませんでしたか。

残念ですが、仕方ありませんね。

こんな下っ端の小悪党を殴ったところであまりスッキリしないでしょうし、今日はここら辺で妥協しておきましょう。

「悪いのはすべて、私達にディアナ聖教の妨害をしろと命令した幹部達なんです！　私達はただ、その命令に従っただけなんですよ！」

「そ、そうだ！　私達は言われたことに従っただけだ！　なにも悪くない！」

「よく考えたら投降する必要などなくないか？　なにも悪いことをしていないのに」

「ああ、確かにそうだな。私達はただちょっとした嫌がらせをしただけだ。砲撃は空砲だったわけだしな」

「むしろ神殿をこんなにされて、賠償金を請求したいくらいだ！」

「そうだな！　あとで貴様の実家に請求させてもらうぞ！」

——やはり気が変わりました。

「……いま、貴方達は王都の広場がどんな有様になっているかご存じですか？」

「知ったことか。ディアナなどという愚かな売女《ばいた》を讃《たた》える式典など、想像しただけでヘドが出る」

「貴方達が行《おこな》ったそのちょっとした嫌がらせのせいで、いま頃少なくない怪我人が出ていることでしょう」

「自業自得だな！　パルミア様ではなく、ただの小娘を崇《あが》めているからそんなことになる！　当然の結果だ！　ざまあみやがれ！」

「まったくその通りだな！　ははっ！　いっそのこと一人や二人、天に召されたほうが改心するきっかけになっていいのではないか？　バカは死ななければ治らないと言うしぎゃあああああ!?」

私に顔面を殴られた教徒が、吹っ飛ばされて瓦礫《がれき》の山に突っ込みます。

殴った際に彼の懐《ふところ》に手を入れてみたところ、やはり持っていましたね、〝聖少女の首飾り〟。これは没収させていただきましょう。

「えっ？　な、なんで殴って――んげえええ⁉」

「自業自得だと、そう言いましたわね」

二人目の教徒を蹴り飛ばし、一人目が突っ込んだ瓦礫《がれき》の隣に叩き込みます。

「や、やめっ、ぐへえええ⁉」

「ディアナ様を信仰する善良な国民の方々が怪我をするのが、当然だというのならば――」

逃げ出そうとした三人目の頭をうしろから掴み、二人目の横に叩きつけます。

三人とも仲よく並んで瓦礫《がれき》に突き刺さりました。愉快な前衛芸術作品のできあがりですね。

「神の名のもとに罪なき人々を傷つける愚かな貴方達は、一体どれほどの罰を受ければいいのでしょうね？」

頬に撥《は》ね返ってきた返り血をドレスの袖で拭《ぬぐ》いながら、私は口元をにやりと歪《ゆが》ませます。

「バカは本当に死ななければ治らないのか、貴方達で実験してあげましょう」

実際に死ななくとも、死ぬほどの痛みを味わえばバカが治るかもしれません。幸いここには三十人ほどの教徒がいらっしゃいますので、サンプルには困らないでしょう。いつもはより殴り甲斐のあるお方を選《え》り好《ごの》みしていますが、質より量というのもたまには悪くないですね。

「抵抗してもかまいませんわよ。頭を下げても、歯向かってきても、私が貴方達を殴ることに変わりはありませんので」

「ひっ⁉　たすけ――」

そうして、教徒達の悲鳴が聖教区中にこだましました。

総勢三十二人のパルミア教徒を片っ端から殴って気絶させた私が、パルミア教総本部から出たところ、ちょうど警備隊の方々に遭遇。彼らにあとの処分をお任せして、私は聖門前に戻ってまいりました。

「痛いよぉ、痛いよぉ……」

「誰か！　手を貸してくれ！　こっちに倒れている婆さんがいるんだ！」

悲痛な声があちこちから聞こえてまいります。

砲撃音はやんだため混乱はいくらか収まっているものの、そこは大勢の怪我人で溢《あふ》れていました。見たところ死者は出ていないようなので、それだけは不幸中の幸いといったところでしょうか。

「傷が深い方、手足や関節に違和感を覚える方はこちらにどうぞ！」

通りの端に設置されたテントでは、民間のお医者様や看護師様に交じって、王宮つきの治癒術士の方々も治療を行《おこな》っていました。

この対応の速さと、王宮直属の治癒術士を動かす力。どう考えてもジュリアス様の采《さい》配《はい》でしょうね。

楽観視しているような口ぶりでしたが、不測の事態に備えて準備はしていたというわけですか。素直に褒めるのは癪《しゃく》ですが、流石《さすが》ですと言っておきましょう。

「あ、お姉様ー！」

声がしたほうに視線を動かすと、ディアナ様が神輿《みこし》の上からこちらに手を振っていました。

無事だったようでなによりですわ。先ほどよりは落ち着いたご様子ですし、心配はいらないでしょう。

さて、事態もなんとか収拾がつきそうですし、私はこの騒動の原因――パルミア教のテロ行為についてジュリアス様に報告しに行くとしましょうか。

というわけで、一足お先に失礼を――

「きゃあああ⁉」

王宮に向かって歩き出そうとしていた私の背後で、突然悲鳴が上がりました。

振り返った私の視界に映ったのは、支柱がなかばで折れていまにも倒壊しそうになっている神輿《みこし》。そして、呆然とした表情で地面に落下していくディアナ様の姿でした。

先ほどの騒動で多くの方が神輿《みこし》にぶつかっていましたから、その衝撃でもろくなっていたのでしょうか。いえ、いまは原因について考えている場合ではありません。

一刻も早くディアナ様をお助けしなければ――！

「ディアナ！」

駆け出そうとした私の前を、ハーフエルフの守護騎士が駆けていきました。ディオスと名乗っていたあの方です。

なんらかの加護を使っているのか、その速度は平常時の私をも凌駕《りょうが》するほどでしたが、いかんせん神輿《みこし》までは距離が遠すぎます。

こうなれば、私の加護を使ってなんとかするしかありません。

加護を発動しようと意識を集中しかけた、その時。

「――はっ！」

殿方の鋭い声とともに、私の頭上を一頭の白馬が飛び越えていきました。

民衆が唖然《あぜん》と見つめる中、白馬にまたがった殿方はあっという間に神輿《みこし》の下まで駆け抜け、落下中のディアナ様を抱き留めます。

そして、崩れ落ちる神輿《みこし》を足場に再び跳躍《ちょうやく》すると、ちょうど私の目の前に軽やかに着地しました。

突然現れた白馬の殿方に、周囲の視線が釘づけになります。そんな民衆を気にも留めず、そのお方は不器用に微笑んで、世の女性がみな恋に落ちるような低い声で言ったのです。

「……緊急時とはいえ、このように抱きかかえることになってしまったご無礼をお許しください。お怪我はありませんでしたか、ディアナ様」

次の瞬間、周囲にいた女性達から「きゃーーー！」と、悲鳴にも似た歓声が沸き上がりました。

その殿方は、さしずめ歌劇や物語に登場する白馬の王子様といったところでしょうか。

「もうっ、貴方は私だけの白馬の王子様ですのに――レオお兄様ったら」

頬を火照《ほて》らせてほうけているディアナ様を、優しく地面に下ろす黒髪の殿方――レオナルドお兄様に、ため息をつく私なのでした。

第三章　断固としてお断りです。

翌日の朝。

ディアナ様と私を含む聖地巡礼の一行は、人目につかないようひっそりと王都を出発いたしました。

ちなみにジュリアス様は昨日の後始末をするそうで、巡礼の途中から私達に合流する予定です。

今回の空砲騒ぎを引き起こしたパルミア教を、跡形もなく叩き潰してやると息巻いておりましたからね。

いま頃は国王陛下に代わって、王国議会に教皇を出頭させ、いつもの悪い笑みを浮かべてネチネチと追い詰めていることでしょう。

「……で、スカーレット。なぜお前がこの旅に同行しているのだ？」

ヴァンディミオン公爵家の馬車の中。向かいに座ったお兄様が、私を睨《にら》みながら問いかけてきます。

私のほうこそ、どういうことかおうかがいしたいですわ。お兄様が聖地巡礼に同行するなんて、ただの一言も聞いていませんでした。

もともとお兄様はジュリアス様の補佐として参加する予定だったとか。あの腹黒王子、わざと教えませんでしたね？　許すまじです。

「私、実はディアナ様とは仲のいいお友達ですの」

「ほう。初耳だな」

「ちょうど王都に滞在していたところ、昨日あのような事件に遭遇したので心配になりまして。居ても立ってもいられず、予定していた温泉旅行を中止して、こうして旅のお供に馳《は》せ参じたというわけでございます」

「そんな滅茶苦茶な言い訳が、この私に通じると本気で思っているのか？」

……ですよね。ああ、もういっそすべて話してしまおうかしら。

そもそも、ジュリアス様がいらっしゃらないいま、お兄様は王家の名代《みょうだい》としてこの旅に同行しているわけです。そんなお兄様に知らされていないことがあるなんて、なにか不測の事態でも起きたらどうするおつもりなのでしょう。

それはそれで面白いだなんて、あの腹黒王子なら言い出しかねませんけれど。困ったものです。

「……はぁ。どうせ殿下から口止めをされているのであろう。まったく、あのお方ときたら」

眉間に指を当ててため息をつくお兄様。

私もまったく同じ気持ちでございます。お兄様の苦労がしのばれますわね、本当に。

「レオお兄様は今回の騒動について、どの辺りまで事情をご存じなのですか？」

「ディアナ聖教の権威を貶《おとし》めるため、サルゴン教皇を中心としたパルミア教が暗躍している、ということぐらいだ。いや……」

頭を左右に振ってお兄様が続けます。

「もはや暗躍とは言えんか。あれほど多くの人の目がある場所でテロ紛《まが》いの騒ぎを起こし、負傷者まで出してはな。信者を独占するために他宗教を弾圧し、ディアナ聖教にたびたび嫌がらせ紛《まが》いの真似をしてきたパルミア教の行《おこな》いは、王宮議会でも兼ねてより問題視されていたのだ。いままではうまく追及を逃れてきたようだが、今回ばかりは罪を逃れることはできまい」

「それもこれも、信者を独占するため、でしょうか」

パルミア教は、大量の財貨をお布施《ふせ》として信者達から徴収しています。教皇をはじめとする幹部のみなさまの成金っぷりや、建物の豪華絢爛《ごうかけんらん》さはそれによって支えられているのでしょう。

そして彼らは、さらなる富を求めて信者の獲得を目指して、他宗教の排斥を始めたよう。

私腹を肥《こ》やすために他宗教を弾圧するなど、聖職者として、いえ、人間として言語道断《ごんごどうだん》ですわね。俗物ここに極まれりですわ。

「ジュリアス様に聞いたお話によると、初日に聖門でお前達を通せんぼした件や、聖教区内での暴動は、式典妨害に使う大砲を聖教区内に持ち込むための陽動だったようだ。まったく、なんともずさんな計画を立てたものだな」

お兄様の言う通りですわね。なぜそんな動かぬ証拠になるものを、わざわざ教団の本部に運び込んだのでしょう。それでは自分達がやりましたと、堂々と宣言するようなものじゃないですか。理解に苦しみます。

「ところでだ。捕縛されたパルミア教徒どもが面白いことを言っていてな」

「まあ、面白いことですか？　それは興味がありますわ」

両手をぱちんと叩いて微笑みかけると、お兄様は腕を組み、目を細めて私に言いました。

「いわく、『銀髪の悪魔に殺される』『生きたままサンドバッグにされる』『前衛芸術になるのは嫌だ』あとはなんだったか……」

「レオお兄様、そろそろお昼ですが、お腹は空《す》きませんか？　私、こんなこともあろうかと王都の美味《おい》しいお菓子屋さんでクッキーを買ってまいりましたの。おひとついかが？」

話をそらそうとする私を無視して、お兄様は続けます。

「存在するかどうかもわからない悪魔はともかくとして、銀髪とはまた珍しいだろう？この国では滅多に見られない特徴だ。少なくとも私は、お前以外に銀髪の人間を見たことがない」

やれやれ、ですわね。あの方々、口が軽いにもほどがあります。こんなことになるなら、物理的に喋《しゃべ》れなくなるくらいに、お口をチャックしておけばよかったかしら。

「よもや、この一連の事態の中心にいるのではあるまいな、妹よ？」

「私の口からはなんとも。お察しの通り、ジュリアス様に口止めされておりますので」

「はぁ……殿下も人の可愛い妹を一体なんだと思っているのだ……」

いまさり気なく、可愛いとおっしゃいましたね。本人を前にしてそのようなことを言うなんて、もうっ、お兄様ったら。恥ずかしいですわ。

「ご安心ください。今回は誰かを殴るとか、そういったことではありませんから。聖地巡礼のお手伝いに呼ばれただけですわ」

「手伝い？　ならばなおのこと、お前でなくてもよいのではないか？」

「いえ、そのお手伝いは世界中でただ一人この私にしかできないことなのです」

その一言で、察しのいいお兄様は、私の加護が絡んだことだと悟ったのでしょう。

しばらくこちらをじっと見つめたあと、手の平をご自分の顔に当て、がっくりと肩を落としてつぶやかれました。

「……そういうことであれば仕方あるまい。だが、くれぐれも無茶はするな。お前がいくら強力な加護を持っていようとも、一人ではどうしようもできないことは、往々にしてあるものだからな」

「ご忠告、感謝いたします。肝《きも》に銘《めい》じておきますわ」

「それが口だけの誓いでなければいいのだがな、こいつめ」

「ふふ、くすぐったいです」

ムッとした表情のお兄様に、頬をつつかれながら笑みを返します。

しかしお兄様は、本当に表になっていることしかご存じではないのですね。このご様子では、ディアナ様のお力が失われていることに関しても、当然知らないのでしょう。

これればかりは本当に、私の一存で話せることではありませんし。

くれぐれも知られないように気をつけなくてはいけませんね。

「……スカーレット様、少しよろしいでしょうか」

陽も落ちて夕方になった頃。木々に囲まれた道の外れで、野営の支度をするみなさまを見ていた私に、ディアナ様のお付きの女性が話しかけてきました。

「いかがなさいましたか？」

「ここでは言いづらい話ですので、こちらへ」

誘われるままについていきますと、そこにはディアナ様専用のテントが張られていました。テントの前では、もう一人のお付きの女性が落ち着かない様子でうろうろと歩き回っています。

「もしやディアナ様になにかありましたか？」

「えっと……先日の一件から、どうも様子がおかしくて」

「ああ……乗っていた神輿《みこし》が倒壊した件ですわね。あのような恐ろしい目に遭われたのですから、いまだに怯《おび》えていても仕方のないことでしょう」

「いえ、そういったものとはどうも違うようで——」

「はにゃーん！」

ディアナ様のテントの中から、悲鳴にも似た甲高いお声が聞こえてまいりました。

私とお付きの方々は思わず顔を見合わせます。

「……確かにこれは、普通ではありませんね」

「スカーレット様もそう思われますか……？」

「先日からずっとあのようなご様子で……お声をかけても上《うわ》の空《そら》で……」

話していている間にも、テントからは「ふにゃーん！」とか「きゃるーん！」とか、摩訶《まか》不思議なお声が聞こえてまいります。

そのたびに、お付きの方々はビクビクッと身体を震わせて涙目になっていらっしゃいました。

「スカーレット様、恥をしのんでお頼み申し上げます。どうかディアナ様をお助けください……！」

「ディアナ様が唯一心を許していらっしゃる、貴女様だけが頼りなのです！　どうか、どうかお願いいたします！」

お付きの方々が神に祈りを捧げるかのように両手を組んで私に頭を下げてきます。

自分達が信仰する対象が、突然意味不明な行動を取り出したのです。お世話係としては、心配になるのも無理はないですわね。

「わかりました。私にお任せください。みなさまはここでお待ちを」

「不甲斐ないこの身がうらめしいです。よろしくお願いいたします」

「ああディアナ様、おいたわしや……」

落ち込む二人をなだめながら、テントの入り口を少しだけ開《ひら》いて中を覗きます。

明かりも灯っていない真っ暗な部屋の奥では、簡易ベッドの上でディアナ様がゴロゴロと転げ回っているのが見えました。

あの様子、ただごとではありませんね。

まさかパルミア教に、呪詛《じゅそ》の類《たぐい》でもかけられたのでしょうか。それとも知らぬ間に、毒物でも呑み込んでしまった……？

「ディアナ様、夜分遅くに失礼いたします」

声をかけてテントの中に入ろうとすると、ディアナ様の動きがぴたりと止まります。

そしてお顔を埋《うず》めた枕から、恐る恐るといったご様子で私を見上げ——

「きゃあああああっ！」

ディアナ様が突然大きな悲鳴を上げました。

そして再びベッドの上でドッタンバッタンと転がり始めます。

「スカーレット様⁉　いまの悲鳴は⁉」

「ディアナ様！　ああ、ディアナ様があんなにも大きな悲鳴を！」

テントの外からは、お付きの方々の慌てふためくお声が聞こえてきます。

ディアナ様が私の顔を見た途端悲鳴を上げるなんて……正直まったくわけがわからない状況ですが、妹のように可愛がっているディアナ様のため。やれるだけのことはやってみましょう。

「……失礼いたします」

ベッドに近寄り、転がるディアナ様のお身体を抱き寄せます。

暴れていたせいか肩で息をしているディアナ様は、ご自分の身体に触れているのが私だとわかると、目を見開いて再び絶叫しました。

「うにゃーーーーーーっ!?」

猫のようなお声を上げたディアナ様が、ジタバタと暴れて必死に私の手を振りほどこうとします。あんなにも私を慕ってくださっていた彼女が、明確な意志を持って拒絶するだなんて。

これはいよいよ、様子がおかしいですわね。

「ディア……サーニャ様。落ち着いてくださいませ」

「むりっ、むりぃっ!」

「大丈夫ですよ。私は貴女に危害を加えたりしません。ですから、どうか気を落ち着かせて私の話を――」

「落ち着けるわけないよお！　だって、だって――」

両手をご自分の頬に当てたディアナ様は、熱で火照《ほて》った真っ赤なお顔で言いました。

「お姉様のお顔を見ていると、白馬の王子様《レオナルド》を思い出して胸がキュンキュンしちゃうんだもん！　や――――ん！」

「…………はい？」


「――なるほど。つまり式典の時にレオお兄様に一目惚れして、助けられた時のことを考えるたびに、お兄様のお顔とお声を思い出してしまい、居ても立ってもいられずにベッドの上で悶《もだ》えていた、と。そういうことですね」

「うう……改めて言われると恥ずかしいけど……その通りです」

ベッドにぺたんと座りながら、お顔を真っ赤にしてうつむくディアナ様。その頭をよしよしと撫でてあげます。

「女の子ですものね。でも、恥ずかしいのもわかりますが、お付きの方にあまり心配をかけてはいけませんよ？」

「はい……ごめんなさい、お姉様」

しかし、そうですか。ディアナ様がレオお兄様に恋を……

私は彼女のことをまだまだ幼い少女だと思っていたのですが、もうすっかり恋をするお年頃になられたのですね。

寂《さび》しいような、嬉しいような、複雑な気持ちです。

しかも意中のお相手が私のお兄様ともなれば、なおさら。

「お姉様？　どうしたの？」

「いいえ、サーニャ様はとてもお目が高いと思いまして。なにしろレオお兄様は世界で一番素敵な殿方でいらっしゃいますから」

「そうよね！　お姉様もそう思うわよね！　はぁあああ……レオ様……私の白馬の王子様ぁ……あ、だめ。尊《とうと》すぎてまた胸がキュンキュンしてきた」

枕に顔を押しつけて悶《もだ》えるディアナ様。

あんなにも殿方を嫌っていらっしゃった彼女を、たった一度の出来事で恋する乙女に変えてしまうだなんて。お兄様ったら、罪深いお方ですわ。

そんなお兄様には、少しばかり意地悪をしたくなりますわね？

「ディアナ様。レオお兄様と仲よくなりたいですか？」

「なりたいっ！　で、でも……レオ様の面影《おもかげ》があるお姉様のお顔を見ただけで、はにゃーんってしちゃうのよ？　ご本人と対面したら、きっとあまりの恥ずかしさに、顔から火弾《ファイアーボール》の魔法が飛び出しちゃうわ……」

もじもじなさるディアナ様のお手を取って、にこりと微笑みかけます。

「──大丈夫、私にいい考えがありますわ」

そう言って私が浮かべた表情は、ジュリアス様にも匹敵する悪い笑みだったと自負しております。

どんな悪巧みを考えているかですって？　いいえ、悪巧みなんかじゃありません。

今宵から私は、恋の天使《キューピッド》。ディアナ様とお兄様の心を繋ぐ、恋の架け橋になってみせますわ。ふふっ。


王都を出発して、一週間。

その日の夜、私達はパリスタン王国の東の国境に位置する街──メンフィスに到着しました。

周囲を山で囲まれたこの地では、いたるところから温泉が湧き上がり、その側にはたくさんの宿屋が店を構えております。

これらの温泉は様々な病《やまい》や怪我に効くので、冒険者の方々も多くやってきます。そのため、彼らを相手に商《あきな》いをしようと、武器屋、防具屋、道具屋、といった様々な店も立ち並んでおりました。

王都の商業区には及ばないものの、国境の街にしては巨大な市場を形成していて、いつも大勢のお客様で活気づいています。

聖地巡礼の際、まず最初に聖女様が立ち寄る地としても知られているため、国内でも人気の観光地として名を馳《は》せていました。

そんなメンフィスの街で、私達が巡礼の時に毎年利用している高級宿があります。今回も例のごとくそこに宿泊することに。

「聖女ディアナ様、ご一行様、ようこそおいでくださいました！　毎年当宿をご贔屓《ひいき》にしていただいて、誠にありがとうございます！　王都からの長旅、さぞやお疲れになられたことでしょう！　メンフィスにご滞在の間は、どうぞごゆるりとお過ごしくださいませ！」

木造の宿の玄関で、初老の店主と従業員が深々とお辞儀をしてくださいます。

「ようやくこれで一息つけるな」

「ああ。まだまだ気を抜けぬとはいえ、とりあえずは一安心か」

全身に純白のプレートメイルを纏《まと》った聖女守護騎士団《ホーリーオーダーズ》の方々が、口々に安堵《あんど》の声を漏らします。

ここへ来るまでの道中はなにも起こらなかったとはいえ、ディアナ様を守るためにずっと気を張っていた彼らは、心身ともに疲労がたまっていることでしょう。

ゆっくりと身体を休めて、英気を養っていただきたいものです。

「ではみなさま、また明日。ご機嫌よう」

「はっ、おやすみなさいませ！　宿の周りには見張りを立たせておりますので、なにかありましたらすぐにお声をおかけください！」

守護騎士団の方々に別れを告げ、私とディアナ様、そしてお付きのお二人は、聖女ディアナ様ご一行と書かれた札がかかった女性用の寝室へ向かいます。

王族の私室にも匹敵するのではないかというくらい広いお部屋に着くと、不意にディアナ様がつぶやきました。

「……二人とも。スカーレット様と少しお話ししたいことがあるから、下がってもらえるかしら」

お付きのお二方が、静かにドアを開けてお部屋から退出します。

それから私とディアナ様は、寝室に併設されていた露天《ろてん》風呂に入りながらお話しすることにしました。

木の柵で囲われた直径二十メートルほどの円形の風呂からは湯気が立ち上り、夜空に白いモヤを浮かべます。陽があれば、柵の向こうには悠然と連なる山脈を望めたことでしょう。

今度はぜひ陽の高いうちに入りたいものですわね。

「――では、作戦を確認いたしましょうか、ディアナ様」

「……ほ、本当にやるの？　お姉様？」

湯船に浸かって温まったのか、照れているのか、頬を赤くしたディアナ様が、上目遣いで私に言いました。

「レオお兄様と仲よくなりたいのでしょう？」

「そうだけどぉ……でも、いきなり大胆すぎないかな、お風呂上がりに夜のデートに誘うだなんて」

私がディアナ様に提案した作戦。それは、お風呂上がりでしっとりと濡れた、大人の魅力を放つ時に、レオお兄様をデートへ誘おうというものです。

「〝ギャップ萌え〟という言葉を、聞いたことはおありでしょうか」

「ギャップ萌え⁉」

「ええ。普段とは違った一面を殿方に見せることで、意中の相手を虜《とりこ》にするというスキルですわ」

「初めて聞いたわ……流石《さすが》はお姉様！　そんなことまで知ってるなんて、博識ね！」

「ふふ。それほどでもありませんわ……」

ちなみにお兄様にはすでに根回しずみです。

『ディアナ様がたまにはただの少女として羽を伸ばしてみたいと言っていたから、今夜誘われたらデートに付き合ってあげてほしい』とお願いしてあります。

話した直後は「なぜ私が……」と怪訝《けげん》なお顔をなさっていたお兄様。ですが、ディアナ様が式典の時に自分を救ってくれたお兄様に憧れを抱いていらっしゃることと、最近お疲れになっていることをお話ししたら、苦笑しながらも「わかった」と、引き受けてくださいました。

なんだかんだ言っても、女性の頼みは断れないようですね。いずれどなたかと結婚した際には、きっとお尻に敷かれることになるでしょう。いまから苦労がしのばれますわ。うふふ。

「現在、他人でしかないレオお兄様とディアナ様の仲を進展させるためには、生半可なやり方では難しいでしょう。よって、少し強引ではありますが一気に距離を縮めるのが得策です。ディアナ様、お覚悟はよろしいですか？」

「は、はい！　恥ずかしいけど、頑張ってみるわ！　いざという時はよろしくね、お姉様！」

「いいお返事でございます。私に任せてください」

お風呂から上がった私達は足早に寝室に戻りました。

思い立ったが吉日、早速作戦を実行するためです。

「ナナカ、おいでなさい」

実家から持ってきた使用人を呼び出すためのベルを鳴らします。

すると開《ひら》いた窓の外から、黒い狼の姿をしたナナカが音もなく飛び込んできました。

実は王都を出発した辺りから、陰ながら私やお兄様の護衛をしている彼の気配を近くに感じていたのです。やはりいましたね。きっとお兄様の指示でついてきたのでしょう。

「レオお兄様に用があるのだけれど、いまなにをしているかわかるかしら？」

「きゃあ!?　なになに!?　なにこのわんこ！　かわいーーーっ！　ねえ、撫でてもいい!?　お姉様！」

「……」

私の足元まで歩み寄ってきたナナカに、ディアナ様は興味津々《きょうみしんしん》のご様子です。

もともと農家の娘さんなだけあって、野生動物は見慣れているでしょうし、狼姿のナナカに怯《おび》えることはないようですね。

どうぞ遠慮なくもふもふなさってくださいな。……あとで私が怒られそうですけど。

「……レオナルドは、部屋で書類の整理をしていた。そろそろ仕事を終えて、温泉に入りに行く頃合いだろう。用があるなら急ぐんだな」

「わ、わんこが喋《しゃべ》ったーーー!?」

驚くディアナ様を一瞥《いちべつ》してから、ナナカは狼の姿のまま私に視線を向けます。

「ご苦労様でした。あとは貴方もゆっくり休んで結構ですよ」

ナナカはしばらく私を見つめたあと、ふぅとため息をついて言いました。

「……悪戯《いたずら》もほどほどにな」

「あら、なんのことかしら。そういえば、ナナカはお風呂に入らなくてよろしいんですの？」

「……僕は水でいい。お湯は苦手だ」

「まあ、ダメよ。不潔だわ。では、お兄様とディアナ様が逢瀬《おうせ》を果たしている間、私がお風呂で洗ってあげましょうか」

「……っ、そんなことしなくていい！」

珍しく大きな声でナナカは言うと、窓から飛び出ていってしまいました。

そんなに照れなくてもよろしいのに。

「あーん、行っちゃった。お姉様、いまのわんこはお姉様のお友達？」

「あの子は私のペッ……従者ですわ」

ペットなんて言ったら、またいつものようにへそを曲げられてしまいますからね。

「それではまいりましょうか。お兄様に夜襲をかけに」

「なんか言葉の響きが物騒だよ!?　お姉様!?」

こんな言葉を知っていますか、ディアナ様。

恋は戦争。つまり、色恋沙汰に関わるすべての事象は、多少物騒なくらいでちょうどいいのですわ。


「あ、あのっ！　これから、その……少し街を見て歩きませんか！」

月明かりだけが周囲を淡く照らす、温泉宿の裏手にて。

いつもの僧衣《そうえ》ではなく町娘風のエプロンドレスを着たディアナ様が、真っ赤なお顔でお兄様にそう告げました。

「……はい、喜んで」

ぎこちなく微笑みながら、お兄様がディアナ様に手を差し伸べます。

それを見たディアナ様は、花が綻《ほころ》ぶような笑顔でその手を取り、二人は仲よく夜の街へと消えていきました。

「それでは、お二人のことはお任せしますわよ、ナナカ」

「……任された」

人型をとり、宿の塀《へい》に背を預けて立っていたナナカが、こくりとうなずきます。

おすすめしたデートコースは夜でも賑《にぎ》わっている街中《まちなか》ですし、そもそもお兄様がついていれば、万にひとつも危険はないでしょう。ですが、念のためナナカに護衛を頼んでおきました。

これで私も、なんの憂《うれ》いもなく夜の街に繰り出せるというものです。

「……自分の安全は二の次なんだな」

「あら、ナナカ。私に護衛が必要だとでも？」

「……余計なお世話だった。忘れていい」

そう言ってナナカはぷいっと私から顔をそむけると、音もなく夜の闇に溶けていきました。

心配してくれたのに、少し意地悪な言い方をしてしまったかしら。でも、あの子の反応はいつも可愛いから、つい意地悪をしてしまうのよね。

お詫《わ》びと護衛を引き受けてくれたお礼を兼ねて、なにか美味《おい》しいお菓子でも買ってきてあげましょう。

「さて、私も行くとしますか」

ここに滞在するのは一晩だけではありますが、しっかり楽しませていただきます。

そういえば以前も、このように街へお忍びで出かけたことがありましたね。あの時訪れたのは、王都の商業区でしたが。

このメンフィスの街へは一年に一度しか来られませんし、初めて見るお店もたくさんあります。

今日一日で全部回れるかしら。

「随分と機嫌がよさそうだな。そんなにこの街で遊ぶのを楽しみにしていたのか？」

うきうきしながら宿屋を出た私は、そんな風に話しかけられて歩きながらうなずきます。

「当たり前です。もう一ヶ月も前から、どこのお店へ行くか計画を立てていましたから。それに王都の商業区を見て回った時とは違って、今回はお邪魔虫である金髪のお方はいらっしゃいません。なんの気兼ねもなく、一人で観光を楽しめるというものです」

「なるほど。それはよかったな。では、存分に羽を伸ばしてくるといい」

「貴方に言われずともそうしま……す……？」

大通りを歩いていた私は、ピタリとその場で足を止めます。

ちょっと待ってください。いや、なんで貴方がここにいらっしゃるんですか？　パルミア教の教皇を追い詰めるために、いま頃王都でせっせと働いているはずでは――

「どうした、銀髪の貴婦人。夜の街に繰り出すのではなかったのか？」

そこにいたのは、紛れもなくあの金髪のお方――ジュリアス様でした。

高貴なオーラを纏《まと》いつつも、半袖のチュニックとハーフパンツを身につけ、街の若者を装《よそお》っています。

「……………なにをしにいらっしゃったのですか、ジュリアス様」

長い沈黙のあと、絞り出すような声で私が言うと、ジュリアス様は平然としたお顔で答えます。

「父上が予定より早く帰国したのでな。私が進めていたパルミア教の追及は父上にお任せしてきた」

髪を掻き上げながら、気だるげにジュリアス様が言いました。

「よって私は暇になり、もともと与えられていた聖地巡礼の監督という役目を果たすため、急いで合流したというわけだ」

なに急いで来てるんですか。まったく、余計なことを……！

「なにをしている？　ほら、さっさと行くぞ。街に出かけるのだろう？　時は金なりという言葉を知らんのか」

頭をかかえる私を見て、しれっとそんなことをのたまいながら、ジュリアス様が先を歩いていきます。

どうして当たり前のように一緒に行く流れになっているんですかね。

断固としてお断りです。今度という今度こそ、私は絶対に一人で街を回るんですからね……！

大通りをしばらく歩くと、石造りのお店が立ち並ぶ繁華街に辿《たど》り着きました。

夜も遅いというのに客引きの声が飛び交い、喧騒《けんそう》はやむことがなく、まるで王都の商業区のような賑《にぎ》やかさです。

夜会であればともかく、こんな時間に街を出歩くことなんていままで一度もなかったので、正直とても気分が高揚しています。

「……隣にどこかの誰かさんがいなければ、もっともっと楽しかったのですけど」

わざとらしくぼやきますが、当のジュリアス様はどこ吹く風。涼しげな表情をしています。

このお方、先ほどから店に入っては「これは本当に効果があるものか？　原材料はなんだ」と言ったり「適正価格より高いな。何軒か店を回ったが、同じ物がもっと安く売っていたぞ」などと言ったり……行く店行く店で、ケチばかりつけていらっしゃいました。

商業区を歩いた時とまったく同じですね。一国の王子ともあろう者が、これでは悪質なクレーマーです。というか、恥ずかしいからやめてほしいのですが。

「どうした、疲れた顔をして。待ちに待ったせっかくの自由時間だろう？　もっと楽しんだらどうだ」

なにをぬけぬけと。私がこんなにも仏頂面《ぶっちょうづら》になっているのは、一体どなたのせいだと思っていらっしゃるのでしょうか。

「ジュリアス様は、先ほどから一体なにを探していらっしゃるのですか？　やたらと女性向けの商品ばかり置いてあるお店に入っていますけど。どなたかへのプレゼントをお探しですの？」

「ふふ。気になるのか？」

「いいえ。全然、まったく、これっぽっちも気になりませんが？」

意地悪な顔で言ってくるジュリアス様に、笑顔で即答します。

そうやってまた私をからかって楽しむつもりなのでしょうが……流石《さすが》に私も学習しま

した。残念ながら、もう貴方の手の平の上で踊ることはありませんよ。

「ところで湯治《とうじ》の効果はどうだったのだ？　入ったのだろう、温泉」

ジュリアス様が私の髪をじっと見つめながら言いました。

「どうでしょう。少しは銀に戻ったような気もしますが、まだ……あっ」

ジュリアス様が、不意に私の髪を一房《ひとふさ》手に取って顔を近づけます。

往来でなんと恥ずかしい真似を。

「あの、ジュリアス様」

「ふむ。多少マシになった程度か。まだ黒い部分が残っているな」

ドギマギする私を無視して髪を見つめていたジュリアス様は、周囲から視線が向けられていることに気がつくと、「ああ、悪い」とのたまいました。

いまやっと自分達が注目を浴びていることに気がついた、というお顔をなさっていますが、絶対わざとですよね？

「他になにか治すあてはあるのか？」

当然です。そのために街に繰り出してきたのですからね。

貴方と違って、私はただ遊びに来たわけではないのですよ。ふんっ。

「この街には、触れただけでどんな病《やまい》もたちどころに治してしまうお方がいるのだとか。

なんでも、初代聖女様の再来と言われているそうで、私はこれからその方のところを訪ねるつもりです。ジュリアス様はなにやらお買い物があるようですし、ここからは別行動ということで――」

「なに？　そんな術士がいるのか。噂が本当であれば、王宮で召しかかえたいところだな。よし、早速会いに行くとするか」

いや、あの……もうっ。なんで普段は鋭いのに、そういうところは鈍感なんですか？ついてこないでくださいってことを言っておりますのにっ。

「どうした？　私はその初代聖女の再来とやらがどこにいるか知らん。案内してくれ」

思いっきり半目で睨《にら》む私を振り返り、首を傾《かし》げるジュリアス様。

どうせ拒否しても聞く耳を持ってはいただけないでしょうし、もういいです。ここにあるのはただの空気だとでも考えましょう。

「ククッ」

空気が含み笑いしないでくださいますか？　吹き飛ばしますよ。

「……で、ここがそのなんでも治す聖女とやらの店か」

大通りを歩くこと約五分。

市場から少し離れた路地の奥に、そのお店はありました。

「初代聖女の再来と呼ばれるほどの人間が営《いとな》んでいるにしては、あまりにも俗っぽい外観をしているな」

ジュリアス様が胡散《うさん》臭そうに顔をしかめます。

壁には高価な大理石。窓ガラスには細かな細工が施《ほどこ》された虹色のステンドグラス。見るからに高級志向なその外装は、寂《さび》れた路地裏にはまるで似合わず、妙な胡散《うさん》臭さを醸《かも》し出していました。

「神聖な気配の欠片《かけら》も感じないな。どんな病《やまい》もたちどころに治すと聞いた時点で相当に胡散《うさん》臭かったが……詐欺《さぎ》なのではないか、これは」

本当にケチしかつけませんね、この金髪の空気様は。

まだ中に入ってもいないのに、グチグチグチグチと。姑《しゅうとめ》ですか。

「ジュリアス様。店内に入ったら、くれぐれもその失礼な発言ばかり飛び出す悪いお口を閉じていてくださいね」

「善処しよう」

絶対嘘ですよね？　いま、口元が若干吊り上がったのを、私は見逃していませんよ？

「邪魔をするぞ」

ジュリアス様が私より先んじて店の扉を開きます。

ああ、もうっ。どうしてそう勝手なことばかりっ。

「なんだ、内装は普通ではないか」

ジュリアス様に続いて店の中に入ると、いたって普通の石造りのお店になっていました。

「お金をかけているのは外装だけですか。随分と見栄っ張りな店主様のようですわね」

「おい、さっき私に失礼なことを言うなと注意したのはどの口だ」

あら、ごめんあそばせ。少しお口が滑ってしまいましたわ。

「あの、どなたかいらっしゃいますか」

カウンターの前から、店の奥に声をかけます。

すると、パタパタと足音を響かせながら、顔をすっぽりとローブで覆《おお》った女性が出てきました。

「いらっしゃいませぇ！　聖女テレネッ……じゃなかった、聖女テレサの診療所へようこそ！　どんな重傷も不治の病《やまい》もたちどころに治してみせますわ！　さあ本日はどのようなご用で――って、うぎゃーっ!?」

自らを聖女と名乗ったその方は、私を指さして大声を上げます。

どうしたのでしょう。もしかして、私のことをご存じだったのでしょうか。

「有名人は違うな。まさか王都だけではなく、国境沿いの街にまで顔が知れているとは。流石《さすが》は〝救国の鉄拳姫《てっけんひめ》〟」

やかましいですわよ、金髪の空気様。

というか、この自称聖女様の声……どこかで聞いたことがあるような？

「あの……私達、どこかでお会いしましたか？」

首を傾《かし》げながらそう尋ねると、テレサさんはビクッと身体を震わせて挙動不審な様子で答えます。

「い、いいえ⁉ 今日、いま、この瞬間が正真正銘の初対面ですわ！ おほ、おほほほっ！」

先ほどまでとはまったく違う声音で話すテレサさん。

こちらが素《す》なのだとすれば、私の聞き間違いでしたか。つい最近聞いたことがあったような気がしたのですが、まあいいでしょう。

「テレサさんはどんな病《やまい》でもたちどころに治してしまうとお聞きしたのですが……」

「え、ええ。はい、まあ……」

歯切れの悪いお返事ですね。本当に大丈夫なのでしょうか。

「私、加護を使いすぎてしまいまして、この通り副作用で髪が黒くなってしまったのです。ここを元通りの銀髪に治すことは可能なのでしょうか？」

そう言って、私は自分の髪の黒くなっている部分をテレサさんに見せました。

するとテレサさんは、口元にぎこちない笑みを浮かべて口を開きます。

「あの、申し訳ないんですけど、当店は男性限定でして。女性の方は診《み》ていないんですよ」

男性限定……？　不可解な決まりもあったものですわね。

私が首を傾《かし》げていると、ジュリアス様がカウンターから身を乗り出して言いました。

「なんだそれは。初代聖女の再来を謳《うた》っているくせに、客を選ぶのか？」

「ちょっと金髪のお方。余計な口出しはしないでいただけますか。私、お店の外でそのお口を閉じておくようにと言いましたよね？」

「まっとうな店なら、なにも言わないつもりだったがな。男性限定などと道理の通らないことを言われては、口出しせざるをえないぞ。まさか怪我や病《やまい》を治す力が、男にしか効かないとでも言うつもりか？」

ジュリアス様の言葉に、テレサさんがびくっと身を震わせます。

ほら、貴方が難癖をつけるから、怖がらせてしまったではないですか。

「そんなわけがないでしょう。男性にしか効かないなんて、言いがかりもはなはだしいですわ。それではまるで、女神パルミア様の祝福を受けた者が使えるという魅了の加護ではありませんか。きっとなにかご事情があるのですわ。ねえ、テレサさん？」

「え、ええ……そうですわ。これにはあまり人には言えない複雑な事情がありまして……」

おそらく同性に対して、なにかしらのトラウマがあるのでしょう。

たとえば、公衆の面前で思い切り顔面を殴られたとか——あら？　そういえばこの、殿方に媚《こ》びるような甲高いお声、やはり聞き覚えがありますわね。

それもここ最近、具体的にはそう、二ヶ月半前のあの血の舞踏会で——

「……怪しいな。先ほどから妙に口ごもることが多くて、挙動不審に見える。それに、なぜそのようなローブで顔まで隠している？　うしろめたいことをやっているわけでもあるまいし、顔を隠す意味はないだろう」

「そ、それは……えっと……」

「やましいことがないなら、顔を見せてもらうぞ。いいな」

うろたえるテレサさんのフードに、ジュリアス様が手を伸ばします。

あと少しで彼女の素顔が明らかになる——というところで、私はその手をぺしりと叩きました。

「……なにをする」

手の甲を押さえながら、ジュリアス様が不満そうに睨《にら》みつけてきます。

そんなジュリアス様を「めっ」と睨《にら》み返しつつ、私は硬直したままのテレサさんに向き直りました。

「ごめんなさいね、怖がらせて。この人、育ちはいいのですが、常識が欠如《けつじょ》しておりまして。きっとデリカシーという言葉をどこか遠い場所に置き忘れてきてしまったのね。あとでちゃんと言って聞かせておくので、ここは私に免じて許してくださいな」

「は、はい……大丈夫ですわ。気にしていませんから」

顔を引きつらせながら、テレサさんが上《うわ》ずった声で答えます。

その態度といったら、背中に伝っている冷や汗が見えるよう。私は思わず歪《ゆが》んでしまった口元を隠すように、スカートを摘まんで会釈《えしゃく》しました。

「治していただけないのは残念ですが、事情があるのならば仕方ありません。私達はこれでお暇《いとま》させていただきますわ。それではテレサさん、ごきげんよう」

「おい、ちょっと待て。私はまだ納得しては――」

文句を言っているジュリアス様の手を引っ張って店を出ます。

ちらりと背後に目を向ければ、心底ホッとした様子でテレサさんが息をついていました。

安心するのはまだ早いのですけどね。

まあ、今回は顔面パンチは勘弁してあげましょう。

「一応手は打っておきましたし、これで少しは更生してまっとうな人生を歩んでくれればいいのですけど。ねえ、〝テレサ〟さん？」

◆　◆　◆

店から出ていく二人を見送った私は、腰が抜けてその場にへたりこんでしまった。

「ど、どうしてアイツが――スカーレットがこの店に来るのよ」

王都から離れた辺境の街なら、貴族やその関係者に見つからないと思っていたのに。

幸い私の正体には気づいていなかったみたいだけど、もしバレたら一体どうなっていたことか。

「でも乗り切った……私はこの危機を乗り切ってみせたわ！　ざまぁみなさい、暴力女め！」

アイツもまさか、自分を婚約破棄に追い込んだ人間が、こんな場所で店を開《ひら》いているなんて思ってもいないに違いない。

「そう、この私――テレネッツァ・ホプキンスがね！」

私の名前はテレネッツァ。ホプキンス男爵家に生まれて、蝶《ちょう》よ花よと大切に育てられた十七歳の女の子だ。

ちょっとドジだけど明るく可憐《かれん》で、うしろ暗いことなんてなんにもないように見える私だけど、実は誰にも言えない秘密があるの。

それは、私がこの世界ではない別の世界から転生してきたってこと。

転生前の名前は姫宮《ひめみや》テレサ。日本という国のごくごく普通の家庭に生まれた、乙女ゲーム好きの女子高生だった。

そんな私は、ある日道を歩いていたら、突然雷に打たれて死んじゃったのよね。

雷に打たれて死ぬのって、どれくらいの確率？　不幸すぎるでしょ。

しかも私の命を奪った雷は、実はとある女神様が腹立ちまぎれに落としたものだったらしい。

死んだあと、辺り一面真っ白な部屋で、犯人の女神様に謝罪された私は流石《さすが》に怒ったわ。

ふざけるんじゃないわよ、どうしてくれるのよって。

だって私が死んだ日は、新作乙女ゲーム『Eternal My Dear～月と太陽のロマンシア～』の発売日だったのよ。

発売前に見たポスターで、攻略キャラのカイル様やレオナルド様に一目惚れした私が、あのゲームの発売日を一体どれだけ心待ちにしていたか。

女神――パルミア様にそう訴えた時の剣幕がよほど凄まじかったのか、若干引きつつも、パルミア様は私に微笑んでこう言ったわ。

『じゃあ殺しちゃったお詫《わ》びに、その乙女ゲームの世界に主人公として貴女を転生させてあげましょう』

そこでやっと私は、自分が置かれている状況に気がついた。

あ、これって小説とか漫画でよく出てくる、異世界転生モノのテンプレだわって。

『ああ、心配しないでください。生ぬるい現代で生きてきた貴女が、剣と魔法の世界で苦労しないように、ちゃんと私の特別な加護が使えるようにしてあげます。この魅了の加護さえあれば、貴女の望む逆ハーレムライフとやらを簡単に実現できるはずですよ。うふふ』

なんて言いながら腹黒い笑みを浮かべるパルミア様に胡散《うさん》臭さを感じつつも、またとないチャンスに私はふたつ返事で転生を了承したわ。

それからの人生は、本当に楽しかった！　前世では地味で取り柄もなかった私だけど、この世界では誰からも愛される可憐《かれん》な容姿を持っていたんだもの。さらに、魅了の加護を使えばどんな男でも虜《とりこ》にできたから、完全に人生勝ち組状態よね。

そして十五歳になった頃、待ちに待った攻略キャラとの出会いの場――王立貴族学院に入学して、第二王子のカイル様を堕《お》とすことに成功。

いかにも乙女ゲーらしいイベントを起こしちゃったりして、まさにこの世の春を謳歌《おうか》していたわ。

調子に乗った私はカイル様にお願いして、見るからに悪役令嬢っぽい女と彼の婚約を、公《おおやけ》の場で破棄させることに。

ところが、それが崩壊のはじまりだった。カイル様の婚約者だった女――スカーレットがとんでもないことをしでかしたのよ。

なんとカイル様が婚約破棄を宣言した途端、私の顔を殴り、その場にいた第二王子派の貴族も片っ端からブン殴って、舞踏会を血の海に変えてしまったの。

あの悪役令嬢、確かゲームの事前情報だと、感情に乏《とぼ》しく人形のような女だって書いてなかったかしら？

でも、舞踏会で私を殴った時の顔――完全に人を殴るのが楽しくて仕方ないって感じの、生き生きした顔をしてたわよ。とんだ誤情報じゃないの！

結局その後、カイル様は廃嫡《はいちゃく》になって王位継承権も剥奪《はくだつ》。

王家の人間をたぶらかした罪として、私はホプキンス男爵家から勘当され、王都から追放されたわ。

行き場所をなくした私は、冒険者の男どもを加護の力で魅了して生計を立てながら、辺境の街メンフィスに流れ着いた。

そこで私は、とりあえず目についた裕福な商人の男を魅了して店を騙《だま》し取ることに成功。

ここが聖女にゆかりのある土地だって聞いたからそれにあやかって、魅了の力を使ったインチキ聖女を名乗ることにした。そうやって嘘の治療をしながら、毎日の糧《かて》を得ている。

おかげで生活には困っていないけど、貴族時代の華やかな生活に慣れていた私にとっては、こんな生活、底辺も底辺よ。

ああ、もう！　どうしてこうなったのよ！

私の第二の人生は、誰よりも華やかで幸せに満ち溢《あふ》れた薔薇《ばら》色の人生になるはずだったのに。

いや、原因はわかりきってるわ。

それもこれも全部、あの悪役令嬢スカーレットのせいよ。

見てなさい、いまはこんな落ちぶれた生活をしているけれど、いつか絶対また社交界に舞い戻って、私が味わった屈辱《くつじょく》をそっくりそのままお返ししてやるんだから。
自分が殴った女にザマァされるその時を、首を洗って待っているがいいわ。おーっほっほっほ！

「さて、邪魔者もいなくなったところで、一口飲めば十歳若返るインチキポーションづくりでも再開しますか――って、あら？」

ふと気がつくと、カウンターの上に一枚の紙が置かれていた。

こんなものあったかしら、と思いながら裏返しになっていたそれをひっくり返すと――

「なになに――このような場所でお会いできるなんて、なんという運命のイタズラでしょう。あの舞踏会から早二ヶ月半。貴女のことはずっと、殴り足りないと思っていましたのよね。どうせ治療をしているというのもインチキなのでしょう？　殿方しか診《み》ていないという発言で丸わかりですよ、女狐《めぎつね》さん。後日、証拠を取り揃えてからぶっ飛ばしにうかがいますので、首を洗って待っていてくださいな。それではごきげんよう。親愛なるテレネッツァさんへ。スカーレットより」

その日、陽が昇《のぼ》る前に店を畳んでメンフィスの街を出たのは、言うまでもない。

「おのれスカーレット……！　絶対に、絶対にいつかザマァしてやるんだからぁっ！」

これで私をどうにかできたと思わないことね。私には魅了の加護があるのよ。

またすぐに男を騙《だま》してお金を集めて、成り上がってやるんだから。

今度はそうね、商人よりももっとお金を持ってそうで、社会的地位も高い男がいいわ。

貴族がベストだけど、こんな辺境の街にはいないだろうし、だったら――

「お待ちください！」

朝陽が昇《のぼ》り始めた頃、私は街道をゆっくりと走っていた馬車を呼び止めた。

停車した馬車からは予想通り、暗緑色の僧衣《そうえ》を羽織《はお》った茶髪の若い男が出てきたわ。

馬車の外装に女神の紋様が刻まれていたから、もしかして、と思ったの。

しかも出てきた男の僧衣《そうえ》には司祭であることを示す刺繍《ししゅう》が施《ほどこ》されていたわ。私ってなんてラッキーなのかしら。

そう、私の次のターゲットはパルミア教の司祭よ。

確かパルミア教は、国の中でもかなり大きな力を持っていたはずよね？

だったら、金も権力も貴族並みに持ってるってことでしょ？

しかも貴族よりは近づくのも簡単だし、そもそも私は女神パルミアの加護を持っているんだから関係者みたいなもの。取り入るにはもってこいじゃない。

「どうしました、お嬢さん。このような時間に一人で街の外を出歩いて。危ないですよ」

「実は私、とある貴族の娘なのですが、悪い女に騙《だま》されて家を乗っ取られてしまって、行くあてがないのです。心優しい司祭様、どうか助けてはいただけませんか？」

顔を伏せてか弱い女を演出しながら、さり気なく魅了の加護を発動。

この一瞬でかけられる魅了は弱いけど、それでもアンタは私を意識せずにはいられないはずよ。ほら、私を助けなさい。

「なんと、それは大変でしたね――ん？　貴女はもしや……テ、テレネッツァじゃないか⁉」

興奮した様子の司祭が、いきなり私の手を握ってきた。

ちょ、ちょっと⁉　こんなに早く効果が出るはずないんだけど――って。

「……もしかして、ラッセン様？」

「ああ！　そうだよ！　覚えていてくれたんだね、テレネッツァ！」

この司祭の名前はラッセン・グリモワール。

パルミア教の教皇の子息で、カイル様の取り巻きだった男ね。

「まさかまた貴女に会えるなんて……王都から追放されたと聞いてから、ずっと貴女を探していたんだ。見つけられて本当によかった……！」

「私も、またラッセン様とお会いできて嬉しいわ」

感極まって涙ぐむラッセン様に微笑みながら、私は内心でほくそ笑んだ。

これはまたとない好機だわ。

教皇の子息であるこの男を利用して教会内で成り上がれば、社交界に戻るのも夢じゃない。

もともとこいつは私にベタ惚れだったし、ちょっと魅了してやれば楽勝よ、楽勝。

「ねえ、ラッセン様。私、いまとっても困ってるの。だからね——私のお願いを聞いて、く、だ、さ、る？」

◆　◆　◆

結局私の髪の色を治す手段も見つからず、ジュリアス様と憎まれ口を叩き合うだけで、夜の散策は終わってしまいました。

その翌日。現在の時刻は大体お昼過ぎくらいでしょうか。

目的地であるひとつ目の大聖石を目指して、メンフィスの街から馬車で走ること約五時間。

馬車で山の中腹に辿《たど》り着いた私達聖地巡礼の一行は、険しい山道を徒歩で登っておりました。

傾斜が厳しく、道が細いため馬が通れないので、大聖石までは徒歩で登るしかありません。

私からしてみればなんということはない道のりですが、普段から鍛《きた》えていない方にとっては相当に辛い道中になるでしょう。

「もう少しですわよ。頑張って、ディアナ様」

「ぜぇ……はぁ……は、はひぃ……」

聖女守護騎士団《ホーリーオーダーズ》の方々に守られつつ、肩で息をしながら山道を登るディアナ様。そんな彼女を振り返り、斜面の上のほうから応援いたします。

一応ディアナ様の僧衣《そうえ》には身体能力を上げる魔法がかけてありますが、それでもこの山道はお辛そうですわね。その様子を心配そうに見ていたお兄様は、ディアナ様の傍《そば》に歩み寄ると、それとなく身体を支えながら言いました。

「大丈夫ですか、ディアナ様。お疲れになられたのなら、一休みしましょうか」

「レ、レオ様っ!?　大丈夫です！　なんのこれしき、まだまだ全然いけますよ！　えへへっ！」

いままでの疲れたご様子もどこへやら、満面の笑みで答えるディアナ様。

この感じだと、どうやら昨日のデートはうまくいったようですわね。よかったですわ。ふふ。

「お主ら、なにをへばっておる！　それでも栄《は》えある聖女守護騎士団《ホーリーオーダーズ》の一員か！」

私と同様、まったく疲れた素振りを見せていないパラガス様が、腕を組んで叫びました。

見ると、守護騎士団の方々も、大分お疲れのご様子ですね。

まあ、あれだけ重そうな鎧《よろい》を身につけて、ずっと周囲を警戒しているのですから、少しくらいは大目に見てあげてもよろしいのではないでしょうか。

「いやはや、みっともない姿をお見せしてしまいましたな。普段からもっと鍛《きた》えろ、筋肉の鎧《よろい》を全身に纏《まと》えと口を酸《す》っぱくして言っておるのですが……まったく、情けない」

「そんなことありませんわ。守護騎士の方々はみな、己《おの》が使命を全うしようと常に全力を尽くしておられますから……ね？」

こちらを見ている守護騎士の方々にふわりと微笑みかけます。すると――

「スカーレット様……なんとお優しい……」

「女神だ……」

「まだまだこの程度でへばる我らではない！　そうであろう、みなの者よ！」

「おお！」

いままで生気を失っていたみなさまが一斉に背筋を伸ばし、力強く山道を登り始めました。

やはり殿方は元気が一番ですね。ふふ。

「純粋な女を装《よそお》って男を手玉に取るその手管。悪役令嬢としての立ち振舞いが大分板についてきたようだな」

こんな皮肉めいたことをわざわざ聞こえるようにつぶやくのは、言うまでもなくジュリアス様ですね。この険しい山道を苦もなく登り、なおかつ隙あらば皮肉をねじ込んでくるこの根性。腹立たしいことこの上ありません。

「あら、ジュリアス様。異なことをおっしゃるのね。私だって日々成長しているのです。いつまでも、純粋で可愛いスカーレットだと思ったら大間違いですわ？」

「いつまでも？　まるで幼い頃は純粋で可愛かったかのような口ぶりだな、〝狂犬姫《きょうけんひめ》〟よ」

「ええ、その通りですわ〝金色の君〟」

にこーっと害意のない笑みを浮かべながら、首を傾《かし》げ合う私とジュリアス様。

傍《はた》から見たら仲よしに見えるかもしれませんが、私たちの間には常に見えない火花が散っていることをお忘れなきよう。

「へえ、王子様とお話ししている時は、随分いい顔をするんすね、スカーレットさん」

声のしたほうを向くと、いつの間にか緑髪の殿方が私の横に並んでいました。

彼も私やパラガス様と同様に、息ひとつ乱しておりません。

「ディオス様こそ、見かけによらず体力がおありなのですね。少しだけ見直しました」

「でっしょー？　ま、こういう山やら森の中っていうのは、俺達エルフにとって庭みたいなもんっすからね。歩いているだけで、勝手に活力が湧いてくるんすよ……って、スカーレットさん。少しだけって酷《ひど》くないっすか？　なになに、もとはマイナス評価なの、俺って」

わざとらしく悲しそうな顔をするディオス様。そんな顔をしても無駄ですよ。貴方のようなチャラチャラした方、多少プラス補正が入ったところで、まだゼロにも程遠いんですから。

「でも、本当に楽しそうっすよね。普段は無表情で冷たい感じがするのに、王子様と話してる時のスカーレットさんは、見るからに温かい感じがしますもん」

なにを訳のわからないことを言ってるんですか、この方は。

ジュリアス様も、なぜ無言でうなずいてるんですか。

全然、これっぽっちもそんな顔はしてませんから。

でも、ここでムキになって否定するのは、それこそ腹黒王子の思うつぼな気がします。ここは大人の女性らしく、サラリと軽く流しましょう。

「さて、どうでしょう。ご想像にお任せしますわ」

微笑みながらそう言うと、ディオス様は一瞬目を丸くしたあと、ニッと人好きのする笑みを浮かべて言いました。

「あー、その笑顔。やっぱりいいっすね、スカーレットさん。あの時は冗談のつもりだったけど、どうっすか？　俺と付き合ってみないっすか？　いまフリーなんすよね？」

またですか。まったく、人の気持ちも考えずに。あまりにしつこいと、温厚な私も流石《さすが》に怒りますよ？

「お断りしますと、以前にもお伝えしたはずですが」

「えー、もうちょっとチャンスくださいよ。お試しで一週間だけでもどうっすか？」

「一週間程度で、貴方のマイナス評価がプラスに変わるとでもお思いですか？」

「一週間ありゃ十分！　俺のかっこいいところをバシーンとお嬢さんに見せてやりますよ！　そうすりゃメロメロになること間違いなしっす！　だから、ね？　いいっしょ？　ね？　ね？」

本当にしつこいですわね。口で言ってわからないなら、拳《こぶし》で伝えるしかありませんか。

「っと、その手は食わないっすよ」

私が拳《こぶし》を突き出そうとした途端、また以前と同じようにディオス様が飛びすさりました。

しかし、残念でしたね。その反応は想定ずみです。

「――〝風よ、疾《と》く出《い》で吹き荒れよ〟」

「へ？」

突き出した拳《こぶし》――ではなく、私の手の平から突風が吹き出て、ディオス様を遥か彼方《かなた》に吹き飛ばします。

「なああああああ!?」

「ご機嫌よう、ディオス様。生まれる前からやり直してくださいませ」

猛烈な勢いで山の麓《ふもと》のほうに飛んでいったディオス様は、どんどん小さくなって、やがて私の視界から綺麗《きれい》さっぱり消え失せました。

はー、スッキリした。

「……なんというか、本当に容赦がないな、貴女は」

飛んでいったディオス様を憐《あわ》れむような目で見ていたジュリアス様が、ぼそりとつぶやきます。

他人事のように言っていますけど、貴方もやりすぎたらこうなりますのよ。きちんと覚えていてくださいな、ジュリアス様。

「さあみなさま、先を急ぎましょう。浄化の大聖石はすぐそこですわ」

それから二時間ほど歩いたでしょうか。

私達は浄化の大聖石がある、山頂付近に到着しました。

穢《けが》れが溜まり、効力が弱まっているとはいえ、結界の周囲には神聖な気配が満ちています。けれどその中に交じって感じられる、禍々《まがまが》しい気配。

穢《けが》れが溜まった浄化の大聖石は瘴気《しょうき》を発し、近づく者を瞬時に死にいたらしめます。

「これより聖女様の禊《みそぎ》を行《おこな》う。聖女守護騎士団《ホーリーオーダーズ》の面々は、禊《みそぎ》が終わるまで周辺の警戒を」

「承知いたしました」

お兄様の指示で、守護騎士団の方々が周辺に散っていきます。

禊《みそぎ》とは、聖女様が浄化の儀の前に行《おこな》う、身を清める儀式ですね。儀式用の聖衣に着替え、その上から聖水を被ります。

肌寒いこの時季だと、風邪を引いてしまわないか心配ですが。

「スカーレット、お前もこちらに来るのだ。禊《みそぎ》の邪魔になる」

そう言って手を引いてくるお兄様に、私は頭を横に振ります。

ジュリアス様に目配せをすると、あの腹黒王子はにやにやしながらうなずきました。

私がディアナ聖教とどのような関わりを持っているのか、そのすべての真相を話していいということでしょう。

まったく、こんなギリギリのタイミングでお兄様にお話しすることになるなんて……すべての責任はジュリアス様にあります。私はずっと、前もって話しておいたほうがいいと言っていましたからね。

お兄様のお顔に視線を戻し、ゆっくりと口を開きます。

「その必要はありませんよ。だって――私が本当の聖女なのですから」

「…………は？」

呆然とするお兄様の前で、ディアナ様が私に向かってひざまずきます。

「聖女スカーレット様、禊《みそぎ》のお手伝いをさせていただきます」

「よろしくお願いします」

話についていけないお兄様が、目をつむり、顔を両手で覆《おお》って天を仰《あお》ぎます。

「ああ……また妹を中心に、なにかおかしな事態が起こっております。父上、母上――！」

そのお兄様の反応を見たジュリアス様が、こらえきれないといった風に噴き出しました。

この瞬間のために、いままでお兄様に隠していたわけですよね……本当、性格が悪いにもほどがありますわ。

「……で、これは一体どういうことなのか説明してもらえるのだろうな、妹よ」

「……文字通りの意味ですわ。私こそが本当の聖女です」

うんざりとしながら答える私に、お兄様が眉間に思い切り皺《しわ》を寄せて続けます。

「そんなわけあるか。私は去年、ディアナ様ご本人が浄化の儀を行《おこな》っているところをこの目で見ているのだぞ」

「お兄様が見たのは、要人に公開される〝表向きの儀〟です。あれは基本的にすべてディアナ様が執《と》り行《おこな》っておりますからね。事情を知らない方が見たら、そう思って当然でしょう」

疑問符を頭に浮かべるお兄様に、ディアナ様が立ち上がって言いました。

「レオ様、私は聖女は聖女なのだけど、代わりのきく〝副聖女〟なの」

「副、聖女……？」

聖地巡礼にて執《と》り行《おこな》われる浄化の儀には、大まかに分けてふたつの儀式が存在します。

ひとつが、浄化の大聖石に溜まった穢《けが》れを清めること。

そしてもうひとつが、四つの大聖石を繋いで結界を張ること。

表向きには、その両方を聖女ディアナが一人で行《おこな》うことになっていますが、ディアナの名を継ぐ方ができるのは、実際のところ結界を張ることのみ。

大聖石の穢《けが》れを清められるのは、私のような時を操る力を持った人間でした。大聖石の穢《けが》れを、時間を巻き戻してなかったことにするのです。

「聖女とはもともと二人一組だったのですよ。歴代の聖女ディアナに加護を与えた〝忘れ去られた古《いにしえ》の神〟とは、実は時の神クロノワ様のことなのです」

腕を組み、険しい顔で静かに私の話を聞いているお兄様に、ディアナ様が続きを語ります。

「副聖女である歴代のディアナの力は、強力な結界を張ることだけ。だから、結界を張ることができる者をたくさん集めればなんとか替えがきくわ。けれど本当の聖女様が持っていた時を巻き戻す加護は、その時代に二人といない稀有《けう》な力だった。だから、周辺の国家に知られないように、ずっとパリスタン王家が隠してきたんだって」

現代に伝わっている聖女伝説は、歴代の国王が真実を隠して広めたもので、その事実を知っているのは王家とそれに関わる一握りの方だけです。

「……このことを父上と母上は」

「当然、ご存じですわ」

私が即答すると、お兄様はよりいっそう深く眉間に皺《しわ》を寄せて左右に頭を振ります。

「なんという……そんなことがありえるのか？　いや、しかし、そうだとするならばすべてに納得がいく……〝狂犬姫《きょうけんひめ》〟と呼ばれていたお前がカイル様の婚約者に選ばれたことも……ジュリアス様や国王陛下がお前との繋がりを持ち続けようとしていることも……」

そうでしょうね。だって、私がこの国を見捨てていなくなったりしたら、パリスタン王国は再び、魔物の恐怖に怯《おび》えることになるでしょうから。

「というわけで、お兄様もこのことはくれぐれも他言無用でお願いいたします」

「当然だ。こんな歴史がひっくり返るような事実、話せるわけがない。それに――」

疲れた顔をしてため息をつきながらも、お兄様が私を見つめて言いました。

「大切な妹であるお前の身が危険に晒《さら》されるようなことを、この私がするわけなかろう」

「お兄様……」

呆れながらも私を肯定してくれるお兄様を見ていると、胸に温かな感情が広がっていくのを感じました。

「よかったな、レオ。これで私が知る限り妹に秘密はなにもないぞ。これからは安心して家族の時間を過ごせるな。ククッ」

ジュリアス様が笑いをこらえながらお兄様の肩を叩きます。

なに笑ってるんですか。お兄様にここまで心配をかけたのは、すべて貴方のせいですからね。反省してください。

「さあ、禊《みそぎ》の準備をしますのでお兄様もあちらへ」

「わかった。いまのところ周囲の安全は確保されているが、気をつけるんだぞ。またパルミア教の襲撃がないとも限らないからな」

そう言ってくれたお兄様にうなずいて、着替え用に設置された簡易テントに向かいます。

さて、それでは聖衣に着替えて禊《みそぎ》の準備をするとしましょうか。

「禊《みそぎ》の準備、整いました」

テントの中で青いラインが入った聖衣を着た私は、再び大聖石の前に戻ってきました。

私が纏《まと》っているシルクにも似た肌触りの聖衣は、古代級《エンシェント》の魔道具です。

聖水を浴びて禊《みそぎ》を終えた私は、こちらを見守るように控えている巡礼の一行のみなさまに深々と礼をしました。

「では、これより浄化の儀〝真伝《しんでん》〟を始めます」

浄化の儀〝真伝《しんでん》〟とは、穢《けが》れた大聖石の時間を私の加護で巻き戻して、元通りの綺麗《きれい》な状態にすることを指します。

振り返れば、五メートルほどの大聖石は、溜まった穢《けが》れにより真っ黒に変色していました。

この様子では、もってあと半年といったところでしょうか。

「〝聖衣よ、穢《けが》れをしりぞけたまえ〟」

魔道具〝聖衣《キュアー》〟を起動させます。服の布に編み込まれた魔法式が青い光を放ち、強力な浄化の力が溢《あふ》れ出しました。この聖衣を纏《まと》えば、穢《けが》れた大聖石の悪影響を防ぐことができるのです。

効果が発揮されるのはわずかな間だけですが——私にとってはそれで十分。

「——〝遡《さかのぼ》れ〟」

大聖石に両手で触れて、遡行《そこう》の加護を発動させました。

手の平から青い光が漏れ、触れた場所から大聖石の黒い瘴気《しょうき》が消えていきます。

「なんという神秘的な光景か……」

「お姉様……素敵……」

守護騎士団の方々とディアナ様の称賛をくすぐったく感じながらも、意識を乱さないように儀式に集中します。

そして、二分後。大聖石全体が澄《す》んだ青白い色に戻ったのを確認した私は、そっと両手を離しました。これにて浄化の儀〝真伝《しんでん》〟、完了でございます。

「お疲れ様ね、お姉様っ。お着替え手伝うわ。ほら、男の人達は向こうに行って！」

再びテントの中に入り聖衣からドレスに着替えながら、ふとパルミア教の方々のことを考えます。

もし彼らの思惑通りにディアナ聖教が廃教になったとしたら、大聖石と結界の管理はどうするおつもりなのでしょうか。まさかなにも考えていないということはありませんよね？

ただ自分達の利権のためだけにディアナ聖教を潰そうとしているのなら、それはこの国を滅ぼそうとしていることと同義でしょう。

ゴドウィン様といい、パルミア教といい、愚かな悪人がお金や権力を持つと、本当にろくなことになりませんわね。まったく。

「はい、お着替え終わり……って、どうしたのお姉様。難しそうな顔をして。も、もしかしてなにか私の段取りに不手際でもあった!?」

慌て出すディアナ様に微笑みかけ、大丈夫ですよと落ち着かせます。

とりあえずパルミア教への対処に関しては保留としておきましょう。

いまのところは特になにか妨害をされることもなく、聖地巡礼は滞《とどこお》りなく進んでおりますし。

手出しをしてきたら、その時は真正面から叩き潰せばいいだけですしね。

「あーあ、私の浄化の儀もお姉様に見せたかったなぁ。今日のためにたくさん練習したのに」

唇をとがらせて不満そうにぼやくディアナ様を、よしよしと撫でてあげます。

ディアナ様の出番である、結界を張り直す浄化の儀〝本伝〟は、四ヶ所すべての大聖石を浄化したあとに行《おこな》われるので、彼女がこの場ですべきことはなにもありません。

ですがいつもは部外者の方にも一般公開しているので、彼女が大聖石の穢《けが》れを払ったというポーズをしていただいています。

ただ、今回はパルミア教の一件があったので、大事を取って一般公開は中止になりました。

「また来年、ですね。楽しみにしていますよ――サーニャ様」

第四章　正直、昂《たか》ぶりを抑えられません。

最初の儀式を終えた私達は、東の街メンフィスを出て、次の大聖石がある北の街に向かいました。

東方とは違い、なだらかな平原が続く北方地帯。交通の便がよく、馬の足取りも軽いので、目的地の北の街には四日ほどで到着できるでしょう。

この地方は空気が乾燥していてとにかく気温が低いため、温かい上着を羽織《はお》らないと凍えてしまいます。馬車に乗っている間、みなさまも寒そうにしていらっしゃいましたね。

かくいう私も寒いのは苦手だったりします。だって寒さで手の感覚がなくなったら、殴っても楽しくないじゃないですか。

先ほどそう話したら、お兄様は天を仰《あお》ぎ、両手で顔を覆《おお》っていらっしゃいました。なにか悲しいことでもあったのでしょうか。

そうして馬車は進み続け、夕方を過ぎた頃。北の大聖石に近い街、スノーウィンドに辿《たど》り着いた私達は、まっすぐ領主の館へ向かっておりました。

「……？」

「どうした、スカーレット。なにか愉快なものでも見つけたのか？」

「……いえ、なんでもありませんわ。ジュリアス様」

街に入ってから、妙な違和感を覚えます。

それがなにか、はっきりとはわからないのですが……

「なんだ、この街は歓迎の挨拶《あいさつ》もないのか」

「おい、滅多なことを言うな。我らは任務でここに来ているのだぞ」

守護騎士団の方々が口々にぼやく声が聞こえてきます。

確かに、ここまで来る途中に立ち寄ったどの街や村でも、その集落の長《おさ》が出てきて巡礼の一行を歓迎してくださったものです。

この街に関してはそれがない……どころか、街の人々が一様に困惑した表情で私達を見ているのが気にかかります。

そうして領主の館の前に着いた私達を待っていたのは、殺気を漂《ただよ》わせる大勢の兵士のみなさま。

「……どうも私達は、あまり歓迎されていないようだな」

「そのようですわね」

ジュリアス様の言葉に同意しながら、周囲を見回します。

聖地巡礼を行《おこな》うために必要となる、食料や馬、衣類等の様々な物資は、各地を治めている領主様にご提供いただいています。

そのため、こうして新たな地に到着するたび、挨拶《あいさつ》がてら支援を要請しに行くこともしばしば。

聖地巡礼の儀は国防のための行事ですから、王家から直々《じきじき》に協力を促《うなが》す通達がされています。ですから、歓迎されることはあれど、邪険にされることなどありえません。……なにか予期せぬ事態でも起こっていない限りは。

「これは一体どういうことだ、パドラック伯爵」

ジュリアス様が冷めた声で問いかけると、館の前に立っていたスノーウィンドの領主――パドラック伯爵が、目を吊り上げながら叫びました。

「どういうことだ、ではない！　聖女様の名を騙《かた》る不届き者どもめ！　王家に代わって、この私が成敗してくれるわ！」

その言葉に、私達はみな一斉に顔をしかめます。

なにを言っているのかしら、このお方は。私達が聖女様の名を騙《かた》る不届き者？

確か昨年も、いまと同じような面子《めんつ》で顔を合わせたはずですのに、記憶でも失ってしまったのでしょうか。

「貴様！　聖女ディアナ様に対してなんたる無礼な物言いか！」

パラガス様が私達の前に歩み出て、怒りも露《あら》わに叫びます。

「私の名前はパラガス！　ディアナ聖教、聖女守護騎士団《ホーリーオーダーズ》の団長だ！　この盾に刻まれた紋様を見よ！　これぞ聖女ディアナ様を守護する騎士団たる証！」

守護騎士団の方々が一斉に盾を掲《かか》げ、紋様を見せつけます。

そして、一糸《いっし》乱れぬ動きで左右にわかれて道を作ると、そこを通って、お顔を布で隠されたディアナ様が、ゆっくりとパドラック様のほうへ進み出ていかれました。

「そしてこのお方こそ、パリスタン王国の守護天使、聖女ディアナ様だ！　見よ、この神々しくも清廉《せいれん》なお姿を！　これでもまだ、我らが聖女様の名を騙《かた》る逆賊《ぎゃくぞく》だと申すか！」

「しかり！　しかり！」

守護騎士団の方々の声に、私達を取り囲んでいた兵士がうろたえはじめます。

数で勝ったつもりだったのでしょうが、兵の練度と士気は段違い。もし戦闘になったとしても、こちらが負ける可能性は万にひとつもないでしょう。

だというのに、パドラック様は依然として余裕の笑みを浮かべておられます。

「なにが聖女ディアナだ！　貴様らが聖地巡礼と称して、各地で金品を巻き上げているのは知っているぞ！　貴様らにやる金など、びた一文ありはせん！　私の金はすべて私のものだ！」

私達は巡礼の際、必要となる最低限度のものしかいただいていないはずですが。

というか、そもそもパドラック様が持っているお金は彼だけのものではないでしょう。

国民の方々が納めている大切な税金ですし、国家を維持するためのお金ですからね。

そんなことはわざわざ言わずとも、領主であれば当然わかっているもの。けれどどうやらこのお方はそうではなかったようです。

まったくもって愚かしい……お兄様も私と同じことを思ったのか、怒りに顔を歪《ゆが》めて、額に手を当てながら言いました。

「パドラック伯爵……なにを勘違いしているかは知らないが、もしこれが原因で浄化の儀が滞《とどこお》れば、どんな事態を招くかわかっているのだろうな？　この国の破滅だぞ」

「ご心配には及びませんよ、レオナルド殿。これからはディアナなどという詐欺師《さぎし》に頼らずとも、無償で我らを守護してくださる真の聖女様がいらっしゃいますからな！」

「真の聖女……？」

私達が一斉に疑問を口にした直後、領主の館の扉が勢いよく開きました。

「逆賊《ぎゃくぞく》どもよ、刮目《かつもく》せよ！　このお方こそ、パリスタン王国の新たなる守護天使！　パルミア教の聖女であらせられる――テレネッツァ・ホプキンス様だ！」

パルミア教の僧衣《そうえ》を纏《まと》った殿方を左右にはべらせ、豪奢《ごうしゃ》なドレスを着たピンクブロンドの女性がドヤ顔で現れました。そのうしろからは、パルミア教徒の方々が続々と出てきます。

「うふふ……この時をずっと待っていたわよ――悪役令嬢スカーレット！」

そこにいたのは紛れもなく、舞踏会血の海事件で私がボコボコにした男爵令嬢――テレネッツァさんでした。

メンフィスの街で見かけた時には、落ちぶれた彼女を哀《あわ》れんで情けをかけて差し上げましたのに……性懲《しょうこ》りもなくまた牙を剥《む》いてくるなんて。どうしてもこの私に殴られたいみたいですわね。

「ごきげんよう、テレネッツァさん。その後、インチキ診療所の調子はいかがですか？」

「このっ、私から職を奪った張本人が、よくもまあ、ぬけぬけとそんなことを言えたわね⁉　アンタのせいで私は、せっかく手に入れたあの店を手放さなくちゃいけなくなったのよ！　王都から追放された私がどれほど苦労してあの店を手に入れたか！　アンタみたいな苦労知らずにはわからないでしょうよ！」

……自業自得では？　と言いたいところですが、そんなことを言っても無意味でしょうね。彼女は私が出会った数々の愚かな人々の中でも、トップクラスのお花畑指数を誇る方ですし。

あの店だってどうせ、悪どい手段で労《ろう》せず手に入れたものでしょうに。

「ぼ、僕達の聖女様に無礼な口を利くのはやめてもらおうか！　スカーレット！」

テレネッツァさんの横に立っていた、気弱そうな殿方が叫びました。

どなたでしょう、この影の薄い地味なお方は。どこかで見た覚えがあるような気もするのですが……

「私の顔をご存じのようですが、どこのどなた様でしょうか」

「なっ……わ、忘れたとは言わせないぞ！　このラッセン・グリモワールの顔を！　あの舞踏会で、散々僕の顔を殴っただろうが！」

ああ、このお方もあの会場にいらっしゃったのですね。

それに、グリモワール……ということは、この方、パルミア教のサルゴン教皇のご子息ですか。道理で見覚えがあるはずです。存在感が希薄すぎて、舞踏会では殴ったことに気がつきませんでしたが。

「お前！　いま僕のことを影が薄いって思っただろう！」

「まさかまさか、そのようなことは」

「顔に出てるんだよぉぉぉ！　畜生《ちくしょう》！」

泣きそうな顔になって叫ぶラッセン様。

大丈夫ですか？　ハンカチ代わりに、拳《こぶし》でよければ差し上げましょうか？

「――みなさん！」

不意に、テレネッツァさんがぶりっ子声で叫びました。

そして黄金の大きな扇子《せんす》をバッと開き、館の入り口に集まっている方々へ視線を巡らせます。

「その女の言うことを聞いて、彼女のペースに呑まれてはいけません！　ほら、私の神々しい姿をもっとご覧になって！」

その直後、テレネッツァさんの全身から桃色の鱗粉《りんぷん》めいたものが放出されました。

それは急激な勢いで周囲に広がっていき、粉を浴びた方々はまるで泥酔《でいすい》したかのようにだらしない表情を浮かべています。

「うへへぇ……聖女さまぁ……」

「おふぅ……なんと可愛らしいお姿ぁ……」

「ああ……もうなにも考えられない……せいじょさま、せいじょさま……」

――これは、まさか。

「あの粉を吸うな！　いますぐ布で口と鼻を覆《おお》え！」

ジュリアス様の声に、守護騎士団の方々が慌てて従います。

「どう？　これが魅了の加護の力よ！　王都を出てからレベルアップしたいまの私の力をもってすれば、一瞬で男どもを従わせることができるってわけ。恐れ入ったでしょう？あっははは！」

ひざまずいてテレネッツァさんの足を舐めようとするラッセン様。そんな彼を足蹴《あしげ》にしながら、テレネッツァさんが勝ち誇った高笑いをします。

魅了の加護――それがテレネッツァさんの力の正体ですか。

なるほど。これでいままで疑問だった様々なことに説明がつきます。

たとえば――

「……その力で、貴女はカイル様をたぶらかしたのですね」

私の婚約者だった、第二王子カイル様。貴族とはいえ男爵令嬢でしかないテレネッツァさんが、なぜ彼の心を掴むに至ったのか。

魅了の加護を使ったのだとしたら、それも簡単なことだったに違いありません。

「せーいかーい！　痛快だったわぁ。最初は男爵令嬢ごときがって私のことをバカにしていたくせに、段々私から目が離せなくなって、ついには毎日愛をささやいてくるようになるとはねえ？　これだから乙女ゲームはやめられないわ」

確かにカイル様には、昔から愚かな一面がありました。ですがいま思えば、公衆の面前で婚約破棄を宣言するなど、流石《さすが》に度を越えていると言っていいでしょう。

それもこれも、すべてこのお方――テレネッツァさんのお力だったのですか。

「なあに、怖い顔をして。まさかアンタ、あれだけボコボコにカイル様をブン殴ったくせに、本当は好きだったの？　もしかして好きな男を私に取られた腹いせに、私を殴ったわけ？　だとしたらごめんなさいねえ、寝取っちゃって。あれ、もしかしてこれってザマァってやつ？　あはっ、ざまぁないわね、スカーレット！　私の勝ちよ！　おーっほっほっほっほ！」

バカみたいに高笑いするテレネッツァさんを、私は冷めた目で見つめます。

一体、なにを勝ち誇っていらっしゃるのかしら。

私がカイル様を好きだった？　そのようなこと、天地がひっくり返ったとしてもありえませんよ。

でも、そうですね。いくら長年私に嫌がらせをし続けていた相手とはいえ、仮にも王族である方がすべてを失ったということに、哀《あわ》れみがないわけではありません。

ましてやそうなった原因が、テレネッツァさんのくだらない欲求にあったと知ってしまったからには、余計に。

「……ひとつ、お忘れになっていますわね、テレネッツァさん」

私はゆっくりと懐《ふところ》から取り出した手袋を手にはめます。

貴女は大切なことを忘れていますわね。

そうやって調子に乗った貴女が――以前私にどのような目に遭わされたかを。

「ス、スカーレット……？」

足を前に踏み出す私に、お兄様が恐る恐るといった風に話しかけてきました。

私はトントンと、感触を確かめるようにつま先で地面を叩きながら、静かにつぶやきます。

「お兄様、私――」

ここ最近、物足りないお肉ばかり叩いておりました。

もう二度と、ゴドウィン様を殴った時ほどの快感は得られないものと思っておりました。

ですが、テレネッツァさん、貴女ならば。

ここまで私に腹を立てさせることができた貴女ならば。

「いまとても、人を殴りたくて殴りたくて、仕方がない気分なんです」

テレネッツァさんならば、いままで味わったことがないほどの充足感を、私の拳《こぶし》に与えてくれるでしょう。

「そこを動かないでくださいな、テレネッツァさん。いますぐぶっ飛ばしにまいりますので」

「やれるもんならやってみなさいよ！　ただし戦えるのはアンタ一人だけどね！」

叫び声とともに、テレネッツァさんが手を前にかざします。すると――

「聖女、さま……テレネッツァさ、まぁ……」

「おい！　気を確かに持て！　我らの聖女はディアナ様だろう！」

「ううぅ……な、なにも考えられなくなる……頭がバカになるぅ……」

守護騎士団の方々がみな、頭をかかえてうずくまってしまいました。

かろうじて立っているのは、ジュリアス様とパラガス様、それにお兄様くらいでしょうか。

しかし、彼らの顔は熱を帯《お》びたように赤く目も虚《うつ》ろで、とても戦える状態ではないようです。

「口を塞《ふさ》いだくらいで防げるわけがないでしょ？　女神パルミアからもらった私の加護は絶大よ！　吸わなくても、浴びるだけで効果があるんだから！」

ふんぞり返りながら、自信満々な顔でテレネッツァさんが吠えます。

なるほど、魅了の加護ですか。厄介ではありますが、私やディアナ様にはまったく影響がないことを考えると、異性にしか効果がないようです。

「女性には効かないのですね。そこは不幸中の幸いといったところでしょうか」

「当たり前でしょ？　女なんて魅了してどうするのよ」

「あら。私、貴女のお顔を見て、そのお声を聞いているとドキドキするんですのよ？」

「ちょっとちょっと、やめてくれますぅ？　私がいくら可愛いからって、こっちにそういう気はないんだから――」

テレネッツァさんの言葉を遮《さえぎ》るように、私は笑顔で告げました。

「だって、これからその調子に乗ったお顔が、私の拳《こぶし》で滅茶苦茶になるかと思うと……」

私には悪癖があります。

それは、わざと嗜虐心《しぎゃくしん》を煽《あお》る振る舞いをして、相手を調子に乗せることです。すると相手は、さらに私を苛立《いらだ》たせるような行動をするでしょう。

そうやって溜めに溜めた苛立《いらだ》ちを、拳《こぶし》に乗せて一気に解放した時――私の心は天にも昇《のぼ》る至福の充足感に満たされるのです。

しかしこの方法には致命的な問題点がありまして、それは――

まうことです。

「――正直、昂《たか》ぶりを抑えられません」

あまりにもヘイトが高まりすぎると、感情が抑えきれなくなって、ついやりすぎてし

「もし殺してしまったらごめんなさいね、テレネッツァさん」

「強がってるんじゃないわよ！　この人数相手に一人でどうにかできるわけないでしょ！　ほら、アンタ達、あのムカつく女を殺しちゃいなさい！　でも、攻略キャラのレオナルド様とジュリアス様は殺しちゃダメよ？　無傷で捕まえなさい！　私の大事なハーレム要員なんだから！」

テレネッツァさんの命令に応《こた》えるように、兵士の方々が一斉に私へ向かってきます。

確かにこの人数を一人で相手取るのは骨が折れますね。

それに、彼らは操られているだけの罪なき方々でしょう。気は進みませんが、仕方ありません。いつもの手でいってみましょうか。

「〝微睡《まどろ》みよ、彼《か》の者達を安らかな眠りへ――〟」

「それはあの舞踏会で見たぞ！　そう何度も同じ手が通用するか！」

睡眠の魔法を唱える私に、ラッセン様が両手をかざします。

「〝静寂よ、紡がれし言葉を彼方《かなた》へ消し去りたまえ――！〟」

沈黙《サイレンス》の魔法ですか。腐っても流石《さすが》は教皇のご子息ですね。

私の詠唱《えいしょう》を後追いで打ち消してくるなんて、中々のお手前だと称賛して差し上げましょう。

「いまだ！　やってしまえ！」

ラッセン様の指示に、兵士の方々が雄叫びを上げながら槍《やり》を突き出してきます。

的確な指示ですね。私が魔法での攻撃を得意とする、純粋な魔法使いであればの話ですが。

「うおおお！　死ねッスカーレットォ！」

「まあ。そんな恐ろしいお声を乙女に向かって上げないでくださいな。そんなことをされたら――」

突き出された槍《やり》を掴んで引き寄せ、膝で叩き折ります。

呆然とする兵士に、私はニコリと微笑みかけてささやきました。

「恐ろしくて、思わず蹴り飛ばしたくなりますわ」

言葉と同時に、私は前蹴りを繰り出します。

「ぐあああ!?」

「っ!?　こっちに飛んでくるなあああ!?」

私が蹴り飛ばした兵士は絶叫して、後方にいた方を巻き込みながら吹っ飛んでいきました。

「ぎゃああ⁉」

一人一人を相手にできないなら、一人を利用してまとめて倒す。

月並みですが、この戦法でいきましょう。

「ば、化物め……そ、そうだ！　こちらも眠りの魔法を使え！」

「おお！　その手があったか！」

パルミア教徒の方々が一斉に手をかざして魔法を唱え出します。

無駄なことをなさいますね。まあ、私にとっては好都合ですが。

「「〝微睡《まどろ》みよ、彼《か》の者達を安らかな眠りへ誘《いざな》いたまえ――〟」」

私を中心に眠りの魔法が振りまかれますが、それと同時に、私が耳につけていた魔道具〝赤水晶の耳飾り〟が光って無効化します。

「な、なぜだ⁉　なぜヤツは眠らない⁉」

「なにかの魔道具の効果か⁉」

うろたえる教徒達を横目に、比較的包囲が薄いほうへ一直線に駆け出します。

徒手空拳《としゅくうけん》で戦う私が最も恐れるのは、武器による攻撃でも攻撃魔法でもありません。

目に見えず、回避することが不可能な、任意の範囲を対象とする状態異常系の魔法です。

自分の欠点があらかじめわかっているのですから、対策をするのは当然ですよね？

それとも私がその程度のこともせずに、ただ暴れているだけだとでも思いましたか？

舐められたものですわね。

「おい！　なにをやっている！　敵はあっちだぞ！」

「邪魔するんじゃねえ！　パルミア教のもやしどもが！」

パルミア教徒と兵士の方々がなにやら言い争っております。

「よそ見をしている暇がおありですか？　貴方達の敵は目の前にいますよ」

「なっ、いつの間に……ぐわぁっ!?」

急接近した私を見て、慌てて槍《やり》や剣を構える兵士の方々。そんな彼らとパルミア教徒をまとめて殴り飛ばして、領主の館の壁にめり込ませました。

お仲間があっという間に数を減らしていく状況に、テレネッツァさんの顔色はみるみる青くなっていきます。

「なにやってるのよ、アンタ達!?　仲間割れなんてしてる場合じゃ――」

「き、貴様ら！　いい加減にしろ！　役立たずの田舎兵士どもめ！　肉壁の役目も果たせんのか！」

「クソッタレ！　もう我慢ならねえ！　女はたった一人だ！　数でかかりゃどうとでもできる！　その前に、まずはこのいけ好かねえパルミア教徒どもをぶった切れ！」

そして、ついに本格的な内輪揉めが勃発《ぼっぱつ》してしまいました。

テレネッツァさんが加護の力を増幅させすぎたせいで、もはや彼女もコントロールできなくなっているのでしょう。

私のことなどそっちのけで、兵士の方々は館の入り口に陣取る教徒達に襲いかかります。

教徒達も当然、それに応戦するように魔法を放っています。こうなったらもう、魅了の加護を使ったところで収拾などつきませんね。

その状況を見て、柱の陰で高みの見物をしていた領主のパドラック様が、怒りに顔を歪《ゆが》めました。

「兵士ども！　なにを血迷っている！　お前達の役目は鮮血姫スカーレットを殺すことであろう！　早くこっちに戻って――」

「みーつけた」

どこに隠れたのかと思っておりましたが、そんな場所にいましたのね。

私は一息に兵士達の頭上を飛び越え、パドラック様の目の前に着地しました。

「ひっ⁉　スカーレッ……」

うろたえてあとずさりしようとするパドラック様。そんな彼の顔を片手で掴み、持ち上げます。

「いだ、いだだだだ⁉　あ、あだまがぁ⁉　やめ、やめろぉおお⁉」

いけませんわ、パドラック様。この程度で音を上げるなんて。

私達を成敗なさるのでしょう？　ほら、早く抜け出してくださらなくては、頭が潰れたトマトのようになってしまいますわよ。

「ま、待て！　わ、わたしは……わたしは、しょうきにもどった！」

「……はい？」

「頭の痛みで、テレネッツァにかけられていた魅了が解けたのだ！　わ、私はなんということをしてしまったのだ！　本当に申し訳ない！　なにが聖女だ！　あのビッチめ！真の聖女はディアナ様ただお一人！　ディアナ様万歳！」

手足をバタつかせながら、パドラック様が必死で弁解なさいます。

そのお姿は、肉食獣に押さえつけられた獲物のようで、中々に食欲をそそりますね。

「なるほど、痛みで魅了が解ける。そんなことがあるのですね」

「そ、そうなのだ！　わかってくれたか！　ではこの手を離して――」

「――とでも言うと思いましたか？」

メキメキメキィ！　と音がして、私の指がパドラック様の顔に食い込みます。

「あっぎゃあああ!?　な、なぜだァ!?　なぜ嘘をついているとわかった!?」

「簡単ですよ。貴方のような醜《みにく》く肥《こ》え太り、あまつさえろくな戦力にもならないお方を……端整なお顔が好みのテレネッツァさんが、わざわざ魅了するはずがありませんからね」

「な、なんだとぉ!?　この銀髪の小娘がぁ！　もう貴様らには一切支援せぬからな！　領主たるこの私を怒らせた罪、とくと思い知るがいい！」

「そんな権利、国を守護するディアナ様を害そうとした時点で、爵位や領地ごと没収確定ですよ。それではごきげんよう、パドラック様」

右手で彼の頭を持ち上げたまま、思い切り左拳《こぶし》を顔面めがけて振り抜きます。

パドラック様は吹っ飛んで領主の館の壁に突っ込み、見事な人型の穴を作りました。

「ひげええええ!?」

はー、スッキリした。

「さあ、お次は貴女の番ですよ、テレネッツァさん」

あちこちで剣戟《けんげき》と爆発音が響き渡る中、一歩、また一歩と、笑顔でテレネッツァさんに歩み寄ります。

「ちょ、ちょっと！　誰か私を守りなさい！」

いくら大声で喚《わめ》き立てようとも、どれだけ必死に助けを求めようとも、貴女の魅了で頭がバカになった方々は、誰も助けになど来ませんよ？

ご自慢の力が自らの首を絞めるなんて、頭の中がお花畑な貴女にふさわしい展開ですわね。

「そ、それ以上テレネッツァに近づくんじゃあない！」

そんな中、一人だけ私の前に立ちはだかる殿方がおりました。

教皇のご子息である、ラッセン様です。

これ幸いと、テレネッツァさんが彼のほうへ駆け寄ります。

「あーん！　ラッセン様ぁ！　あの女から私を守ってぇ！」

「し、し、心配しないで！　貴女は絶対、僕が守るか――」

私は落ちていた剣を拾い上げ、すばやく投擲《とうてき》します。

超高速で放たれた剣はラッセン様の頬をかすめ、彼の背後にあった館の扉をバラバラに吹き飛ばしました。

「私から、誰を守ると？」

「あ、ああ……っ」

へなへなと腰を抜かして、ラッセン様がその場にへたり込みます。

笑止。この程度で戦意喪失していては、私からテレネッツァさんを守るなど夢のまた夢ですわ。

「腰抜かしてるんじゃないわよ！　私を守るんでしょ！　ほら、立って私の肉壁に――ひっ」

テレネッツァさんの眼前まで一気に距離を詰めた私は、怯《おび》える彼女に微笑みながらポキポキと指の関節を鳴らします。

「ま、待ちなさい。落ち着いて、まずは話し合いを――」

「舞踏会の続きとまいりましょうか。さあ、覚悟はよろしいですね」

「い、嫌よ！　だ、誰か助け――うぎゃあっ!?」

真正面から思い切り顔面を殴られたテレネッツァさんが、鼻血を噴き出しながら地面を転がっていきました。

「……？」

殴った瞬間、緑色のシールドのようなものがテレネッツァさんの顔の前に現れたような気がしたのですが……気のせいでしょうか？　しかもあのシールド、どこかで見たような……

「わ、わたしの、わたしの顔がぁ!?」

顔を押さえて転げ回るテレネッツァさんを見る限り、ダメージはきちんと入っているようです。やはり気のせいだったのでしょう。

私は気を取り直してテレネッツァさんに歩み寄り、馬乗りになります。ちょうどいい機会

「あの舞踏会の時も、本当は殴り足りないと思っていたのですよ。ちょうどいい機会でですし、今回は思う存分、心ゆくまで殴らせてもらいますわね」

「わ、わかった！　わかったわよ！　もう悪いことはしないから！　これからは誰にも迷惑をかけずに慎《つつ》ましく生きるから！　だからもう許して！　ほら、鼻血は止まらないし、歯は折れてるし、こんなにも私はボロボロで――」

「なにをおっしゃっているのかしら。お顔の傷はもう治っておりますよ？」

「えっ？」

ご自分の顔をぺたぺたと手で触って無傷なことを確認したテレネッツァさん。彼女は次の瞬間、真っ青なお顔で固まります。

「……あ、あんたまさか治癒魔法で!?」

私の使える加護のひとつ――〝停滞せよ《オーバークロック》〟。

これを発動させると、私の周囲の時間が停滞し、現実の百分の一の速度で流れるようになります。この空間の中で本来の速度で動くことができるのは、唯一私だけ。

停滞の加護を発動させた私は、テレネッツァさんが気づかないうちに治癒魔法の詠唱《えいしょう》を行《おこな》ったのでした。

「ふふ、そう簡単に壊れてもらっては困りますからね。さあ、次は右と左、どちらの拳《こぶし》で殴られたいですか？」

「あ、悪魔ぁ！　鬼ィ！　だ、誰かー！　こ、殺され――ぴぎぃ」

再び拳《こぶし》を振りかぶったところで、テレネッツァさんは恐怖に追い詰められたのか、白目を剥《む》いて気絶してしまわれました。

反応がない方を殴っても面白くありませんし、少々不完全燃焼ではありますが、これくらいで勘弁してあげます。

今回の一件で、流石《さすが》のテレネッツァさんも身に染みたことでしょう。

私に歯向かうことの恐ろしさが、ね。

「……はっ？　お、俺達は一体なにを」

「な、なぜ私達は味方同士で争って……？」

スノーウィンドの兵士やパルミア教徒達が、困惑した顔をなさっています。

テレネッツァさんが気絶した影響なのか、彼らにかかっていた魅了の力が解けたみたいですね。

自由に動けるようになったパラガス様が呆然と立ち尽くす敵を見逃すわけもなく、即座に大きな声で命令を下しました。

「いまだ！　逆賊《ぎゃくぞく》どもを全員捕らえよ！」

「はっ！」

聖女守護騎士団《ホーリーオーダーズ》の方々が一斉に動き出し、兵士と教徒達を制圧します。

あとはテレネッツァさんともども縛り上げて、監獄送りにすれば万事解決ですね。

そう思って肩の力を抜こうとしたところで、背後から甲高い悲鳴が聞こえてきました。

「きゃあっ⁉」

一難去ってまた一難。今度は一体何事ですか。

「いやぁ、まいったまいった。まさかここまでお膳立《ぜんだ》てしたのに、あっさり全滅するなんて。スカーレットさん一人を相手に、不甲斐ないというかなんというか。いや、流石《さすが》は〝鮮血姫スカーレット〟というべきっすか？　噂以上の規格外っぷりっすね」

振り返るとそこには、ディオス様に拘束されたディアナ様の姿がありました。ディオス様は東の大聖石へ向かう途中で行方不明になったままでしたが、追いついていたのですね。

「お、お姉様……ごめんなさい。わ、私……っ」

うしろから首に手を回され、剣を喉元に突きつけられながら私の名を呼ぶディアナ様。彼女は恐怖に引きつった表情を浮かべ、カタカタと震えています。

か弱い乙女に対して、なんということを。ディオス様のことは最初からいけ好かない方だとは思っていましたが、まさかこのようなふざけた真似をするなんて——絶対に許せません。

「どういうおつもりですか？　そのようなことをして、冗談ではすみませんよ」

「おー、怖い怖い。ったく、本当なら、俺がこうしてしゃしゃり出てくる予定はなかったんすけどね。その聖女もどきが自信満々にざまぁするって言うからやらせてみたのに、あっさりボコられちまうんすから。おかげで正体をバラすはめになっちゃったじゃないっすか。一年近く聖女守護騎士団《ホーリーオーダーズ》に潜入して、ようやく得た信頼がパーですよ」

ディオス様が言い終わるとともに、突如、私達の視界を覆《おお》うように突風が吹き荒れます。

風がやんで視界が開《ひら》けると、ディオス様は聖女守護騎士団《ホーリーオーダーズ》の鎧《よろい》の上に、パルミア教徒の証である暗緑色のローブを羽織《はお》っておりました。

「実は俺、パルミア教のスパイ、それも異教徒は容赦なくぶっ殺す、異端審問官の一人なんすよ」

彼の言葉に、その場にいた全員が言葉を失いました。

特に聖女守護騎士団《ホーリーオーダーズ》の方々の驚きようといったら。どんな時でも堂々としているパラガス様ですら、呆然とした表情を浮かべるほどです。

「まあそんなわけで、俺達としちゃ、その聖女もどきさんにはまだ使い道がありましてね。このまま監獄にブチ込まれちゃ困るんすよ。というわけで、取引といきましょう」

ディオス様がディアナ様をこちらに突き出して告げました。

「そっちの聖女様と、こっちの聖女様を交換だ。アンタ達からしてみれば、その女を監獄にブチ込むのも俺に引き渡すのも、大した違いはないでしょ？　厄介者を第三者に預けるって意味ではさ。むしろこっちに渡したほうが、手間が掛からなくてお得っすよ」

「ディオス！　貴様ぁ！」

「裏切者め……恥を知れ！」

守護騎士団の方々が悔しそうにののしりますが、ディオス様はどこ吹く風です。

ディアナ様の命を握られていては、やむをえません。この取引、応じるほかありませんか――

「待て」

私の隣で成り行きを見守っていたジュリアス様が、制止の声をかけました。

そして一歩前に足を踏み出すと、髪を掻き上げながら気だるげな様子で口を開きます。

「……なんの茶番だ、これは」

「……は？」

ディオス様が怪訝《けげん》な表情を浮かべます。

いえ、ディオス様だけではありません。その場にいる全員がこう思ったことでしょう。

なにを意味のわからないことを言っているんだ、この腹黒王子は、と。

「ジュリアス様。申し訳ないのですが、いま貴方の戯言《ざれごと》に付き合っている余裕は——」

「おかしなこともあるものだな。敵側の人間が敵側の人間を人質に取って、取引を持ちかけるとは」

敵側の人間が、敵側の人間を人質に……？

なにを訳のわからないことを言っているのかしら、この方は。

スパイであるディオス様が、その敵側の重要人物であるディアナ様を人質に取ることの、なにがおかしいというのでしょう。

「……ごちゃごちゃうるさいっすよ、王子様。どうするんすか？　取引するんすか、しないんすか？　俺、こう見えて気が短いんで、あんまりもたもたしてると手が滑って大

変なことになっちまうかもしれないっすよ？」

「いや、だからその取引は──」

まだなにか言おうとしているジュリアス様を遮《さえぎ》るように、お兄様が声を張り上げました。

「わかった！　取引に応じる！　だからディアナ様を解放しろ！」

焦った様子のお兄様は、気絶しているテレネッツァさんを抱き上げると、躊躇《ちゅうちょ》なくディオス様のほうに歩いていきます。

ジュリアス様はなにか言いたげにしていましたが、結局は黙ってお兄様の行動を見守りました。

「物わかりがいいお兄さんで助かったっすよ。じゃ、いちにのさんで同時に離しましょ」

やや距離を置いてお兄様が立ち止まると、ディオス様は薄く笑みを浮かべながら、ディアナ様に突きつけていた剣を引きます。

「わかった。……ディアナ様、いまお助けします。もう少しだけじっとしていてくださいね」

怖がらせまいと微笑むお兄様に、ディアナ様はいまにも泣き出しそうな顔で答えます。

「レオ様……わ、私……私は……」

なぜかディアナ様は、ちっともホッとした様子を見せません。一体どうしてそのような悲しげな顔をしているのでしょう。

先ほどのジュリアス様の発言といい、なにか引っかかりますね。

「いちにの……さんっと」

しかし、私がその疑問を解消するより早く、お兄様はテレネッツァさんをディオス様のほうへ放り投げ、彼はディアナ様の背を強く押しました。

お兄様がディアナ様を胸に抱きとめ、優しく頭を撫でてあげます。

「よかった……もう大丈夫ですよ、ディアナ様」

「……っ」

ところがディアナ様は身体を震わせながら、いやいやと頭を横に振って黙り込んでしまいました。

やはり、なにか様子がおかしいように思います。

「それじゃ問題は万事解決ってことで、俺はこの辺でお暇《いとま》させてもらうっすよ」

テレネッツァさんを肩に担いだディオス様が、あとずさって私達から距離をとります。

彼の足元では、明らかに魔法で起こされた風が渦巻《うずま》いていました。

エルフが得意とする風魔法の一種ですね。

両足に風を纏《まと》って加速し、逃走するつもりなのでしょう。

「逃げられると思っているのか！」

「全員で囲め！　絶対に逃がすな！」

守護騎士団の方々が一斉にディオス様を取り囲もうとします。

しかしディオス様は、そんな彼らを嘲笑《あざわら》うかのようにニヤリと口元を歪《ゆが》めると、さらに風の勢いを強くして、自分を中心に竜巻を起こしました。

「くっ、これでは近づけん……！」

パラガス様に続いて、他の騎士団員の方々も苦悶《くもん》の声を漏らします。

顔に向かって猛烈な勢いで吹きつけてくる風に、とても目を開けていられません。

「今度会う時は敵同士……じゃないといいっすね。では、さよならっす」

軽薄な声が風の隙間から漏れ、私が待ちなさいと叫ぼうとした次の瞬間。

突然風がやみ、もうそこにはひとつの人影も見当たりませんでした。

「……まんまと逃げられましたわね」

ため息とともに緊張の糸が切れて、腰からガクンと力が抜けました。

加護を使った反動でしょう。今回も中々の大立ち回りでしたからね。

地面に崩れ落ちそうになる私の身体を、ジュリアス様が抱きとめてくれました。

「……相変わらず無茶をする。せっかく湯治《とうじ》の旅に来たというのに、また身体を壊しては元も子もないぞ」

こんな時ぐらい、憎まれ口を叩くのは遠慮してもらいたいものですが。

介抱してもらっている以上文句を言うわけにもいかず、私は大人しくジュリアス様の腕に身を預けます。

ああ、そうでした。意識を失う前に、ひとつ頼み事をしておかなければ。

「……ナナカ。二人の足取りを追えますか？」

薄れゆく意識の中つぶやくと、私の視界の端で黒い影が静かにうなずくのがわかりました。

その影は、私の傍《そば》まで近寄ってくると「……あとは任せろ」と耳元でささやき、音もなくその場から消え去ります。

さて、他になにかできることはあるでしょうか。

きっと今回も、三日くらいは眠り込んでしまうでしょうし、いまのうちに打てる手は打っておきたいところですが――

「そこまでにしておけ」

ジュリアス様の手の平が、必死に閉じまいとしている私の瞼《まぶた》の上にかぶさります。

「それ以上無理をすることは、この私が許さん。あとは私達がなんとかするから、抵抗はやめてさっさと眠れ。いいな？」

有無を言わせないジュリアス様の口調は、いつもより少しだけ早口です。

ああ、このお方は本当に心配しているんだとわかって、これ以上ないくらい安心してしまった私。そのことに気がついて、それがなんだか悔しくて、ぎゅっと必要以上に強く、ジュリアス様に抱きついてやりました。

「……ではお言葉に甘えて、あとのことはみなさまにお任せいたしますわ」

「そうしてもらおう。なに、貴女が起きる頃には、すべて決着がついている。安心してゆっくり眠るといい」

こんなことを言うのはなんですが、フッと口の端を吊り上げて黒い笑みを浮かべるジュリアス様の顔を見ていると、一抹《いちまつ》の不安が胸をよぎります。

経験則から言って、この方がこういう顔をしている時は、私にとっては大抵ろくなことになりませんからね。ああ、動かせないこの身が恨《うら》めしい。

「最後の……一発は……ちゃん、と……残しておいて……くださ、いね……」

必死に絞り出した言葉とともに、私の意識は真っ暗な闇に沈んでいきました。

「――ここは……？」

目を覚ますと、私は一人、ネグリジェ姿で真っ白な空間に立っておりました。

「私は、確か……」

加護の使いすぎで倒れて、気を失って――

「夢の中……？　でも、ここはまるで――」

神話に出てくる天国のようだと思いました。

天国――それは死んだあとにすべての命が送られるという、魂の安息地。神々が暮らす神界と私達人間が生きる地上の間に存在すると言われている、死者の国です。どの宗教の聖典にも同じように記述されており、その場所は見渡す限りの白い霧《きり》に包まれていると言われております。

はい。イメージにぴったりですね、ここ。

足元もなんだかふわふわとして、雲の上にいるみたいです。

「もしかして、私は死んでしまったのでしょうか」

まるで実感がありません。いつものように、加護を使った身体が休息を取るため眠りについただけかと思っておりましたが……もしかすると、自分が思っていたよりも深刻な状態だったのでしょうか。

『――君はまだ死んでいないよ』

その時、穏やかな殿方の声が私の頭の中に直接響いてきました。

「どなた……？」

問い返すと、私の声に答えるように、ポロロンとハープの優しい音色が聞こえてまいります。

どこから聞こえてくるのでしょう。そう思い耳を傾けると、音色が聞こえてくる方向の霧《きり》が段々と薄くなり、道が開《ひら》けていきました。

「誘われているのかしら……」

死者の国で、行き場のわからない私を誘う怪しいお声。

正直、不穏な気配を感じずにはいられません。ですが、もしこれがなにかの罠だとしても、まだ私が死んでいないというのであれば、一縷《いちる》の望みをかけて飛び込んでみましょう。

「……行きましょうか」

決意も新たに音の鳴るほうへと足を進めて行きますと、ハープの音に交じって、時計が時を刻む音が聞こえてまいりました。

気がつけば周囲には、大小様々な形をした時計が浮いています。

柱時計や懐中時計、掛け時計にからくり時計。はたまた、見たこともないような構造の時計も存在していました。

お兄様へのお土産に、ひとつ持っていったら喜ぶかしら。ちょうど新しい時計が欲しいとおっしゃっていましたし。

そんなことを思案しながら、さらに奥へと足を進めると、そこには十メートルはありそうな巨大な砂時計が立っておりました。

その砂時計の前には、黄金の椅子に座り、優雅にハープを爪弾《つまび》く長い金髪の殿方が。

純白の長い布を一枚纏《まと》っただけという簡素な服装ですが、その殿方の全身からは強烈なオーラがほとばしっており、人間の域を超えた存在であることを表しております。

「貴方が、私をここに呼んだのですか……?」

問いかけると、殿方はゆっくりと私にお顔を向けて微笑まれました。

この世のものとは思えないほど芸術的な美貌《びぼう》、と表現すればよいのでしょうか。

そのお顔は男性か女性かすらも定かではなく、まさに神が作り出したとしか思えない完璧な造形です。

「時空神の世界へようこそ、人の子よ」

キラリと真っ白な歯を光らせて微笑んだそのお方は、歌うような口調で言いました。

「──我が名はクロノワ。時と永遠を司《つかさど》る神なり。久しぶりだね、スカーレット。……と言っても私が君に祝福を与えたのは、まだ君が胎児の頃だったから、覚えているはずもないが」

時空神クロノワ──創造神に次《つ》いで大きな力を持つと言われている、三大神の一柱です。

「えっと、その節は大変お世話になりました……？」

一応お辞儀をしながら言うと、クロノワ様は微笑みを絶やさずにうなずかれます。

「思っていたよりもずっと礼儀正しい子のようだね。たまに地上の様子を見ると、君はいつも暴れていたから、さぞやお転婆《てんば》な子なのだろうと思っていたのだが」

ここでもそんな評価がなされているのですか。私は世のため人のため、仕方なく暴力を振るっているだけですのに。

「それで、そのクロノワ様が一体私になんのご用でしょうか」

私が問うと、クロノワ様はハープを爪弾《つまび》く手を止め、わずかに目を細めて言いました。

「実は君に頼み事があってね」

頼み事？　神様が私に？

困惑する私に、クロノワ様は穏やかに微笑みます。

「パルミアに奪われた聖女ディアナの加護を、取り戻してもらいたいんだ」

パルミアに、奪われた？　ディアナ様の加護が？

「……一年前にディアナ様が加護の力を失ったのは、女神パルミアが奪ったからなのですか？」

クロノワ様は私の問いにうなずくと、静かに語り始めました。

「そもそもの発端《ほったん》はというと……私がパルミアに愛されているということにある。彼女はとても嫉妬《しっと》深い女神でね。私が人間に祝福を与えていることが許せないらしい。とはいえ祝福は上書きできるものでもないから、代わりに加護の力を奪ったのだそうだ。まったく困ったものだね」

クロノワ様が人間に祝福を与えていることに嫉妬《しっと》して……？

ちょっと待ってください。ディアナ様の加護によって生み出される結界は、緑色のシールドのような見た目をしています。その力が奪われていたとすると、テレネッツァさんを殴った際に出現したあれは、もしかしなくても……

そもそもクロノワ様の話が本当だとするならば、あの女神は――

「もしやディアナ様の加護に限ったことではなく……パルミア様は、パルミア教を使ってパリスタン王国を内部から崩壊させようとしているのですか？　私やディアナ様といったクロノワ様の祝福を受けた人間が気にくわないから？」

「だろうね。僕達神が地上に直接関与することは難しいから、自分を信仰する教徒達を利用して、国の内部から切り崩す手段を選んだのだろう。彼女らしいやり方さ」

なんということでしょう。まさか現在進行形で繰り広げられているパルミア教の暴走が、ただのくだらない嫉妬《しっと》心によって引き起こされたものだったなんて。

巻き込まれたこちら側としては、たまったものではありません。

「クロノワ様のお力でどうにかできないのですか？　お言葉ですが、もとはといえば貴方達、神様同士のいざこざでしょう？」

「うん。そうしたいのは山々なのだけれどね……神の間では直接争ってはいけないというルールがあるんだ。そんなことをしたら、天界が滅茶苦茶になってしまうからね。だから私が直接彼女に手出しすることはできない。できるのは忠告ぐらいだが、言っても聞く性格ではないからね」

苦笑するクロノワ様からは、どこか他人事のような無責任さを感じました。自分達が原因で起こったことなのに、神様にとっては私達人間のことなど、所詮その程度の問題なのでしょうね。

気にかけてくれているだけ、クロノワ様はまだ幾分かマシというわけですか。

「加護を取り戻す、とおっしゃっていましたが、それをディアナ様が再び使えるようにする手段はあるのですか？　いえ、そのおつもりはあるのですか？」

「もちろん。あの加護はもう、彼女達歴代のディアナにとってなくてはならないものだ。それが他人の手に渡っている状況を正したいというだけだからね。もし取り返すことができたなら、私が責任をもって、当代のディアナが再び加護を使えるように助力すると誓おう」

そう告げて、穏やかな笑みを浮かべているクロノワ様。その言葉には、なにひとつ嘘偽《うそいつわ》りはないように感じました。

神様がわざわざこんなことで人間を騙《だま》す必要もないでしょうし、本当のことだと信じてよさそうです。

「……わかりました。もともとディアナ様のお力に関しては、ずっとなんとかして差し上げたいと思っていましたし、喜んでお引き受けしましょう」

「そう言ってくれると助かるよ。私としても、自分が祝福を与えた愛し子が悲しんでいる姿を見るのは、忍びないからね」

そう言うと、クロノワ様は懐《ふところ》からひとつの懐中時計を取り出しました。

「これは〝時空神の懐中時計〟という……まあなんのひねりもない名前の魔道具だ。これを私の加護を不正に所持している人間――パルミアの巫女《みこ》の前でかざせば、力を取り戻すことができるだろう」

「パルミアの巫女《みこ》？　それは一体どなたのことですか？」

「君がもう何度も会っている人間さ。確か名前は――」

◆　◆　◆

夜の暗闇の中。私――ジュリアスは、領主の館のベッドで眠り続けるスカーレットの姿を見つめていた。

スノーウィンドの街に着いてから、三日が経つ。

捕縛した領主と兵士達は、街の近くにある駐屯所《ちゅうとんじょ》から兵を派遣してもらい、すでに王都へ移送した。

トラブルがあったとはいえ、予定通りならもうここでの浄化の儀は終えて、次の街に向かっている頃合いだ。

「……さて、どうしたものかな」

聖地巡礼の指揮はレオに任せているとはいえ、全体の方針を決めるのは私の役目だ。

日程は余裕を持って組んであるが、それでもあまり長くこの地に留まっていては、王都の議会に出ている連中から、なにをしているのだと文句を言われるだろう。

スカーレットが意識を取り戻さないことには巡礼を再開することもできないのだが、彼女が真の聖女であると知らない議会側からしてみれば、私がただサボっているようにしか見えない。面倒なことだ。

「ジュリアス様……」

背後からかけられた控えめな声に振り向くと、寝巻き姿のディアナが立っていた。

巡礼中に顔を隠していた布はなく、あどけない素顔を晒《さら》している。

「お姉様は……？」

「まだ起きない」

加護の過剰使用による眠りは深い。とはいえ、そろそろ目を覚ますはずなのだが……

「私のせいで、お姉様は……」

「そうだな。スカーレットがこうなったのはディアナ――お前が私達を裏切ったせいだ」

私がそう断言すると、ディアナは驚きに目を見開いた。

そして表情を隠すように顔を伏せると、かすれた声でつぶやく。

「……いつから気づいてたのよ。私がパルミア教に情報を流してるって」

そう、聖女ディアナは、パルミア教と繋がっていたのだ。

うつむいて黙り込んだディアナに、私が考えていたことを静かに語っていく。

私が彼女たちがスパイであると知ったのは、聖地巡礼の前、王都で空砲騒ぎがあった時のことだった。

騒ぎを引き起こした犯人達を尋問した結果、ディアナがパルミア教に情報を流していると判明したのだ。

まさかと思い、王宮秘密調査室を動かして調査を開始。するとあっという間に、ディオスを伴《ともな》ったディアナが、パルミア教徒と密会している現場を押さえてしまった。

本来ならすぐにでも拘束して、事情を聞き出さなければならない。だが、私はそれを自らの責任のもとで保留にした。

情けをかけたわけではない。

二人がなにを目的として動いているのか、その詳細が知りたかったのだ。

もしかしたら、パルミア教の地位を失墜《しっつい》させるような、決定的ななにかを押さえることができるかもしれないしな。

だから私は、二人を泳がせることにした。

その結果がこのザマだ。スパイである二人の手によって私達の情報はすべてパルミア教側に筒抜けになり……その負担はすべてスカーレットが負うことになった。

自慢の銀髪が一部黒くなったままだと言って、ずっと気にしていたスカーレット。そんな彼女に、これ以上悲しい顔をさせまいと思っていたのにな。裏目に出るのもいいところだ。

「……じゃあ、もう私を泳がせる必要はないわよね。どうするの？　捕まえる？」

顔を上げたディアナはなかばヤケになっているのか、歪《いびつ》な笑みを浮かべて言った。

「捕まえて、それで終わりなら楽だったのだがな。残念ながら事はそう単純ではない。救国の聖女を捕まえたなど、一体国民にどう説明すればいいと言うのだ？　それができたとして、与える罰はどうすればいい？」

「う……」

指さしながら矢継ぎ早《ばや》に問うと、ディアナはなにも言えずに口ごもる。

「わかるか？　聖女に関わるものには、政治的判断が必要なのだ。それをこれっぽっちも考えずに、捕まえるだと？　そんなこと、よくも軽々しく言えたものだな。この愚か者め」

「あうっ」

ベシッと額にデコピンをしてやった。

「お前がもし男だったら、ブン殴っているところだ。この程度ですんだことを感謝するのだな」

「うう……痛い……」

自業自得だ、バカめ。まあ、多少は溜飲が下がったし、とりあえず説教はこれくらいにしてやろう。

「お前は捕まえない。というより、捕まえられん。メリットより、そのあとに起こりうる事態を収拾する手間や影響があまりにも大きすぎるからな。よって裏切りの件に関しては不問に付す」

「……そっか。私、捕まらないんだ……」

安堵《あんど》と自責。その両方を内包した複雑な表情を浮かべて、ディアナが壁に寄りかかる。

私はため息をつきながら彼女に歩み寄ると、その頭にポンと手をのせながら言った。

「説明してもらうぞ。なぜ情報を流していた。ディアナ聖教の聖女であるお前が、パルミア教に与《くみ》していた理由はなんだ？」

「………それは──」

ディアナが意を決したようになにかを言いかけた、その時。

ドォオオオオン！　と、遠くから凄まじい轟音が鳴り響いてきた。

まるで天の怒りが地上に炸裂《さくれつ》したかのような衝撃に、グラグラと大地が揺れる。

「きゃっ⁉」

よろめいたディアナを抱きとめながら、窓の外に視線を向ける。

「なんだ、あれは……？」

街の外に広がる森の奥――ちょうど北の浄化の大聖石がある辺りに、雲を割って、黄金に輝く巨大な柱が立っていた。

「光の……柱？」

透明な柱の内部では、大小様々なものが巻き上げられているのが見える。それは地上から舞い上げられた土塊か、それとも――

「様子を見てくる。お前はここで待機していろ」

「う、うん……」

チラチラと柱のほうを見ながら、心ここにあらずといった様子でうなずくディアナ。

そんな彼女を部屋に残して、私はすぐさま館を出た。

街は騒然としていて、住人はみな不安げな表情で光の柱を見上げている。

光の柱はまるで太陽のように輝き、夜の街を照らし出す。やがてその柱は、中心に向かって収束するように小さくなり、輝きを失って消滅した。

「ジュリアス様！」

馬に乗ったレオが、聖女守護騎士団《ホーリーオーダーズ》を連れて私のもとに駆けてくる。

どうやら先んじて状況を確認してきたらしい。

「なにがあった？　あの光の柱は一体――」

馬を下りたレオは私の耳元に顔を寄せると、周囲に聞こえないような小さな声で言った。

「……国境に常駐している駐屯兵によると、先ほどの光の柱のせいか、大聖石は跡形もなく消滅。それに伴《ともな》い結界に綻《ほころ》びができ、スノーウィンドに向かって魔物が多数接近中とのことです。あと一時間もしないうちに、スノーウィンドへ到達すると思われます。早急に避難の指示を」

「……柱の中で舞い上がっていたのは、砕けた大聖石だったか」

目を閉じ、即座に思考を巡らせた私は、声を潜《ひそ》めてレオに問い返した。

「魔物の数は？」

「正確には確認できておりませんが、百や二百ではきかないかと」

……おかしい。

結界の付近には魔物が集まりやすい傾向にある。とはいえ、群れを作らない魔物が揃って同じ行動をとるなど、明らかに異常だ。

大聖石を破壊した何者かがおびき寄せたのか？

しかしどうやって、なんのために……？

「駐屯兵たちはいまどうしている？」

「魔物の侵攻を食い止めるべく出動しております。街の住民の避難が終わるまで、なるべく時間を稼ぐそうです。ですが、あれだけの数が相手では、どれだけ持ちこたえられるか……」

駐屯兵の数はそう多くない。そもそも彼らが国境付近に待機しているのは、戦うためではなく、他国の動きをいち早く察知するため。

故《ゆえ》に兵の練度も高くなければ、士気も低い。もちろん、魔物と戦ったことのある兵などいるはずもない。

「守護騎士団を指揮して、住民を一ヶ所に集めてから避難させろ。誘導はお前に一任する。任せていいな？」

「承知いたしました。聖女守護騎士団《ホーリーオーダーズ》、集合せよ！」

レオが大声で号令を出すと、街の各地に散っていた守護騎士団の面々が一斉に集まってくる。

全員が集まったのを確認すると、レオは少しだけ考える素振りを見せたあと口を開《ひら》いた。

「国境付近で原因不明の大規模火災が発生！　スノーウィンドの住民を一時的に街の外へ避難させる！　地域を分担して街の端から声をかけ、住民全員を中央広場に誘導せよ！」

「はっ！」

うまいやり方だ。大聖石が壊されて、魔物が襲ってくるなどと聞けば、街の住民はまたたく間にパニックになるだろうからな。

「さっきの光の柱が原因か？　一体なにが起こったっていうんだい」

問うてくる老婆に、レオが簡潔に事情を説明する。

「駐屯兵が現在原因を究明中です。火災が街まで到達することはないと思われますが、また同じような現象が起こらないとも限りません。よって念のため、みなさんには一時的に近隣の街へ避難していただきます」

「大聖石のほうでなにか起こったようだが、大丈夫なのか？」

「それも併せて調査中です。さあ、早く」

不安そうな表情を浮かべながらも、人々は広場に集まってくる。

あとは私がいなくても問題あるまい。

馬に乗り、出立の準備を整えていると、パラガス団長が声をかけてきた。

「ジュリアス様、どちらへ？」

「砕けた大聖石の状態を確認してくる」

その言葉に、パラガスは目を見開いて声を張り上げた。

「なりません！　すでにあの場は戦場ですぞ！」

そんなことは百も承知だ。確かに危険もあるだろう。だが――

「私はこの国の第一王子として、国を――民を守る大聖石の状態を確認する義務がある。なに、私とて命は惜しい。遠目で確認したらすぐに戻るつもりだ」

「それは貴方のすべきことではない！　なにとぞ、お考え直しを――ジュリアス様⁉」

パラガスの横を突っ切って馬で走り抜ける。悪いが問答をしている時間はない。

「避難が終わったら、私を待たずに次の聖地に向かえ！　私もあとから追う！」

背後から響いてくるパラガスと守護騎士団の悲鳴を聞き流しながら、私はある場所へと馬を走らせた。実は王都を遅れて出発した際、乗ってきた特別なものがあるのだ。馬よりはるかに速いそれに乗れば、状況把握もすぐにすむ。

本当に北の大聖石が何者かの手によって破壊されたのならば、それは大聖石が穢《けが》れを溜めてもろくなっていたからに違いない。

強力な破魔《はま》の力を宿した大聖石は、めったなことで壊せるものではないのだ。

逆に言えば、浄化の儀さえ終えてしまえば、大聖石を壊すことは不可能になると言っていい。西と南の大聖石を速《すみ》やかに浄化する必要があるだろう。

だが、それでもまだ不安要素が多すぎる。

あの光の柱——遠くから見ただけだが、あの柱の破壊力は計り知れない。私にはあれが、神の怒りを具現化したかのような、そんな光に見えた。

少なくとも人間にできる所業ではあるまい。

となれば、あれを引き起こしたのはおそらく——

その時、暗闇の中になにか人影のようなものが見えた。

「……現れたか」

大聖石の場所まではまだかなり遠い。駐屯兵が戦っているのも、もう少し先の辺りだろう。

では一体誰が、こんな危険な場所に？

そんなもの決まっている——この事態を引き起こした張本人。すべての黒幕だ。

「……っ⁉」

突然、グラリと足元が揺れた。いや、足だけではない。

頭がグラグラとして、まるで酩酊《めいてい》しているかのように目の焦点が定まらなくなる。これは、まさか——

「あはっ！　まんまと引っかかったわ！　飛んで火に入る夏の虫とはこのことね！」

聞き覚えのある甲高い声が耳に届いた時、私は姿勢を維持していられず、馬から転がり落ちてしまった。

「ぐはっ……う、ぐ……」

意識が混濁《こんだく》していく。これが——魅了の加護か。

「なるほど……本気を出したと……いうわけか。確かに、この感覚は……抗《あらが》い難《がた》い」

以前領主の館の前で使われた時とは、比べ物にもならない強力さだ。

「やれやれ、これでは……スカーレットに笑われてしまう、な……」

駆け寄ってくるピンクブロンドの女の姿を視界の端に捉《とら》えながら、私の意識は泥沼のような闇の中に沈んでいった。

第五章　私も好きですよ。

パリスタン王国の小さな農村で生まれた私は、母にディアナと名づけられた。

私が七歳になって少ししたある日のこと。私は不思議な夢を見た。

その夢の中では、よく母が読んでくれる絵本に出てきた聖女様が、ニコニコと微笑みながら立っていた。

聖女様は私に向かって緑色に光る球を差し出すと、穏やかな声でこう言ったの。

「聖女の力はいま、貴女に引き継がれました。これより貴女が聖女ディアナです。この国をよろしくお願いしますね」

目が覚めると、私の中にこれまで感じたことのない神様の祝福を、はっきりと自覚できた。うぅん、それだけじゃない。

見たことも聞いたこともなかった、聖女が持っている力の使い方や、その役割についての記憶すべてが私の中にあった。

――これが〝副聖女〟としての私の力。

試しに恐る恐る手を突き出して〝しりぞけ〟と唱えると、目の前に私の身長ほどの高さの透明な緑の壁が現れる。

これが、時空神クロノワ様の結界。聖女ディアナとしての、私の力。

「すごい……すごいすごいすごいすごーーーい！」

ベッドから飛び起きた私は、全速力で家族がいる居間に飛び込んだ。

だって、昨日まで畑の手伝いをしていた農民の子供の私が、起きたら聖女様になっていたのよ？　こんなの、自慢しないでいられるわけがないじゃない！

「ねえみんな！　私、聖女様になったみたい！」

しかし、興奮しながらそうまくし立てる私を、信用する家族は誰もいなかった。

なんでよ⁉　特にお母さんがそんな目で私を見るのおかしくない⁉

聖女様のようになれますようにって、私の名前をディアナにしたくせに！

「はいはい、くだらないこと言ってないで、さっさと畑作業してきな。サボろうったってそうはいかな――」

「ほら、これが聖女様の結界よ！」

「ひ、ひえええ⁉　ほ、本物⁉」

目の前で軽く小さな結界を張ってみせたら、家族はびっくり仰天。

お母さんが腰を抜かしちゃったのは、見てて面白かったな。

そのあと私の噂はあっという間に知れ渡り、村中から拝みに来る人が続出しちゃった。

最初は優越感があってちょっと気分がよかったんだけど……

いままで普通にお話ししていた人達がみんな、私のことを「ディアナ様、ディアナ様」って、まるで人間じゃないものを見るような目で見てくるようになって、同い年の友達まで私に敬語を使って、これまでのように遊んでくれなくなった時――

聖女様になったなんて言うんじゃなかったって、後悔した。

でも、そんなことで落ち込んでいる暇はなかったわ。

私の力が知れ渡ってから、二週間ぐらいが過ぎたある日。

青白い鎧《よろい》を着た騎士達と、同じ色の僧衣《そうえ》を着た神官達が、私の村にやってきて言ったの。

「我々はディアナ聖教の者です。新たにお目覚めになられた聖女ディアナ様をお迎えに上がりました」

突然のことに慌てふためく私の前で、騎士と神官の人達は一斉にひざまずいて、頭《こうべ》を垂れたわ。

そして私の手を取ると、太陽を見るみたいに眩《まぶ》しそうな顔で言ったの。

「お待ちしておりました、我らが聖女ディアナ様。さあ、まいりましょう。貴女を待つ民のもとへ」

村の人達は、自分達の村から聖女が出たと大喜びしていたっけ。

訳もわからないまま雰囲気に流され、私は王都に連れていかれたわ。

そこで先代のディアナ様が亡くなったことや、新たに目覚めた私は聖女としてこれから死ぬまで、一生このディアナ聖堂で暮らすんだって言われたの。

いきなり家族と離されてこんな場所に連れてこられて、そんなことを言われたら、普通は絶対イヤだって拒否するわよね。

いままでの私だったら、間違いなくそうしていたと思う。

でもこの時の私は、もうそれでいいかって諦《あきら》めちゃってたわ。

だって、どうせ村に帰ったところで、聖女としてしか扱われない。私に居場所なんてないもの。

私のことをサーニャと呼んでくれたお父さんも、村を出る私に向かって「ディアナ様いってらっしゃいませ」なんてヘコヘコ頭を下げてさ。

もうあそこには、ただの私を必要としてくれる人なんて一人もいない。

だったら、どこにいたって一緒だ。

それなら、せめて私が受け継いだこの力を使って、世のため人のために聖女様として生きていくほうがずっといい。

こうして私は、ディアナ聖教の聖女になった。

聖女として覚えることは多かったし、大変だったけれど、私が頑張ればその分、この国のみんなが助かるし喜んでくれる。そして、私を必要としてくれる。

そう思えば、辛いことだって耐えられた。

それに私は一人じゃなかったわ。尊敬する、大好きなスカーレットお姉様がいたからね。

――公爵令嬢のスカーレット・エル・ヴァンディミオン様。

昔から国に仕えているすごい家のお嬢様で、村娘の私なんかが会話することは一生なかったはずの高貴なお方。

あの人と初めて出会った時のことは、いまでも鮮明に覚えているわ。

そう、あれは国王陛下へ挨拶《あいさつ》に行くため、王宮に出向いた時のことだったわね。

謁見《えっけん》の間に向かう途中の廊下で、銀髪の女の人が向こうから歩いてくるのが見えたのよ。

真っ赤なドレスを着たその人に、私は一目で目を奪われちゃった。

こんな綺麗《きれい》な人が、この世にいたんだって。

あまりの美しさに見惚《みと》れてしまった私に、お姉様は優雅にスカートを摘まんで完璧な会釈《えしゃく》をしたの。

「ご機嫌麗《うるわ》しゅう、ディアナ様。スカーレット・エル・ヴァンディミオンと申します。以後お見知りおきを」

その人が本当の聖女様だって聞いた時は、納得しちゃった。

私みたいな地味な村娘と違って、見た目からしてもうなにもかもが違うもの。

きっとこの人は聖女だなんて肩書がなかったとしても、誰からも好かれて必要とされるような人に違いないって思ったわ。

実際、お姉様は私が思っていた通りに……いえ、それ以上に完璧ですごい人だった。

国内最高峰の学府、王立貴族学院での成績はトップクラス。

魔法も天才的で、王宮魔道士ですら敵《かな》わないと言われていた。

それだけじゃないわ。お姉様は容姿や能力だけじゃなく、そのお人柄がとても優《すぐ》れた人なのよね。

誰に対しても分け隔《へだ》てなく優しくて、お忙しい身なのにもかかわらず、聖女になったばかりだった私のことをすごく気遣ってくれて、暇を見つけては会いに来てくれたのよ。

村から離れてやさぐれていた私が腐らずにすんだのは、全部お姉様のおかげね。

もっともっとお姉様を好きになったのは、初めての聖地巡礼の時かな。

私の仕事は、浄化の儀の最後に時空神クロノワ様の大結界を補強すること。

けれどそれ以外にも表の聖女として、しないといけないことがたくさんあったの。

巡礼で訪れる各地で村の人や、支援してくれる貴族の人とお話ししたり。

自分では人見知りはしないほうだと思っていたんだけど、聖女なのにうまくできなかったらどうしようっていう気持ちが、私の中ですごいプレッシャーになっていた。そのせいで、初めての聖地巡礼では失敗ばっかりしちゃったんだ。

そんな時にね、お姉様はいつも私の隣でフォローしてくれたのよ。

うまく喋《しゃべ》れない私の横から助言してくれたり、緊張して震える私の手を机の下でこっそり握って、「大丈夫ですよ」って励ましてくれたり。

もうっ、お姉様好き！　大好きっ！

私とたった三歳しか変わらないのに、なんでこんなにお姉様って完璧なの？

私なんて、聖女としての力がなければなにもできない……なんの価値もないただの村娘なのに。

そう思って尋ねてみると、お姉様はこう答えたわ。

「いつも元気で明るいディアナ様を見ていると、みなさんが笑顔になります。それは誰にでもできることではありません。聖女様ではなく、ディアナ様だからできることなのですよ」


そんなことない、そんなことないんだよ、お姉様。

私は、本当はちっとも元気で明るい子なんかじゃないの。

心の中ではいつもウジウジしていて、他人から自分がどう思われているか不安で……

それに、とっても嫉妬《しっと》深いんだ。

こんなによくしてもらっているのに、大好きなのに。

私は世界中の誰よりも――お姉様が、妬《ねた》ましい。


大聖石が光の柱によって破壊され、逃げるようにスノーウィンドの街を出て二日。

目を覚ますと、そこは野営地のテントの中だった。

ランタンで照らされたテントの中は薄暗く、外がまだ夜であることを告げている。

次の目的地である西の街サハスギーラまではまだ遠く、ジュリアス様がいなくなったのもあって、守護騎士団のみんなの顔には焦りが見えていた。

「お姉様……」

私のテントの中には、もうひとつ簡易ベッドがあって、そこにはスカーレットお姉様が眠っている。ジュリアス様はもうすぐ起きるって言っていたけど、あれから二日経ったいまでも、お姉様が目を覚ます気配はない。

「ごめんね、お姉様。私のせいで……」

「――いまさら後悔しても、もう遅いっすよ」

背後からかけられた声に振り返ると、テントの入り口にはあの男――パルミア教のスパイ、ディオスが立っていた。

「……わかってるわよ、そんなこと」

でも、驚くことはない。

だって、そいつは――私が何度も密会を重ねた共犯者で、自分からここに招き入れたんだから。

「それで、どういうつもりっすか。スパイをやめたいだなんて」

「言葉通りの意味よ。私はもう、パルミア教に情報を流さない。それを伝えるために、アンタを呼んだのよ」

そう言って、決して気取られないようにうしろ手に短剣を忍ばせた。

「困るなぁ。いまさらそんなこと言われても。バラされてもいいんすか？　ディアナ様が実はパルミア教に情報を流していたたって」

ヘラヘラ軽薄な笑みを浮かべながら、ディオスが私のほうに近づいてくる。

「別にかまわないわ。っていうか、もうジュリアス様にはバレたしね」

「あー、やっぱりっすか。スノーウィンドの街で言ってたのは、カマをかけたわけじゃなかったんすね。怖いなあ王子様。じゃあ俺達はまんまと泳がされてたってわけっすか」

「そういうことよ。だから、そもそもスパイ活動自体がもう無理ってわけ。わかった？」

私の答えに、ディオスは腕を組んでうーんと唸《うな》ったあと、「あっ」となにか思いついたみたいに手を叩いた。

「じゃあ、まずジュリアス様を殺《や》っちゃいますか。そしたら俺達がスパイだってことを知る人はいなくなるっすよね？」

「……は？」

散歩にでも出かけるかのような気軽さでそんなことを口走るディオスに、私は背筋が寒くなる。

なんなのこいつ。まるで表情を変えずに、あっさり一国の王子を殺すだなんて。

「なに言ってんのよ、アンタ。そんなことできるわけが――」

「忘れたんすか？　どうしてアンタが、ディアナ聖教を裏切ってパルミア教についたのかを」

忘れるわけがない。忘れるものか。

ある日、突然なんの前触れもなく結界を張る力を失って、死んだような日々を送っていた時。

守護騎士団の一人として私の前に現れたディオスは言った。

力を取り戻したくないか？　って。

最初は、なにをバカなことをって思った。だって、いままでどんなに高名な治癒術士でも、医者の先生でも、魔道具や宝具の力を使っても、絶対に加護の力が戻ることはなかったから。

こんな胡散《うさん》臭いやつ一人で、なにができるのって。

けれどディオスは言ったわ。神様の力なんだから、神様に与えてもらえばいいって。

聞いた話によると、女神パルミアは自分を信仰する教徒に惜しみなく力を分け与えているらしいの。たとえそれがどんな悪人であろうとも、パルミア教の女神像の前で忠誠を誓えば、それだけで特別な力を与える準備があるんだって。

加護の力は、自分に祝福を与えてくれた神様の力を発現したもの。だから、新しく力を授けるなんて正直胡散《うさん》臭い話だった。けれど、守護騎士団の人達からある噂を聞いて、ディオスが持ってきた情報は一気に真実味を帯《お》びたの。

守護騎士団の人達はこう言ってたわ。最近、パルミア教徒達と小競り合いになった時、不思議議な力や武器を使ってきて、鎮圧するのにかなりの苦戦を強《し》いられるって。

それから数日後、私はディオスの話に乗ることにした。

与えられる力が加護そのものでなくても、少しでも可能性があるのなら賭けてみたかった。だって、私にはそれしかなかったから。

帰るべき故郷もなく、なんの才能もない私には、加護がなければ生きてる価値なんてどこにもないんだもの。

……でも、その話には条件があった。

私に力を与える見返りに、聖女ディアナは一年間パルミア教のスパイになる。

散々悩んだ末、私の情報を使って決して人を傷つけないと言われて、その条件を呑んだわ。

それから私達の情報は、すべて向こう側に筒抜けになった。

まさか聖女がパルミア教のスパイだなんて誰も思わないだろうから、国家機密にされているような情報も、すべてパルミア教に知られることとなったわ。

そこでようやく私は、自分がどんなにバカなことをしてしまったのかを自覚した。

でも、もう後戻りはできない。こうなったら行き着くとこまで行くしかない。

その代わり加護を取り戻したら、いろんな人に迷惑をかけた分、たくさん人を、国を救う。

だから、許してほしいって思っていた。でも――

「もう少しで一年経つんすよ？　やっと力をもらえるってのに、諦《あきら》めちゃうんすか？　ここでスパイをやめたら、いままでの苦労が全部水の泡っすよ」

「……それでも、私はもう――自分を大切にしてくれる人達を裏切りたくない」

式典で暴動が起こって、たくさんの人が怪我をしたのを見た。みんな痛がって、苦しんでいた。

なにが力を取り戻したいよ。そのせいで、私が守りたかったみんなが苦しんでいたら、意味ないじゃない！

「たとえ力が戻ってこなかったとしても、それで私になにも価値がなくなったとしても！　私は正しい道を行きたい！　自分に恥じないように生きたい！　お姉様みたいに！」

拳《こぶし》を握り込んで叫ぶ私に、ディオスは面倒くさそうに頬をかいた。

「はぁ、なんか盛り上がっちゃってるみたいっすけど、一体どうして急に心変わりしちゃったんすかねえ。それもやっぱり、この人の影響っすか？」

お姉様を見ながらため息をついて、ディオスが静かに歩み寄ってくる。

私は汗ばむ手で短剣を握り直して、ディオスが目の前まで近づいてくるその時を待った。

「じゃあ先に、スカーレットさんから殺《や》っちゃいますか。そしたらディアナさんも、二度と変な気を起こさなくなるでしょ」

ディオスが剣を抜いて、ベッドで眠るお姉様の前に立つ。

いままで隙を見せなかった彼が、初めて私に背を向けた瞬間だった。

「わあああああ！」

叫びながら、私はディオスの背中に向けて短剣を突き出した。

「――まあ、そんなことだろうとは思ってたっすけどね」

「うぐっ……！」

振り返ったディオスにあっさりと短剣を払われて、私はその場で手首を拘束される。

全部、見抜かれていた……いえ、見抜かれていなかったとしても、私程度の腕じゃ、この男をどうにかすることはできなかったわね。

そう思わせるくらいに、ディオスの動きは素早く的確だった。

「あーあ。これじゃあ流石《さすが》にもう見逃せないっすよ？　バカなことをしたっすねえ」

「バカなことなんかじゃないっ！」

歯を剥《む》き出しにして、心の底から叫ぶ。

加護が使えなければ、なんの価値もないって思っていた私に、お姉様はそんなことはないって言ってくれた。

サーニャって呼んでくれた！

「私は普通の女の子でよかったんだ。ただ、村にたくさんいるディアナじゃなくて、サーニャって呼んでほしかった。他の誰でもない私自身を、誰かに見てもらいたかった！

それだけだったのに……！」

視界がぼやける。涙が溢《あふ》れて止まらない。

どうして私は、こうなってしまったの？

お父さん、スカーレットお姉様……私を私として見てくれた人達。

私は、本当にバカだ。

聖女の力なんて望まなくても、私が欲しかったものはいつだってすぐ近くにあったっていうのに。

「もう私は、アンタ達の言いなりにはならないわ！　なにが人には危害を加えない、絶対に誰も殺さないよ！　式典のあれはなに!?　私との約束を守る気なんて端《はな》からなかったんじゃない！　もう二度とパルミア教になんて手を貸さないんだから！　ほら、好きにしなさいよ！　ただし、私はどうなろうとも、お姉様にだけは絶対に手を出させないわ！　この命にかえてもね！」

涙を手の甲で拭《ぬぐ》って、ディオスを睨《にら》みつける。

いまの私にはこの程度の抵抗しかできないけれど、もしこいつがお姉様を殺そうとするなら、自分の身体を盾にしてでも守るわ。

それで、あらん限りのおっきい声をあげて、守護騎士団の人達を呼び寄せてやる。

「……いいんすか、本当にそれで」

「いいって言ってるでしょ！　この……離しなさいよっ！」

暴れる私をしばらくじっと見ていたディオスは「よし」とうなずくと、あっさり私の手を離した。

なんのつもり……？

怪訝《けげん》な顔で見ると、ディオスはいつも通りのヘラヘラした表情で言った。

「わかったっすよ。じゃ、俺もスパイやめてこっちに寝返りまーす」

「…………は？」

え？　は？　なに言ってるの、こいつ？

「なに企《たくら》んでるのよ……アンタはもとからパルミア教の人間でしょ。そんなやつ信用できるわけないじゃない。さっきまでみんなのことを殺す殺すって言ってたし。バカにしてんの？」

「やだなー。ありゃちょっと脅しただけで、本気じゃないっすよ。俺もね、こっちで一年暮らしているうちに、あっちより居心地よくなっちゃって。ほら、パルミア教の人達ってめちゃくちゃ人使い荒いじゃないっすか。その割に見返りも少ないし、正直うんざりしてたんすよね。だからディアナさんが裏切るっていうなら、俺も一緒に裏切るっすよ！

一蓮托生《いちれんたくしょう》っす！」

ぐっと親指を立ててウインクするディオス。

ええ……本当に信用していいの、こいつ……？

「あっ、ちょっと、なんすかその疑惑の目は。ほら、しっかり俺の目を見てくださいよ。澄《す》んだ目をしてるでしょ？　こんな目をした人間が裏切りなんてするわけないじゃないっすか」

「どの口が言ってんのよ！　っていうか、アンタ目が細すぎてよくわかんないし！　って、きゃあ⁉　どこ触ってんのよ！　バカ！」

無理矢理顔を近づけて自分の目を見せようとしてくるディオス。私は必死で顔をそむけ、彼を押し返した。

こいつやっぱり変！　お姉様、レオ様、誰か助けて！

「——嫌がる女の子に無理矢理迫るなんて。やはり貴方は紳士の風上にも置けない方でしたわね」

その時、私のすぐ隣のベッドから、氷のように冷たい声音が聞こえてきた。

驚いて振り返ると、上半身を起こしたお姉様が眠たそうな顔でディオスを睨《にら》んでいる。

私は安堵《あんど》のあまり、その場にぺたんと尻もちをついてしまった。

よかった、これでディオスがなにを企《たくら》んでいても、もう安心だ。

「お姉様……よかった、よかったよぉ……」

「よしよし、怖かったでしょう。もう安心ですよ」

ベッドから立ち上がったお姉様が、私の身体を優しく抱きしめてくれた。

私はじわりと目元に浮かぶ涙を手の甲で拭《ぬぐ》いながら、うん、うんと何度もうなずく。

ホントは怖かった。剣を握ったのなんて初めてだったし、ディオスがその気になったら私なんていつでも首を飛ばされていたんだ。そう思ったら、震えが止まらなかった。

でも、もう安心だ。だって私はいま、世界で一番安心できる人の腕の中にいるんだもの。

「おや？　遅いお目覚めっすね、眠り姫さん。いやぁ、アンタがぐっすり眠っている間、こっちは色々大変で――」

「失せなさい、痴《し》れ者が」

いつもの調子で語りかけるディオスに、目にも留まらぬ速さでお姉様のパンチが飛んだ。

ディオスが避ける間もなく拳《こぶし》はまっすぐ顔面に突き刺さり、ヘラヘラした表情をグシャッと歪《ゆが》ませる。

「うぎゃあああ!?」

まるで大砲が炸裂《さくれつ》したみたいな衝撃音とともに、ディオスがテントの外までふっ飛ばされていった。

お姉様は姿勢を戻すと、何事もなかったかのように私を抱きしめ直したわ。

それから美しい顔を幸せそうにふわりと綻《ほころ》ばせて、こう言ったの。

「寝起きはやはりこれに限りますね――あー、スッキリした」

◆　◆　◆

眠りから覚めると、目の前でディアナ様がハーフエルフの暴漢に襲われていました。

当然、すぐさまブン殴ったわけです。力で劣《おと》る女の子に暴力を振るおうとする殿方は最低ですからね。問答無用ですわ。

そういえば、夢の世界で随分長々とクロノワ様のお話を聞かされたので、現実では一体どれくらいの時間が過ぎているのか気になります。

あの方、話が長すぎですわ、もうっ。

「お姉様……」

ディアナ様が私の腕の中で、バツの悪そうな顔をして見上げてきました。

視線を落として目を合わせようとすると、ディアナ様は顔を伏せてしまいます。

「ディアナ様」

なにか言いたげにしているディアナ様に対して、促《うなが》すように名前を呼びました。

するとディアナ様は、少し迷う素振りを見せたあと、恐る恐る顔を上げて、私と視線を合わせます。

「……あのね、お姉様。私、パルミア教のスパイだったの」

「……‼」

その言葉に、私は少なからずショックを受けました。

実際にディオス様というスパイもいたわけですし、ディアナ聖教内にそういう存在がいてもおかしくはないでしょう。魅了という、相手を意のままに動かせる力を持っている人間もいることですし。

ですがまさか、ディアナ様までそうだったなんて。

しかもこの口ぶり、操られていたのではなく、おそらくは自らの意志でそうしたかのような――

「そのせいでお姉様はこんな目に遭って……本当に、本当にごめんなさい……うぅっ……」

ディアナ様が再び顔を伏せて、嗚咽《おえつ》混じりの声を上げます。

おそらくは、なにかしらの事情があったのでしょう。そうせざるをえなかった、深刻な事情が。

「……お顔を上げてくださいな」

震える小さな肩に手を置きながら、私は穏やかな声で語りかけます。

すると、私の顔色をうかがうかのように、ディアナ様が恐る恐る顔を上げました。

私はすっと手を握り込むと、ディアナ様のおでこの前まで持っていって――

「あいたぁ⁉」

ペシンっと、デコピンをします。

いつも優しくしすぎていましたから、今日はちょっとだけ厳しめです。

「寝起きなので、いまがどんな状況になっているのか皆目見当もつきませんが、ディアナ様ご本人がそうおっしゃるということは、本当なのですね？」

「……はい、そうです」

ディアナ様の手を取って、目を閉じます。

どんな言葉をかければいいか少しだけ迷ってから、私は再び瞼《まぶた》を開《ひら》いて言いました。

「ディアナ様は決して、してはいけないことをしてしまいました」

「はい……」

「実際に悪いのは、すべての元凶たるパルミア教です。でも、どんな理由があれ、その悪事に加担してしまったことは、貴女が犯した紛れもない罪です」

「その通りです……」

「だからこの一件がすべて解決したあとで、ちゃんとみなさまの前で自分の過《あやま》ちを謝罪し、しかるべき罰を受けること。いいですね？」

「はい……はい……っ」

「よろしい。――はい、甘えていいですよ」

「おねえっ、おねえさまあああっ！」

顔をくしゃくしゃにして泣きついてくるディアナ様を抱きしめて、よしよしと背中を撫でてあやします。

それからディアナ様は、なぜパルミア教に情報を流していたのか、その理由と経緯をすべて教えてくれました。

こんなに小さなお身体で、色々なことを一人でかかえ込んでしまったのですね。

「ごめんなさい。貴女がそこまで思いつめているのに、気づいてあげられませんでした。私はお姉様失格ですね」

「そんなことない！　お姉様は私の世界一のお姉様だもん！　私がっ、私がバカだったの！　うぐっ！　ううう〜〜〜っ！」

貴族の家に生まれて、幼い頃から自分の人生に対する責任を自覚してきた私とは違い、この子はただ普通の家に生まれて、平凡な幸せを求めていた女の子だったのですよね。

突然力を得てしまったばかりに、周囲から勝手に期待されて、崇《あが》められて——

ディアナ様を追い詰めてしまった原因は、この国の在り方そのものにあると言ってもいいかもしれません。

「なんださっきの音は!?」

「敵襲か!?」

テントの周りに、大勢の人が集まってくる声が聞こえます。

「……ディアナ様。お話はまた後ほどゆっくりと。まずはあちらを先にすませてしまいましょう。私のうしろに隠れていてくださいね」

「は、はいっ」

ディアナ様が狙われないよう、背にかばったままテントの外に出ます。

月明かりだけが周囲を照らす中、木々に囲まれた野営地には、すでに守護騎士団の方々が勢揃いしておりました。彼らはみな、とある方向を睨《にら》んで剣を構えております。

「音がしたのはあちらですか？」

問いかけると、守護騎士団の方々が私を見て驚きと安堵《あんど》の混じった顔をされました。

長らく眠っていた私が突然話しかけたので彼らが驚くのは当たり前ですが、集中を切らさないのは流石《さすが》ですわね。いまが敵を前にした、臨戦態勢だということをしっかりとわかっていらっしゃいます。

守護騎士の方々が睨《にら》んでいるのは、ディオス様が飛んでいった方向ですね。そちらの林のほうに歩み寄っていく私に、パラガス様が緊張を帯《お》びた声でつぶやきました。

「スカーレット様。くれぐれもお気をつけを」

うなずき返した私はそのまま歩を進めていき、木にもたれかかるようにしてうずくまっている人影を見つけて足を止めます。

「いつまでたぬき寝入りを決め込んでいるおつもりですか？　わかっているんですよ。私の拳《こぶし》が当たる直前に、自ら後方に飛んでダメージを軽減していたことは」

完全に不意をついて殴ったはずなのに、あの反応の速さ。聖女守護騎士団《ホーリーオーダーズ》で筆頭騎士にまで昇《のぼ》りつめた実力は、伊達《だて》ではないということですか。

相手にとって不足なしですね。

「どうしました？　来ないならばこちらから……」

いつまで経っても向かってこないことを不思議に思った私が、闇に慣れてきた目でよくよく様子を見てみると――

「あら……まだ準備運動のつもりだったのですが」

そこには気絶して白目を剥《む》いているディオス様の姿があったのでした。

拳《こぶし》をもろにくらったわけではないのにこの有様。なんだか肩透《かたす》かしでしたわね。残念です。

私が目を覚ましてから、四日が経過しました。

次の目的地である西の街サハスギーラは、砂漠地帯の中心にあります。

朝晩の気温差が激しく、ほとんど雨が降らないここでは、植物が育たないため、生活に必要な物資や食物のほとんどを、国内の別地域から取り寄せております。

街へと続く街道には、物資を大量に積んだ旅商人の姿が散見されます。

先を急ぐため、街で補給を受けずに強行軍を続けていた私達にとって、彼らの存在はまさに救いでした。

「いやぁ、あの名高い聖地巡礼のご一行様に商品を売ることができるなんて、光栄ですなあ」

厳しい陽差しが照りつける、お昼過ぎ頃。

街道から少し外れた砂地で、商隊の方々から物資を買い取った私達。ついでに情報交換も兼ねて、一休みすることになりました。

「ところで聖女様ご一行は、これからサハスギーラの街に向かわれるので？」

「そうですわね。陽が落ちるまでには到着して、一泊してから明日大聖石に向かおうと思っています……それがなにか？」

私が答えると、商人さんは渋い顔をされました。

「あー、やっぱり。その感じだとご存じないみたいですね」

「はい？」

首を傾《かし》げる私に、商隊を率《ひき》いる商人さんが教えてくれました。

「実はこの先の街道でですね、二日ほど前から砂嵐が発生していまして」

砂漠で砂嵐はよくあること。たいした問題だとは思えません。

「それがいかがなさいましたか？」

「その砂嵐の規模がこれまたとんでもないんですよ。通り抜けられる隙間もないほど広範囲にわたっていましてね。こりゃ迂回《うかい》しないと進めんぞってことで、みんな遠回りしているんですよ。おかげで本来なら半日でサハスギーラに着くのに、二日もかかっちまう具合でして。色々計算が狂ってこっちも大変なんですよ」

「……それはお気の毒に」

他の商人の方々からも同様の情報を聞いた私は、急ぎみなさまのもとに戻りました。お兄様とともに、今後の方針を話し合うためです。

「二日か……物資は補給できたからなんとかなるとしても、それではパルミア教のやつらに先を越されかねないな。さて、どうしたものか……」

簡易テントの中で、私と向き合ったお兄様が、額に指を当てながらため息をつきます。一段と眉間の皺《しわ》が深くなっているように見えるのは、おそらく気のせいではないでしょう。

それもこれも、一向に戻ってくる気配がないどこかの腹黒王子のせいです。

私が眠っている間に北の大聖石は破壊されてしまったとのこと。どうやったのかは知りませんが、犯人は十中八九パルミア教でしょう。そして、彼らの攻撃がこれで終わるとは思えません。

私たちが浄化の儀を終えて大聖石を壊せなくなる前に、先回りして順に破壊していくに違いありません。

それを阻止するため、一刻も早く西と南の大聖石を浄化しなければ。

そんな状況の中、あの腹黒王子はいったいどこで道草を食っていらっしゃるのやら。

本人いわくあとから合流すると言っていたそうですが、どうやって私達に追いつくつもりなのでしょうね。

というか、私が起きる頃には解決していると言っていたくせに、この有様ですか。なにも解決していないどころか、事態が悪化しているのですけど？

胃痛のスペシャリストであるお兄様でなくても、胃が痛くなるというものです。

「ここで悩んでいても埒《らち》が明かないな。他に手立てもないし、砂嵐を迂回《うかい》してサハスギーラの街に向かい、そこから西の大聖石に行くしかないか」

「焦る気持ちはありますが、みなさまの安全にはかえられませんし……仕方ありませんわね」

意見が一致した私とお兄様が、ため息をついて今後の方針を固めた矢先。テントの入り口が開《ひら》いて、パラガス様が顔を出されました。

「失礼、取り急ぎお二方にお伝えしたいことが」

「どうした、パラガス殿」

「ディオスが、なにやら訳のわからないことを言っておりまして……」

「訳のわからないこと、とは？」

私の問いに、パラガス様が首を傾《かし》げながら答えます。

「サハスギーラの街へ抜ける近道を知っているとかなんとか……いかがなさいますか」

思わず顔を見合わせた私とお兄様は、パラガス様に向き直ると、二人同時に口を開きました。

「話を聞きましょう。案内してください」

「話を聞こう。案内してくれ」

「遺跡にある地下の抜け道を行くんすよ」

パラガス様に案内された簡易テントの中で、私とお兄様はディオス様と向き合っていました。

椅子に座らされたディオス様の両手足には、超硬度金属であるアダマンタイト製の手錠《てじょう》と足枷《あしかせ》が装着されていて、身動きひとつとれない状態になっています。

パラガス様から聞いた話によると、ディオス様はスパイとして潜入したのはいいものの、ディアナ聖教に馴染《なじ》みすぎて居心地がよくなったから、パルミア教とは手を切ってこちら側に寝返りたいとのことでしたが。

そんなホイホイ陣営を変えるコウモリを信用するほど、私とて世間知らずではありません。

この人からは、基本的に不誠実さと嘘つきの匂いしかしませんからね。ですから――

「そのお話を聞く前に、ディオス様。貴方に確かめておかなければならないことがあります」

「スカーレット……？」

お兄様が怪訝《けげん》な表情で私を見ます。

大丈夫ですよ、お兄様。捕虜に手荒な真似はいたしません。

ただ少し、確認をしたいだけですので。

「いいっすよー。なんでも話します。それで信用してもらえるならね」

ヘラヘラ笑いながら話すディオス様に、私は目を細めて問いました。

「こちら側に寝返ることを決めた、本当の理由を聞かせてもらえませんか？」

「それならもう、パラガス団長に話したんすけどね。聞いてませんでした？　こっちの居心地がよすぎて情が湧いちゃったんで、スパイをやめることにし――」

「原因はディアナ様でしょう？」

遮《さえぎ》るように発した私の言葉に、ディオス様が顔を強張《こわば》らせます。

やはりそうでしたか。巡礼の途中でも、やたらとディアナ様に視線を向けていましたね。まるでやる気がない素振りをしているのは見せかけで、実は任務に忠実な方なのかと思っていましたが。

そういえば、式典で神輿《みこし》が倒壊した時にも誰よりも早く駆けつけていましたね。

事情を知ったいまとなっては納得です。

なにより式典の騒動の際に、ディアナ様を助けようと私よりも早く飛び出しておりました。その表情は、明らかにディアナ様の身を本気で案じているものでしたからね。

「なんのことっすか？　あの子と俺はただの共犯者で、それ以上でもそれ以下でもないんすけど」

「慌てて取り繕《つくろ》っても無駄ですわ。目は口ほどに物を言うもの……ご自分の顔を鏡でご覧になったらいかが？　本心でないことが丸わかりですわよ」

「……っ」

微笑みながらそう言うと、ディオス様は口をつぐんだあと、観念したかのようにため息をつきます。

そしていままでのような軽薄な作り笑いではない、苦笑を浮かべて言いました。

「……まいったっすね。嘘をつくのは得意なつもりだったんすけど。スカーレットさんに殴られてからどうも表情筋がうまく動かないみたいで、ボロが出ちまったっす」

「お褒めにあずかり光栄ですわ」

「いや、愚妹《ぐまい》よ。褒めていない。彼は皮肉で言っているのだぞ……」

ツッコミを入れてくるお兄様のことは、当然のように無視します。いま大事なところですからね。余計な口出しはしないようお願いしますわ。

「白状するっすよ。俺が寝返った理由……というか、パルミア教に肩入れした理由は、お察しの通りディアナ……いや、サーニャにあります」

サーニャ。それは確か、ディアナ様のお父様が彼女にこっそりつけてあげた名前だったはずです。それをなぜディオス様が知っているのでしょう。

「実はサーニャは——俺の妹なんすよ」

「……はい？」

ちょっと待ってください。なにやらおかしなことを言い出しましたね、この方。

もしかして冗談ですか？　殴っていい場面ですか？

「……妹？　ディオス様はハーフエルフでしょう？　もし貴方がお兄様なら、なぜディアナ様にエルフの血が混じっていないのですか？」

「サーニャとは母親が違うんすよ。俺の母親はエルフの王族っすけど、あいつの母親は人間族。んで、共通の父親も普通の人間なんで。ちなみに父親がエルフって設定にしてたのは、念のためっすね。サーニャとの関係を万が一にも悟られないようにするためっす」

なるほど。それならば一応辻褄《つじつま》は合いますか。つまりディアナ様はディオス様にとって、腹違いの妹ということになるわけですね。

けれどそんな話、本人からは一度も聞いたことがありません。

「そのことをサーニャ様はご存じで？」

「あいつはなにも知らないっすね。あいつの父親が、俺の母親と子供を作っていたことも……それが俺だってことも」

ディオス様が普段とは違う、自嘲気味な笑みを浮かべます。

あまり思い出したくない過去なのでしょうか。

「俺もそのことを知ったのはつい最近なんすけどね。まーあのクソオヤジときたら、ほんっとどうしようもないやつでして。ある日どうしてうちのおふくろを捨てたんだって一発ブン殴りに行ったら、俺には妹がいるって言うじゃないっすか。これはいっちょ、親父似のブサイクな妹を拝みに行くしかないって思って、こっそり王都に会いに行って……」

「……会いに行って？」

ぐっと握り拳《こぶし》を作りながら、ディオス様は言いました。

「もー可愛いのなんのって！　あの勝ち気な目！　性格！　小柄な身体！　俺、一目で好きになっちゃいましたよ！　あ、気に入ったっていっても、異性としてじゃないっすよ？　あくまで妹としてって意味っす。そこら辺勘違いしないよーに」

完全にシスコンの顔をなさっていますね。

「俺、親にあんまり愛されずに育ったんすよね。だからサーニャには俺みたいな思いはさせたくなくて。あれっすよ、俺、サーニャの笑顔を守るためなら世界を敵に回したってかまわないって思ってます。パルミア教に入ったのも、加護の力を失って悲しんでる妹の顔が見たくなかったからなんで」

そこだけ聞くと、妹思いのいいお兄様なのですけどね。やりすぎ感は否《いな》めませんが。

「つまり、話をまとめると……スパイをやめると宣言をして寝返りを申し出てきたのは、ディアナ様が力を取り戻すことを諦《あきら》めて、こちら側についたから……というわけですか」

「そういうことっす。サーニャが加護なんて使えなくてもいいってんなら、わざわざあんな頭のおかしいパルミア教に入ってる意味なんてないっすからね。むしろやめられて清々してるっすよ」

　胸を張ってドヤ顔で言うディオス様。

　一応納得できる理由ではありますが、ディアナ様次第ではいくらでも裏切りそうなコウモリ男なのは変わらないようです。依然として油断はできませんが、まあ──

「わかりました。ひとまず貴方のことは信用しましょう」

「おい、スカーレット。本当に信じるのか、いまのこいつの話を」

お兄様が渋い顔で苦言を呈《てい》しました。ええ、お気持ちは痛いほどわかりますとも。ですがお兄様もわかっているでしょう？

いまのままでは他に手もありませんし、これ以上パルミア教の後手に回っては、後々取り返しのつかないことにもなりかねません。

「では改めて教えてください。地下の抜け道とやらの詳細を」

「オッケーっす。んじゃ、とりあえずこの手錠《てじょう》と足枷《あしかせ》といてもらえないっすか？　俺、肌荒れしやすい体質なんで、ずっとこういうのつけてると、お肌がかぶれちゃうんすよ。ほら、見て見て、もうちょっと赤くなってるし」

「……お兄様、よろしいですか？」

「……仕方ない。背に腹はかえられんか」

嫌そうな顔をしながらもお兄様が拘束をとくと、ディオス様は「あざーっす」とチャラい返事をしてドヤ顔で語り出しました。

「この辺りから少し南西に向かった場所に遺跡群があるんすよ。そこのとある神殿跡の地下に、違法な商品を扱う商人が使う抜け道が存在してるんすよね」

「行き先は？」

「サハスギーラの街の地下道っす」

なぜ彼がそんなことを知っているかはさておき、問題は事の真偽ですね。

ここで時間を食えば、私達にとっては致命的です。

二日かけて迂回《うかい》するルートの場合、ここの大聖石が浄化できなかったとしても、まだ南の街に先回りできる可能性はあります。けれど、ここで余計な足止めを食らった場合、それすらも叶わなくなる可能性が出てくるのです。

そうなった場合、南の大聖石を押さえることもできなくなり、最悪三つの大聖石が破壊されるような事態にもなりかねません。

「そういえば結局のところ、大聖石を破壊したのはパルミア教で間違いないのですか？」

「そうなんじゃないっすかー？　多分」

「……やはりこいつは拘束しておいたほうがよいのでは」

お兄様。まだです。まだ見限るのは早いです。

その時がきたら、私が直々《じきじき》に引導を渡しますので。

「いや、俺ってあとからパルミア教に入ったぺーぺーなんすよ。あそこ、あんまり強い人いないから剣の腕は重宝されてたんすけど、内部情報はほとんど教えてもらえなかったんすよね。ただ――」

ディオス様がへらりと笑いながら、私を指さして言いました。

「パルミア教のエセ聖女さんがなにをしたがっているのかは、よくわかるっすよ。スカーレットさん。アンタに対する復讐だね」

ああ、そういえばすっかり失念しておりました。テレネッツァさんの存在を。

ディオス様いわく、あのあと意識を取り戻したテレネッツァさんの荒れようと言ったら、それはもう筆舌《ひつぜつ》に尽くしがたいものだったらしく、しきりに私にザマァしてやると叫んでいたとのことです。

おそらく私に相当な恨《うら》みを持っていることでしょう。あれだけ殴られておきながら、懲《こ》りない方ですわね。

まあ、相手が神様だろうと聖女だろうと、私の前に立ちはだかるのであれば、この拳《こぶし》で叩き潰すまでですわ。

「ぐずぐず悩んでいても仕方ありませんわね。善は急げ。早速その遺跡にまいりましょう、お兄様」

「罠のような気もするが……いま言っても詮無きことか。わかった。一応最悪の場合を想定して準備をしておくとしよう」

お兄様がテントを出ていくのを見届けてから、ディオス様に向き直ります。

お兄様の前では一応信用するようなことを言いましたが、あまり調子に乗られても困るので、念のため釘を刺しておきましょうか。

「もし裏切ったら……わかっておりますわね？」

指の関節を鳴らしながら笑顔で言うと、ディオス様は顔を引きつらせながら答えました。

「わ、わかってるっすよ。ははは……こわ」

サハスギーラの周辺で渦巻《うずま》いている砂嵐を目視した私達は、そのまま遺跡群のあるほうへと足を向けました。

ちなみに守護騎士団のほとんどの人員は、遺跡群近くの街に先行して待機してもらっています。

いまここにいるメンバーは、パラガス様と騎士団の方々、サーニャ様とディオス様、私とお兄様を含めた計十五名となっております。

地下道を大人数で行くのは無理がありますし、リスクを考慮した人員配分ですね。

「あれが遺跡群か……」

先頭を歩く騎士団員の方が、ぽつりとつぶやきました。

広大な砂漠の中にポツンと存在する、砂に埋もれた石造りの建造物の群れ。もっと小規模なものを想像していましたが……これはちょっとした街ほどの大きさですね。

「地下道に続く入り口は、遺跡の中心に建っている神殿の中っす」

そう言って、ディオス様が目的の神殿を指し示します。

裏切りの一件で守護騎士団の方々から完全に敵視され、冷たい視線を向けられているディオス様ですが、本人はヘラヘラとまるで気にしていない素振りでした。

図太いといいますか、無神経といいますか。

いえ、この方の場合は誰に対してもこのような適当な態度なのかもしれません。

同じくスパイだということが発覚したディアナ様ですが、混乱を招く恐れがあるために、とりあえず巡礼が終わるまで、その事実は伏せるということで話はついております。

しかし当の本人は、いままで私達を騙《だま》してきた負い目からか、普段の明るい表情はかげり、静かに粛々《しゅくしゅく》と歩いていらっしゃいました。

ディオス様も、少しは彼女を見習ってはどうでしょうか。無理でしょうけど。

やがて私たちは遺跡群の中に入り、中央にある神殿の前までやってきました。

「この先が入り口っすよ。中はボロくて崩れやすいんで、気をつけてくださいねー」

軽い足取りでひょいひょいと、ディオス様が朽《く》ちた神殿の中へと入っていきます。

私達は罠や待ち伏せを警戒しつつ、そのあとを追って歩を進めました。

「それにしても……暑いですわね」

頬を伝う汗を拭《ぬぐ》いながら周りを見回すと、他のみなさまも顔に汗を滲《にじ》ませていらっしゃいました。

暑さ対策として、この地方で好まれている薄手のドレスを着ている私。ですが、それでも陽射しによって体力は削《そ》がれ、どうしても足取りが重くなります。

息が切れるほどではありませんが、運動能力は普段より二割程度落ちるでしょうね。

「ディアナ様、大丈夫ですか？」

「はぁ、はぁ……はい。これくらい、まだまだなんともないわっ」

遅れがちになるディアナ様に歩調を合わせます。

普段身体を動かさないディアナ様にはお辛いでしょうが、事は一刻を争うため、速度を落とすわけにもいきません。なんとか頑張っていただきましょう。

「なにをへばっているか！　もっと気合いを入れんか、お前達！」

「はっ！」

響き渡るパラガス様の声に視線を向けると、騎士団の方々が全身を覆《おお》う鎧《よろい》の隙間から湯気を立ちのぼらせつつ前進していました。

気合いを入れるのは結構ですが、熱中症や脱水症状で倒れないように、せめて兜《かぶと》ぐらいははずせばよろしいのに。

「到着っと。ほら、あったでしょ？　秘密の地下道」

ディオス様の案内通りに神殿の中を進んでいくと、地下へと続く幅の広い大きな階段を発見しました。

階段にはなにか重いもので擦《す》ったような痕《あと》がついており、砂も避《よ》けられていて、明らかに人の手が入っている痕跡があります。

「半日ほど進むと街の地下に着くっす。あー、中は真っ暗なんで、俺みたいに夜目が利かない人達は明かりを準備したほうがいいっすよ」

「わかりました。みなさま、明かりをつけましょう。それと、パラガス様と騎士団の方々はディアナ様の周囲を守ってください。私はディオス様と先行いたします」

「いえ、スカーレット様のお手を煩《わずら》わせるわけには……」

守護騎士団の方々がそれならば自分がと前に出ますが、私は笑顔で首を横に振りながら言いました。

「万が一、この先に罠があったとしても、私ならばすぐに対応ができます。それに乗じてディオス様が逃げようとしたり、攻撃したりしてきたとしても、問題なく拘束できます。みなさまは気兼ねなく、自分達に課せられた使命をまっとうしてくださいませ」

顔を見合わせて「でも」と、戸惑う騎士団の方々。そんな彼らの前にパラガス様が歩み出て、咳払いをしました。

「スカーレット様のおっしゃる通りだ。情けない話だが、私達の誰をもってしても、ディオスに不意をつかれたら押さえ込むことなど不可能だろう。ならばせめて、自分達ができることに最大限の力を注《そそ》ぐべきだ。そうだろう?」

団長自身から告げられたその言葉に、自分達の至らなさを自覚したのか、うつむきながらもみなさんは納得してくださいました。

「さあ、行きましょうか」

慎重に階段を下りていくと、下には周囲を岩で囲まれた地下道が延《の》びておりました。

高さは大体四メートルほど。幅も同じぐらいの広さがあり、地面には商品を運ぶためか、トロッコとレールが設置されております。

「方角的にはサハスギーラの街のほうへ続いていますし、とりあえずはディオス様を信じた甲斐がありましたか」

「でっしょー？　俺って役に立つうえにナイスガイっすからね。惚れ直したっすか？」

「いいえ、まったく。そもそも惚れてませんし。道案内としては及第点といったところかしら」

「うへえ、採点厳しいなあ。ま、いいっすよ。これから挽回していくんで」

そうして大体半日弱ほど歩いたでしょうか。

地下道の先にある大きな階段を上《のぼ》ると、そこは広い倉庫のようになっていました。

明かりで照らすと、布を被った大量の荷物が所狭しと置かれているのが見えます。

中には違法な商品が山ほど入っているとのことですが、残念ながらいまはそちらに関わっている暇はありません。

あとで近場の警備兵に通報してしょっぴいてもらいましょう。

「こっちっす」

ディオス様の導くほうに向かうと、外側から鍵がかけられた大きな鉄の扉がありました。

「やっと外に出られるのね。暑くて死ぬかと思ったわ」

パタパタと手で顔を扇《あお》ぎながら、ディアナ様が私の横に並びます。

地下道の中は蒸し暑く、みなさんすっかり汗でびっしょりになっていますね。

あまり長く休んでいる余裕はありませんが、長旅には休息も必要です。ここを出たら、休憩がてらみなさんで水浴びでもしましょうね。

「分厚い扉だな……剣ではとても壊せそうにない」

「どうする？　全員で体当たりでもしてみるか？」

守護騎士団の方々が扉を開ける方法を模索している中、私は扉の前に立ち、ゆっくりと数歩うしろに下がります。

「危ないので下がっていてくださいませ」

そしてそのまま助走をつけて、扉に跳び蹴りをしました。

バゴォ！　と音を立てて、鍵ごと扉が外側に吹っ飛んでいきます。

「開きましたね。それでは外に出ましょうか」

振り返ってそう言うと、なぜかみなさまが真顔で私のことを見ていました。

どうしたのでしょう。私はただ扉を開けただけですのに。さあ、早く外へ出ましょうね。

私が先陣をきって倉庫から出ると、我に返ったようにみなさんがあとからついてきます。

「しかし、本当に街に出るとは……ディオスは嘘を言ってなかったということか」

パラガス様が兜《かぶと》を脱ぎ、汗を拭《ぬぐ》いながら、夜のサハスギーラの街並みを見渡します。

砂地に石垣の家が立ち並ぶその街は、突如鳴り響いた轟音によって、にわかに騒がしくなっておりました。もう少し静かに壊せばよかったですわね。反省反省。

「みな、歩き通しで疲れていると思う。よって、明朝までこの街で休息を取ることにした。私は街の人達に事情を説明してくるから、みなは先に休んでいてくれ。それでは解散」

お兄様の労《ねぎら》いの言葉に、みなさんはほっと安堵《あんど》の吐息をこぼします。

私はともかく、みなさんは体力的にも精神的にもそろそろ限界が近かったでしょうし、ちょうどよいタイミングでしたね。流石《さすが》はお兄様です。

「おいアンタら、さっきの巨人がハンマーで鉄をぶっ叩いたみたいな音はなんだ⁉　向こうの倉庫のほうから聞こえたが……」

「ああ……お騒がせしました。私達は聖地巡礼の一行です。立てつけの悪かった倉庫の扉を少し強めに叩いていただけですので、どうかご心配なさらずに」

何事かと家を飛び出してきた街の人々の相手をしているお兄様を遠目に見つつ、私達は一足お先に街中《まちなか》にあるオアシスまでやってきました。

楕円形のオアシスの大きさは、端から端までで五十メートルほどはあるでしょうか。透《す》き通る綺麗《きれい》な水は火照《ほて》った身体に冷たく染み渡り、守護騎士団のみなさまは待ちきれないとばかりに鎧《よろい》を脱いで、みな水浴びを楽しんでおります。

「……あの、お姉様」

湖のほとりの岩場に腰かけた私が足を水につけて涼んでいると、ディアナ様がそわそわと落ち着かない様子で話しかけてきました。

「いかがなさいましたか、ディアナ様」

「えっとね」

チラチラと向けられるディアナ様の視線の先には、パラガス様の前で正座をさせられて説教を受けているディオス様のお姿がありました。

「ディオス様がなにか？」

「実は、その……あのね」

私の耳元に顔を寄せたディアナ様が、申し訳なさそうにささやきます。

「……地下道に入る前に、テントでレオお兄さまとお姉様が話してたこと、全部聞いちゃったの。その、ディオスが……私のお兄ちゃんだってこととか」

あら……これは驚きましたね。

誰にも聞かれないように人払いをしてもらっていたのですが。

「パルミア教のやつらからもらった魔道具……つけっぱなしにしてたの忘れてて」

ディアナ様が髪を掻き上げると、耳の上のほうにイヤーカフのような装飾品がついておりました。

「〝妖精のささやき〟――集音の効果を持つ魔道具ですか」

ある一定範囲内の音を集めてくれる魔道具――ナナカが耳につけているのを見たことがあります。確かにこれを持っていたのであれば、どんなに小声で話していても筒抜けになるでしょう。

「盗み聞きはめっ、ですよ」

「ご、ごめんなさぁい……」

ディアナ様のおでこをつんっと指先でつつきます。

まあ、故意でないのであれば仕方ないでしょう。私にも、そういううっかりはままありますし。殴る気はなかったのについ殴ってしまった、といったような。

「それで、ディアナ様はどうしたいのですか？」

私の問いに、ディアナ様は「うーっ」と唸《うな》ると、腕を組んで悩ましげな表情で言いました。

「いまさらそんなことを言われても、どうしたらいいかわかんないよ。でも確かにあいつは私のことを第一に考えて、色々行動してくれてたような気もするし。あー……うー」

頭をかかえるディアナ様を優しく撫でてあげます。

「そうですよね。いままで自分に兄がいるなんて、まったく知らなかったんですもの。しかもそのお兄さんがとんでもないシスコン野郎だったなど、ショックでどうしたらいいかわからなくなる気持ち、わかりますわ」

「あ、あの、お姉様……？　ちょ、ちょーっと私が悩んでることと違うかなぁ……？」

大丈夫、わかっておりますよ。

これ以上からかうのは勘弁してあげましょう。ふふ。

「お話ししてみればよろしいのではないでしょうか。いまは慌ただしい時ではありますが、だからこそ腰を落ち着けて話せる時間が今後どれだけ取れるかわかりませんし。ディアナ様の心のうちにかかえた迷いがそれでスッキリするのなら、話すべきかと私は思いますわ」

私に撫でられてくすぐったそうに目を細めながら、ディアナ様はこくりと小さくうなずきました。

「そうよね……うん。わかった。ちょっと話してくるわ！」

「もしなにかありましたら、私を呼んでくださいな。妹好きをこじらせたバカ兄を成敗してあげますので」

「心強いわね！　頼りにしてるわ、お姉様！　あははっ！」

にぱっと弾《はじ》けるような笑みを浮かべながら、ディアナ様は走っていかれました。

ようやく力をなくす以前の、年頃の少女のお顔を取り戻されましたね。ディアナ様にはやはり、太陽のような明るい笑みがとてもよくお似合いです。

「ふぅ……」

再び一人になった私は、パチャパチャと水につけた足を動かします。

本来なら全身に水を浴びてスッキリしたいところですが、このような場所で無防備になるわけにもいきませんし、仕方ありません。

「……？」

その時、私の背後でガサリと小さな物音が聞こえました。

「……どちら様ですか？　乙女の水浴びを覗き見しようとする不埒者《ふらちもの》は」

野生動物にしてはやけに大きな物音でしたし、もしや地元住民の方でしょうか。

「……一仕事を終えて、やっとの思いでここまで辿《たど》り着いたというのに、随分なご挨拶《あいさつ》だな」

「え……？」

その声に思わず振り返ると、そこには——

「ジュリアス様……？」

「待たせたな。宣言通り、万事解決して戻ってきたぞ」

王国式典用の正装を着たジュリアス様が立っていました。

「……北の街に残られたとお聞きしましたが、いつこちらに？」

「つい先ほどな」

ジュリアス様は短くそう告げると、おもむろに私の隣に腰かけます。そして私の手を取り、爽《さわ》やかに微笑まれました。

地上の街道は砂嵐で進めないはずですが、どのようにしてこの街に入られたのでしょう。それに、北の街の状況も気になります。

「ジュリアス様。色々とお聞きしたいことがあるのですが」

「そんなことよりスカーレット、私はお前に言わなければならないことがある」

ジュリアス様の手が私の手首を握りながら、もう片方の手で頬に触れてきます。

「ジュリアス様……？」

「いままで私はずっと、自分の気持ちに素直になれずにいた。そのせいで貴女にはいつも憎まれ口ばかり叩いていたな。すまなかった」

顎《あご》をくいっと持ち上げられて、ジュリアス様の綺麗《きれい》なお顔が私の顔に近づいてきました。

「愚かな私を許してくれ。そうしなければ、こうしてすぐにでも貴女を奪ってしまいたくなるのだ」

甘くささやき、唇を重ねようとしてくるジュリアス様。

その唇に、そっと指を当てます。

「許しません。貴女の心ない言動で、どれだけ私が傷ついたと思っているのですか？」

頬に触れたままのジュリアス様の手に自分の手を重ねて、彼の目をまっすぐ見つめ返します。

「悪かったと思っている。だが、もう私は自らを偽《いつわ》らない。気づいたのだ」

「なにに気づかれましたの？」

「真実の愛に、な」

そう言って微笑まれたジュリアス様は、あの腹黒王子とは思えないほどに優しい表情をなさっていました。

「スカーレット、貴女を愛している」

目をつむったジュリアス様が、私に口づけようと再び顔を寄せてきます。

私は目を閉じて、ジュリアス様の手をぎゅっと強く握ったまま――

「私も好きですよ――貴方の関節が軋《きし》む音」

そのままジュリアス様の片手を下に押さえつけ、もう片方の手を引き寄せつつ、肩の関節を極《き》めます。

「があああああ!?」

ミシミシィ！　と音を立てて、ジュリアス様の肩の関節が軋《きし》みます。

「どうですか、私の関節技の味は。もう少し体重をかければ肩を外せますが、いかがなさいましょうか」

「お、折れるっ！　や、やめろ！　なにをするっ!?」

絶叫しながら、ジュリアス様がバタバタとあがきます。完全に肩が極《き》まっているためか、満足に抵抗もできないようです。

「ち、血迷ったか!?　一国の王子である私に対して、このようなことを――」

「貴方のどこに、ジュリアス様らしい要素があると言うのですか？」

「ぎゃあああ⁉」

あら、いけない。つい力が入ってしまいましたわ。あっさり外したらもったいないですものね。

この方はよりにもよって、ジュリアス様の姿を借りて私を騙《だま》そうとしたんですもの。本人にはとてもこのようなことはできないので、この際溜まった鬱憤《うっぷん》をこの方で晴らさせていただきましょう。

「スカーレット様！　いまこちらで大きな悲鳴が……」

何事かと、守護騎士団の方々がこちらに集まってまいりました。

「ジュリアス様⁉　よくご無事で……えっ、なんで肩を極《き》められて……⁉」

「殿下の腕がエグい方向に曲がっているぞ⁉　スカーレット様がご乱心だ！」

やんややんやと騒がしいみなさまを無視して、偽ジュリアス様を地面に叩き伏せます。

彼は苦しそうにうめきながら私を見上げて、叫びました。

「な、なぜだ⁉　どこからどう見ても僕はジュリアスのはずだ！　むしろジュリアスではない要素がどこにあるという⁉」

「顔です」

「顔!?　ジュリアスそのものだろう！」

　おバカさんですね。一体私がどれだけ長い間、そのお方の腹黒い笑みに煽《あお》られてきたと思っているのですか。

「貴方の笑顔が、爽《さわ》やかだったから」

「爽《さわ》やかだったからなんだ!?　むしろ嬉しいだろう！」

「ジュリアス様はそんなに爽《さわ》やかに微笑まれません。口の端を吊り上げて、髪を掻き上げながらもっと腹黒そうに笑うのですよ」

　登場した時からして、噴き出すのをこらえるのが大変でしたよ。そんな爽《さわ》やか笑顔のジュリアス様、この世のどこにも存在しませんからね。

「ぐっ……くそっ！　ジュリアスの性格の悪さを測り違えていたか！」

　偽物のジュリアス様はそう言うと、服だけを残して私の手元から掻き消えます。

　これは……幻影の魔法？　獣人族しか使えないはずのこの魔法を、なぜ――

「……今回は失敗した。だが次回はもっと完璧な幻影でお前を騙《だま》し、寝首をかいてやる。首を洗って待っていろ」

　どこからともなく、そんな声が周囲に響き渡ります。

　守護騎士団の方々も全員で辺りを警戒していますが、完全に姿を消した何者かを見つけることは不可能なように思えました。

口惜しいですが、ジュリアス様顔の相手をこらしめることができましたし、今回は見逃して差し上げましょうか。

その時、不意に月明かりが陰るのを感じました。

「――誰の性格が悪いだと？」

聞き覚えのあるその声に空を仰《あお》ぎ見た私達は、上空から下りてくる大きな獣《けもの》の姿に目を見開きました。

「あれは……グリフォン!?」

グリフォン――ロマンシア大陸に遥か昔から生息している生き物です。鷲《わし》の頭に背には大きな翼を生やし、獣《けもの》の下半身を持っています。

魔王に作られた魔物とは違って邪気をはらんでいないため、大聖石の結界の影響を受けずにパリスタン王国内を自由に飛び回ることができる稀有《けう》な存在……そんなグリフォンの上には、声の主である金髪の殿方が乗っていました。

なるほど。これであれば、先を行く巡礼の一行に追いつくことなど造作もないですね。

「そんなこと、言わずともわかりきっているではありませんか――ジュリアス様」

ふっと笑いながらつぶやくと、ジュリアス様はゆっくりと地上に舞い降りてきて、いつものように気だるげに髪を掻き上げながら言いました。

「やれやれ、相も変わらず人聞きの悪いことを言うご令嬢だ。性格が悪いのではない。狡猾《こうかつ》なのだよ、私は」

この悪い笑みに人を食ったような口調。間違いなくジュリアス様ご本人ですね。

というか狡猾《こうかつ》って。より悪い意味合いに聞こえるのですが。まあ、それはさておき――

「きゅう……」

グリフォンの前脚に掴まれて目を回している一匹の黒狼に視線を向けます。

ああ、やはりそうでしたか。

「先ほどの偽ジュリアス様の正体は、ナナカでしたのね」

神獣の目を持つグリフォンには、幻影が通用しなかったようですね。

なぜナナカが私を騙《だま》すようなことを？　などとは言いません。彼にはテレネッツァさんを追うように指示を出していましたので、こういった形で戻ってくることも想定のうちでした。

ドジを踏みましたね、ナナカ。テレネッツァさんに魅了の加護で操られていたのでしょう。

まあ、無事に私のもとへ帰ってきただけ、よしとしますか。

「しかしそれにしても……」

王族専用の騎獣《きじゅう》――グリフォンまで駆り出して、颯爽《さっそう》と美味《おい》しいところをかっさらっていくなんて。まるでヒーローのような登場の仕方でしたね。

そう思っても口に出したら絶対調子に乗りそうなので、黙っておくとしましょうか。

「それで、私に宣言した通り、問題は万事解決したのですか？　本物のジュリアス様」

「フン。それが解決していたならこんな苦労など――っ」

言いかけたジュリアス様が、不意に痛みに耐えるかのように顔を歪《ゆが》めて、頭を押さえます。

「……ジュリアス様？」

「……なんでもない。ああ、問題はすべて解決した。だからなにも心配するな、スカーレット」

こくりとうなずきながらそう告げるジュリアス様に、私は思わず首を傾《かし》げてしまいました。

私の憎まれ口に対して皮肉の一言も返さずに、こんな素直な反応をされるなんて。

この方、どこかで頭でも打ったのでしょうか。

「どうかしたか？　私の顔になにかついているか」

「……いえ、なんでもありませんわ」

……本当に本物のジュリアス様、ですよね？

第六章　貴方達にとっての悪魔となりましょう。

朝陽が昇《のぼ》り、空が白み始める頃。

オアシスでの束の間の休息を終えた私達は、サハスギーラの街を出発しました。

見渡す限りの砂漠が広がる中、私達は砂地の上にせっせと絨毯《じゅうたん》を敷いています。

砂漠地方の魔道具、空飛ぶ絨毯《じゅうたん》ですね。

空飛ぶとは言っても、実際は使用者の魔力を利用して砂地の上を滑るように移動する絨毯《じゅうたん》です。なので正式には滑る絨毯《じゅうたん》といったところでしょうか。

便利なものなのですが、長時間使用するには魔力消費が多すぎるため、ここまでは使わずにきました。

「振り落とされるなよ、お姫様」

「誰に向かっておっしゃっているのかしら。学院時代の私の乗馬の成績はご存じでしょう?」

私はと言いますと、ジュリアス様に背中を支えられつつ、グリフォンの背に騎乗しています。

本来王族が乗る騎獣《きじゅう》グリフォン。乗っていいのは王族の近親者か配偶者のみと決められていますが、人数分の絨毯《じゅうたん》が手に入らなかったので、これは仕方のない処置です。

決して特別な意味などありませんとも。ええ、はい。

「これより西の大聖石へ出発する！」

お兄様の掛け声とともに、みなさまが魔力を注《そそ》ぎ込んで空飛ぶ絨毯《じゅうたん》を起動させます。

すると砂がぞわりと波打ち、ザザーッと波のような音を立てながら、絨毯《じゅうたん》が一気に加速して前方に飛び出しました。

「うわあああ!?」

勢いがつきすぎた何人かの守護騎士団の方々が、凄まじい速度で砂漠を滑っていきます。

「楽しそうですわね。私も絨毯《じゅうたん》、乗ってみたかったわ」

「あんな無粋なものより、もっと乗り心地がいい騎獣《きじゅう》に乗っているというのに。まったく乗せ甲斐がない人だな、貴女は」

やれやれと肩をすくめたあと、ジュリアス様が「はっ！」と声を発します。

それに応《こた》えるかのように、グリフォンが「キュイ！」と鳴き声を上げて地面を蹴り、空へと舞い上がります。

「風が心地いいですね」

風になびく髪を押さえながら、眼下に広がる砂漠の景色に目を細めます。

この速度なら、一時間もあれば余裕で大聖石まで到着できるでしょう。

「急ぎの旅でなければ、もっと景色を楽しむ余裕もあるのだろうがな。こんな状況では情緒もへったくれもなかろうよ」

背後をちらりと振り返り、いつものように気だるそうにしているジュリアス様の顔を盗み見ます。

私達と合流した本物のジュリアス様は、いままでなにをしていたのかとお兄様が問い詰めると、面倒くさそうな顔で語りました。

『砕けた大聖石の付近に辿《たど》り着くと、そこには半壊状態の駐屯兵団と、魔物を率《ひき》いたパルミア教団、そしてテレネッツァの姿があった。おそらく魔物を魅了の加護で操っていたのだろうな。このままでは全滅すると悟った私は撤退を指示し、その場から逃走した。そんな私の背中に向かって、テレネッツァはこう言った。「アンタ達の大事な大聖石はこの私が壊してやったわ」とな』

ジュリアス様いわく、テレネッツァさんの手にはパルミアの女神像が持っていたものとそっくりな槍《やり》が握られていたそうです。

見るからに圧倒的な魔力を秘めたそれは、おそらくはパルミア教の総本部で保管されている魔道具――〝パルミアの槍《やり》〟ではないかとのことでした。

あれを使えば穢《けが》れの溜まった大聖石を破壊するぐらいのことはできるのかもしれません。

まったく、テレネッツァさんときたらロクなことをしませんね。彼女の愚かな行《おこな》いによって国家が被《こうむ》った損失を考えれば、もはや見逃すことなど絶対にありえないでしょう。

「私が東の街で情けをかけなければ――」

「貴女のせいではない」

思わず漏らしてしまった後悔の言葉を、ジュリアス様がなかばで遮《さえぎ》りました。

「あの時点では、テレネッツァはただの小悪党に過ぎなかった。パルミア教との関係も不明であったし、ここまでのことをするとは誰も予想できまい。それに、いまのところ魔物による被害は最小限にとどめられているのだから、ひとまずはそれでよしとしておけ」

結界の穴から魔物がなだれ込んだ北の国境付近には、即座に王都より討伐部隊が送り込まれたそうです。

もともと魔物は群れをなすものではありませんし、テレネッツァさんはすぐに操るのをやめたらしく、結界の穴から入ってくる魔物の数は格段に減ったとのこと。

いまもたびたび入り込んでくる魔物はいるものの、駐屯所《ちゅうとんじょ》とは別に魔物対策用の新たな拠点が作られ、さらに冒険者の方々も多数集められているらしく、状況はある程度落ち着いた状態を保っているとか。並行して新しい大聖石を設置する準備も進められているとのことです。

「ですが、それでも私は……」

「さらに付け加えるなら、貴女はあれをただ見逃したわけでもなく、詐欺《さぎ》を行《おこな》って不当に利益を得ていたことを見抜き、騙《だま》されていた人々を救った。むしろ讃《たた》えられるべき行為だろう」

「……あの」

「だというのに、もし貴女のせいだなどと言うような輩《やから》がいたらこの私が許さん。大体だな――」

「ジュリアス様」

「なんだ。話を遮《さえぎ》るんじゃない」

「もう大丈夫ですから。ジュリアス様のお気持ちは十分伝わりましたから」

むっ、と唸《うな》って口ごもるジュリアス様。

ご自分がいかに熱心に私を擁護していたかに気がついたご様子ですね。

「ありがとうございます。まさかジュリアス様が私のために、そのように温かい言葉をかけてくださるなんて。私、感動してしまいましたわ」

「いや、そういうわけでは……」

「いままで私、ジュリアス様は私のことを遊びがいのある玩具《おもちゃ》程度にしか見ていないのだと思っておりました。でも本当は違ったのですね。いままでの憎まれ口はすべて照れ隠しだったということですか？」

「待て、私はそこまでは一言も——」

「フン、とか、ククッとか、いつも腹黒そうに笑っているのも、すべてお優しい本性を隠すための演技だったというわけですか——可愛らしいですわね。ふふっ」

ジュリアス様が苦虫《にがむし》を噛み潰したかのような表情を浮かべます。そしてフン、と鼻を鳴らすと、私から視線を逸《そ》らして不満げな口調で言いました。

「……この借りはいずれ返す。覚えているがいい」

「いつでもどうぞ。ふふっ」

笑って流しながら、ジュリアス様の表情をつぶさに観察します。

いつもより多少素直なきらいはありますが、大方私の予想した通りの反応でした。

やはり本物のジュリアス様ですね。

「おい！　あれを見ろ！」

不意に、絨毯《じゅうたん》に乗っていた守護騎士団の方が声を上げて、遥か前方を指さします。

砂地からゆらゆらと熱気が立ち昇《のぼ》る中、西の大聖石が見えました。

さらにその手前、私達から見て数十メートルほどの位置には、暗緑色のローブを身に纏《まと》うパルミア教徒の一団が見えます。

まだ大聖石は破壊されていません。ここはなんとか間一髪、間に合ったようですわね。

「パルミアの邪教徒どもを引っ捕らえるぞ！　総員突撃ィ！」

パラガス様の号令のもと絨毯《じゅうたん》を最大加速させた守護騎士団の方々は、パルミア教徒達に追いつくと、一斉に絨毯《じゅうたん》から飛び降りました。

私達の接近に気づいた彼らは、慌ててこちらに向かって手の平をかざしています。

おそらくは魔法による攻撃でしょう。

「私達も参戦いたしましょう。行きますよ、ジュリアス様」

「その必要はない」

即答したジュリアス様は、懐《ふところ》からなにかを取り出して言いました。

「見たところ、やつらは全員魔法使いのようだ」

「だからどうしたというのです？」

「忘れたか？　やつらとてこの国に属する者。それならばこれでどうとでもなる、ということだ」

懐《ふところ》から取り出したるは、王家の紋章が刻まれし指輪。

〝王帝印の指輪〟――この国に属するすべての人間の魔法を制限できる、王家に伝わる秘宝です。

「――王族たる我が名において命じる。私はその魔法を〝許可しない〟」

奴隷《どれい》オークション以来見る機会がありませんでしたが、そういえばジュリアス様にはこれがありましたね。

「な、なんだ!?　魔法が発動しないぞ！」

「いまだ！　全員捕縛せよ！」

魔法が使えなくなったパルミア教徒達は、うろたえるだけでろくな抵抗もできずに捕らえられました。

なんともあっけない結末でしたわね。久しぶりに殴れると思ったのに、残念です。

「出番を取ってすまなかったな」

ニヤリと笑みを浮かべるジュリアス様。

「無傷で制圧できるに越したことはありませんから。お見事でしたわ、ジュリアス様」

余裕の笑みで返すと、ジュリアス様が思い切り仏頂面《ぶっちょうづら》になりました。

ふふ。いまの私は寛容なのです。そもそも、少しお預けされたくらいで腹を立てるなど、子供の振る舞いですわ。淑女《しゅくじょ》たる私は、優雅に座してその時を待つのみです。

「……面白くないな」

「あらジュリアス様、なにか言いまして？」

「なんでもない」

ふてくされるジュリアス様を見て愉快に思いつつ、私達は隊列を組み直すと、再び大聖石に向かって進み出しました。


「――とりあえず、これで一安心ですね」

目の前にそびえ立つ大聖石が、私の〝遡行《そこう》〟によって輝きを取り戻します。

パルミア教の方々を縛り上げたあと、私達は何事もなく浄化の儀を終えることができました。

「サハスギーラに戻るとして、捕虜はどうする？」

「近くの駐屯所《ちゅうとんじょ》に連行していきたいが、進行方向とは少しそれるからな……」

「次の街まで連れていくというのはどうか？」

「危険だ。もし襲撃を受けたら、敵が倍になりかねない」

守護騎士団の方々があれこれと意見を出している最中、私はパルミア教の方々を尋問していたパラガス様に歩み寄ります。

「なにか情報は得られましたか？」

「いえ、この者ども、なにを聞こうがまったく答えようとしないもので」

魅了の力の効果でしょうか。以前北の街で戦った時は、これほど強力ではなかった気がしましたが。

パルミアの槍《やり》を手にしていたという情報も併せて考えると、テレネッツァさんは新たな力を得たか、以前より力を増していると考えたほうがいいかもしれませんね。面倒なことです。

「しかしこの方々は、一体なにが目的だったのでしょうか。これではあまりにも――」

「ええ。あっけなさすぎる」

パラガス様がうなずきます。

いままでのパルミア教の方々の襲撃と比べても、今回の彼らの待ち伏せはあまりに

も お粗末でした。こんな二、三十人程度、しかも全員が魔法使いという偏《かたよ》った編成では、とても私達を止められるとは思えません。第一に、テレネッツァさんのお姿も見えませんでしたし。

「ハーッハッハッハ！」

その時、縛られていた一人のパルミア教徒の方が、突然おかしくなったように笑い出しました。

私達が怪訝《けげん》な顔でその方を見ると、彼は目を血走らせて叫びます。

「女神の巫女《みこ》、テレネッツァ様に逆《さか》らう愚か者どもめ！　いつまでもこの砂漠に留まっているがいい！　そうしているうちにあの方々は、もう南の街へと向かっているだろうよ！」

「なっ……⁉」

その場の全員が驚愕《きょうがく》に目を見開きます。どうやら私達は、まんまと敵の陽動にひっかかってしまったみたいですわね。

「してやられましたわね。これではナナカのことを強く叱れませんわ」

「……すまない」

なんとはなしにつぶやいた私の一言に、傍《そば》にいたナナカがしょんぼりと頭を下げました。

別に貴方を責めたわけではありませんのよ。よしよし。

「銀髪の悪魔とそれに与《くみ》する者どもめ！　このままここで枯れ果てるがいい！　ハーッハッハッ！」

「ええい黙らんか！　くそっ、総員、急ぎ南の街へ向かう準備をせよ！」

パラガス様の声に、守護騎士団の方々が慌てて出立の準備を始めます。

「……しかし陽動だとしても、少々不可解ですね」

南の大聖石を確実に壊すためだとしても、ここを放棄した理由はなんでしょう。

教徒達を先行させることができるということは、テレネッツァさんは私達より先にここに来ることができたということです。

「深く考えすぎっすよ」

思案しておりますと、近くに立っていたディオス様が肩をすくめながら言いました。

「あのエセ聖女様の思考は単純っす。誰かを騙《だま》すことは好んでするけど、わざわざ戦略や戦術を考えたりなんかしない。ここに来なかったのも多分、暑くて汗をかくから途中で面倒くさくなったとか、そんな下らない理由じゃないっすか？」

「ええー……どんだけ適当なのよ。あいつらって、どうしてそんなにいい加減なのかしら。もしかして本当にお姉様に復讐したいだけで嫌がらせしてるおバカさんなの？」

ディアナ様が呆れたように言うと、ディオス様が「そうっすよねー、おバカさんっすよ、おバカさん」と同意します。そしてまるで飼い猫を甘やかすような甘々な顔でディアナ様に頬ずりをしようとして「いや！」と遠ざけられていました。

二人はオアシスで打ち解けたのか、ディオス様はもはやシスコンっぷりを隠そうともしていませんわね。

おいたわしや、ディアナ様。

「やれやれ、緊張感もなにもないな……」

お兄様が額を指で押さえながらため息をつかれました。相変わらずの胃痛ポジション、お疲れ様です。

「まあそう言うな。適度な緊張感は必要だが、ずっと張り詰めていては眉間の皺《しわ》が深くなるぞ」

「ジュリアス様……貴方が勝手にいなくなったりするから、そうなっているんですが……」

「そうですわ。いつもいつも勝手な行動ばかり。私達が貴方の無茶にどれだけ胃を痛めているか。少しは配慮してくださいませ」

「お前がそれを言うなスカーレット！」

叱られてしまいました。まったくもって解《げ》せません。

その時、ジュリアス様が場の空気を引き締めるように咳払いして語り出します。

「さて、我々は早急に南の街へ向かう必要があるわけだ。すぐにでも出発の準備を……」

ジュリアス様の言葉に、お兄様が「お待ちください」と制止の声をかけました。

「すでに相手側には、数日分は先行されているでしょう。馬の速度では到底間に合いません。となれば……」

お兄様が私とジュリアス様を見て、散々と悩んだ挙げ句、ため息をつきながら言いました。

「……二人にグリフォンで先行してもらう他あるまいかと」

その言葉に真っ先に異を唱えたのは、パラガス様でした。

「な、なりませんぞ、レオナルド様！　お二方ともパリスタン王国の中でも重要な――」

しかし、すぐさまディオス様が反対します。

「団長ー。んなこと言っても、この二人より強い人って、誰かいるんすか？　守護騎士団の中で一番腕が立つ筆頭騎士の俺だって、正直相当キツイってか、ほぼほぼ無理なんすよ？」

「ぐっ……！」

守護騎士団の方々が悔しげに顔を歪《ゆが》めます。

申し訳ないですが、ディオス様の言う通りですわね。

「実際、この巡礼の一行の中で最も判断力、戦闘能力に長《た》けた二人だ。どうしてもこの中から二人選べというのであれば、私は間違いなくジュリアス様とスカーレットを推す」

私達二人に最も近しいお兄様が認めたとあっては、異議を唱える方がいるはずもありません。

それでもパラガス様は、独断専行はせず様子をうかがうに留めること、危険なようであれば応援を待つことを私達に約束させました。

「致し方ないとはいえ、不安だ……この二人が揃って大人しく待っているとは、私には到底思えない。ああ、胃が痛い」

「レ、レオ様、大丈夫よ！　ジュリアス様だけならともかく、お姉様もついているんだもの！」

顔を歪《ゆが》めてお腹を押さえるお兄様をディアナ様が励まします。

そこへディオス様がすかさずツッコミを入れました。

「そのスカーレットさんが暴走しないかを、一番心配してると思うんすけどね、俺は」

この方々は、まったく好き放題言ってくれますね。ジュリアス様だけならともかく、私がついていながら無茶な行動など、させるはずないではありませんか。

「そういえば……ナナカ。ちょっとこちらへ来なさい」

「…………なに？」

魅了されて私に攻撃してしまったことを引きずっているのか、いつも以上に寡黙《かもく》になっているナナカ。

私がいくら気にしていないと言っても、ずっとこの調子ですからね。

責任感が強いのはいいことですが、我が家の執事としていつまでも落ち込んだままでは困ります。ここはひとつ、この子に汚名返上の機会を与えてあげるとしましょう。

ナナカを呼び寄せ、彼の耳元でそっと告げます。

「――貴方にお願いがあります。よろしいですか？」

みなさまに見送られながら飛び立った私とジュリアス様は、再びグリフォンで空を駆けていました。

グリフォンがひとつ翼を羽ばたかせるたびに景色が変わり、あっという間に砂漠を飛び越えていきます。

こんな速度で空を駆ければ、風圧で身体が飛んでいってしまいそうなもの。ですが、ジュリアス様によると、「グリフォンに身体が触れている限り、乗り手が振り落とされることはない」とのこと。

ではなぜ最初に乗った時に、「振り落とされるなよ」と言ったのでしょう。私が怯《ひる》む姿でも見たかったのでしょうか。まったくこの方は。

「——見えたぞ」

西の大聖石を飛び立ってから、三十分ほど経ったでしょうか。視線の先に、南の街サウスビーチが見えてまいりました。

海に面していない内陸国であるパリスタン王国ですが、国内には幾筋もの大きな川が流れています。

サウスビーチは、それらの川の中でも一番大きなレーテ川の岸辺にある街です。

南の大聖石があるのは、レーテ川の中心に浮く小さな島の中央。

「さて、南の大聖石はすぐそこだが……どうする？」

背後から問いかけてくるジュリアス様に、私はもちろん——

「大聖石の近辺まで偵察に向かいましょう。ここまでパルミア教徒の姿は見えませんでしたが、もしかするともう島に上陸しているのかもしれません」

振り返ってそう言った私に、ジュリアス様が待っていたとばかりに口の端を吊り上げます。

「聞く必要もなかったか。よし、では高度を落として水面ぎりぎりまで下り――」

次の瞬間、私はその場から身を乗り出し、両手でグリフォンの頭を鷲掴《わしづか》みします。

「おい、一体なにを――!」

ジュリアス様の言葉を無視して、降下しようとしていたグリフォンの軌道を無理矢理ねじ曲げるべく、その頭をぐいっと横に曲げました。

「グエエエエ!?」

突然の私の凶行に、グリフォンは悲鳴を上げながら真横に身体をそらしました。

その直後、私達がいた場所を、ゴバアッと轟音を立てながら金色の光が貫いていきます。

「いまの光は……?」

呆然としたつぶやきが、ジュリアス様からこぼれます。

その光は明らかに、大聖石があると思われる島の中央から放たれていました。

ということは――

「やはり、すでにあそこにいらっしゃるようですね――私達の敵が」

パルミア教徒か、あるいは別のなにかか。

先ほどの光の攻撃を見る限り、いままでのパルミア教の敵とは明らかに格が違う印象を受けます。

北の大聖石が破壊された際には、巨大な光の柱のようなものが出現したと聞いておりますが、それと同じものでしょうか。

「まずいな……となると、狙われるのを承知で突入せざるをえないぞ。パルミア教のやつらが大聖石の近くにいる以上、偵察がてらこそこそ侵入している時間はないからな」

もとよりこそこそと潜入するつもりなどなかったので、それは別にかまわないのですが。

問題は先ほどの光です。あの熱量と魔力、少しでもかすれば、おそらく一瞬で消し炭になることでしょう。

「しかし、よくいまのが避《よ》けられたな。まるで攻撃されることがあらかじめわかっていたかのような動きだったが」

「はい、視《み》えていましたので」

「視《み》えていた……？」

ジュリアス様の怪訝《けげん》な声に、私はうなずいて答えます。

「幼い頃から、私は危機を察すると脳裏《のうり》に少し先の未来が視《み》えるんです。まるで一度体験したことがあって、それを思い出しているかのように」

これもおそらくは、クロノワ様の加護の一種なのでしょうね。

まあ、「視《み》える」というだけで、自分がその時に動けなければ意味がないのですが。

「デジャヴ、というやつか。いや、未来予知と言っていいレベルだな。だが、もしそれが事実なら――」

ジュリアス様が背後から身を乗り出し、ニヤリと笑みを浮かべてささやきます。

「――七面倒くさいことは抜きだ。まっすぐ突っ込むぞ」

「言われずともそうするつもりでしたわ――ではまいります」

不敵に笑い合った私達は、そのまま前傾姿勢を取ると、島の中心へ向かってグリフォンを一気に加速させました。

「左に避《よ》けてください」

私が言った通りに、ジュリアス様がグリフォンの身体を傾けます。すると一瞬遅れて、傍《そば》を閃光《せんこう》が走り抜けていきました。

「次は右。――左。――右」

急降下しながら、左右へグリフォンが旋回すると、そのあとを幾筋もの光が貫いていきます。

少しでもグリフォンの操作を誤れば、即死。そんな状況の中で、私は――

「……ふふ」

口元に浮かぶ笑みを、隠しきれずにおりました。

だって、私の目にはすでに、多数のパルミア教徒に囲まれながら、大聖石の前で槍《やり》を掲《かか》げているテレネッツァさんのお姿がはっきりと見えていたのですから。

「それで、次はどちらに避《よ》ければいいのだ？」

「もうその必要はございません」

手袋を取り出し、しっかりと手にはめた私は、グリフォンの上で立ち上がります。

「この距離まで近づければ――あとは直接ブン殴るだけですから。貴方は魅了の力で操られる危険がありますので、ここで待機していてくださいませ」

そして私は、地面に急降下するグリフォンから一気に飛び降りました。

地上まではあと五メートルほどでしょうか。

凄まじい速度で突っ込んでくるグリフォンに、教徒達は慌てて四方八方に逃げようとしています。

ご安心ください。私の獲物は貴方達ではありません。

狙いはただ一人。それは当然――

「な、なんで!?　なんで当たらないのよお!?」

槍《やり》をブンブンと振り回し、その穂先からデタラメな方向に光の攻撃を放っている女性――テレネッツァさんでございます。

「ご機嫌よう、テレネッツァさん。そして――おやすみなさい」

落下の速度を利用しつつ拳《こぶし》を振りかぶり、全力でテレネッツァさんの顔面に叩きつけます。

その瞬間、緑色のシールドが私の拳《こぶし》の行く手を阻みましたが、かまわずそれを突き破ってブン殴りました。

「うぎゃあっ!?」

バキィ！　っと派手な音を立ててテレネッツァさんが吹っ飛び、地面に激突しました。

そんな彼女を横目に、ふわりとスカートを翻《ひるがえ》しながら優雅に着地した私。白目を剥《む》いてピクピク痙攣《けいれん》しているテレネッツァさんに微笑み、会釈《えしゃく》をしながら言いました。

「これで最後です。さあ、いい加減に幕を下ろしましょう。貴女の下らない復讐劇に」

二十人ほどのパルミア教徒達が、大慌てでテレネッツァさんに駆け寄ります。

「せ、聖女様!?」

「ああ、聖女様が前衛芸術のようなお姿に！」

「なんと不敬な！　銀髪の悪魔め！」

暗緑色のローブを着たパルミア教徒達が、私を取り囲みます。

「……貴方達で、全員ですか？」

「は……？」

首を傾《かし》げながら私が尋ねると、教徒達が顔をしかめます。

「戦えるパルミア教徒の方々は、貴方達で全員かと聞いているのですよ」

「そ、そんなことを聞いてどうするつもりだ！」

私はジュリアス様ばりの黒い笑みを浮かべて言いました。

「察しが悪いですわね。今日この場で、パルミア教の方々には全員再起不能になってもらって、歴史の表舞台から退場していただくと申し上げているのです」

「なっ⁉」

私の過激すぎる物言いに、教徒達の表情が驚愕《きょうがく》に変わります。

なにをそんなに驚いていらっしゃるのかしら。別に私、おかしなことはなにひとつ言っていないと思うのですけれど。

「もういい加減、うんざりなのですよね。貴方達に羽虫のようにつきまとわれるのは。ですからこの際、ここを最終決戦の舞台として、全員まとめてかかってきてくださいませんか？　そのほうが私の手間も省《はぶ》けるので……ね？」

両手を合わせて、首を傾けながらお願いします。

すると言葉を失っていた教徒達が、顔を真っ赤にして怒り始めました。

「か、神をも恐れぬ傲慢《ごうまん》な振る舞い！　もはや見過ごせん！」

「女神の使徒達よ、〝聖歌〟を発動させるぞ！　構えよ！」

大きな帽子を被った教徒が叫ぶと、みな一列に並び歌を唄い出します。

〝聖歌〟――聖職者にのみ扱うことができる、神聖魔法ですね。

歌に魔力を乗せて対象にぶつけることで、魂の一片も残さず邪悪な存在を滅するという強力な魔法です。これは本来、悪魔や魔物に対してのみ効果を発揮するもので、人間に害を及ぼすものではないはずですが――

「――はっ」

鋭く息を吐きながら、後方に飛びのきます。

一瞬遅れて、私の立っていた場所を中心とした半径五メートルほどの範囲に、青白い光の柱が降り注《そそ》ぎました。

それは地面を一瞬のうちに消し去り、底の見えない穴を残します。

「見たか悪魔め！　これがパルミアの聖歌の力よ！」

思った通り、一般的に知られている聖歌とはまるで別物ですね。

邪悪な存在どころか、これを受ければどんな者でもたちどころに消滅することでしょう。

「……ふふっ」

「な、なにがおかしい!?」

「聖歌のあまりに神々しい力に、恐れおののいたか！」

失礼。ですが、笑いたくもなるというものです。

「聖歌とは本来、気高く尊《とうと》く、人々にやすらぎを与えるような美しい歌を指して言うのです。貴方達のそれは聖歌とは似ても似つかない、ただの醜《みにく》い破壊の言葉の羅列《られつ》にすぎません。というか、私には貴方達の歌が下手すぎるあまり、大地が悲鳴を上げて裂けてしまったようにしか見えませんでしたが。違いましたの？」

「き、さまぁ！　どこまでも我らを、パルミア教を愚弄《ぐろう》しおって！」

「いま一度聖歌を！　次は逃がさんぞ、悪魔め！」

再び教徒達が歌を唄い出します。

ですが、それを黙って聞いているほど、私と……もう一人の悪魔は甘くはなかったようですわよ。

「――我が名において命じる。その魔法は〝許可しない〟」

空からジュリアス様の声が高らかに響きます。

そしてその声とともに、教徒達のもとに集まっていた魔力が一瞬で霧散しました。

王帝印の指輪の効果ですね。

美味《おい》しいところは譲らない、このでしゃばりっぷり。まったく、やってくれますわ。

「聖歌が消えた!? 祈りが女神に届かない!? なぜだ！ 神は我々を見捨てたのか!?」

「落ち着け！ 両手を組んで祈るのだ！ さすれば必ず、女神様は願いを叶えてくださる！ 祈りを途絶えさせるな！」

騒ぎ立てるパルミア教徒達を無視して、クロノワ様の加護〝加速《アクセラレーション》〟を発動させます。

「お、おい。悪魔は……銀髪の悪魔はどこに消えた!?」

私の姿を見失って辺りを見回す教徒達。戦いの最中に敵から目を離すなど……救い難《がた》いほどの甘ちゃんですわね。

「貴方達が神に乞《こ》うべくは、悪魔の成敗ではなくご自分の身の安全だと思いますが」

懐《ふところ》に潜《もぐ》り込み、拳《こぶし》を突き上げようとためを作ります。

「えっ……？」

そこまで近づいてようやく私の存在に気がついた教徒の一人が、ポカンと口を開け、間抜け面《づら》を晒《さら》しました。

「貴方達がこれからどうなるか、親切な私が教えて差し上げましょう」

私はにこりと微笑むと、しゃがみこんだ状態から膝のバネを利用して、猛烈な勢いでアッパーカットを繰り出しました。

「ぎゃあ!?」

拳《こぶし》で顎《あご》を打ち抜かれた教徒が、空へ吹き飛ばされます。

「貴方達はみな、顎《あご》を砕かれて空高く舞い上がるのですわ」

教徒達が慌てて懐《ふところ》に手を入れ、黒い筒のような武器を取り出します。以前、ゴドウイン様がお持ちだったものと同じですね。確か、高速で弾丸を発射する魔道具でしたか。

……ああ、その武器は少々嫌ですわね。私にとっては、単純に速度と物量でゴリ押しされるのが一番脅威になりますから。

ただし、それは私の手……拳《こぶし》の届かない範囲からの攻撃であれば、のお話ですが。

「ひいっ!?　な、殴られ……ぎゃあ!?」

「に、逃げ……ぐわあ!?」

「う、撃て！　すぐ近くにいるぞ！　撃てえ！」

「バ、バカ者！　やめろ、撃つな！　味方に当たる！」

一人の顔面に拳《こぶし》を叩きつけては次の方へ。その方を殴ってはまた次の方へ。同士討《う》ちを恐れてろくに抵抗もしてこない無防備な方々を、真面目に淡々とただひたすら殴り続けます。

「リクエストにお答えして、本日は私が、貴方達にとっての悪魔となりましょう」

「ぎゃあああ⁉」

「あ、あくま、あくまあくまあくまあああっ⁉」

断末魔のような悲鳴が、耳に心地よく響きます。

「貴方で最後の一人です。覚悟はよろしくて？」

「バ、バカな……これほどの人数を一人で……ば、化け物」

恐怖であとずさりする教徒のほうを向き、頬にはねた返り血をドレスの袖で拭《ぬぐ》いながら笑顔で歩み寄ります。

あら、この方。よく見たら王都の聖門前でお会いした異端審問官様ではありませんか。

確か、名前はジャルモウさんでしたっけ。

「これから貴方は意識を失い、起きた頃には晴れて罪人として監獄で暮らしていることと思いますが、なにか言い残すことはありますか？」

微笑みながらボキボキと指の関節を鳴らす私に、ジャルモウさんは尻もちをついて、恐怖に引きつった顔で私を見上げます。

「わ、私達は正義です！　パルミア教の教えこそ、この世界で唯一の真理！　それがなぜわからないのですか⁉」

なるほど。最後には説教で私をどうにかしようという心づもりですか。ここにきてようやく聖職者らしい振る舞いをされましたね。

「では、貴方の言うその世界の真理とやらは、一体どんなことを説いていらっしゃるのですか？」

「財貨を愛せ！　隣人の恋人を愛せ！　欲望に素直であれ！　これぞパルミア教の教えです！　さらに私達異端審問官はその偉大なる教えを民草に広めるために、パルミア様より魅了の魔道具を授かりました！　これにより信者大量、お布施《ふせ》増量！　どうです、素晴らしいでしょう！　貴女にわかりますか、私の身に溢《あふ》れるこの幸福感が！　わからないでしょうねぇ！」

あら、これはここにきて新事実発覚ですわね。

私がクロノワ様から〝時空神の懐中時計〟を授かったように、パルミア教徒達も強力な魔道具を受け取っていたようです。

神様にそんなことができるなんて私も先日初めて知りましたが、そう考えるとパルミア教徒が〝聖少女の首飾り〟やあの黒い筒状の武器など珍しい魔道具を持っていたことも納得です。

ディアナ様から、パルミア様が信者に力を与えているという噂について聞いていましたが、その力の正体も魔道具だったということでしょう。

「パルミア教がここ数年で急速に勢力を拡大できたのには、そういうからくりがあったのですね。魅了による洗脳で民衆を操り、我欲のままに振る舞う——見下げた理念ですわね。敬服いたしますわ」

「皮肉を言ったつもりでしょうが、そんな戯言《ざれごと》は私には通用しませんよ！　なぜなら私達にとって、女神パルミア様のおっしゃることこそすべて！　パルミア様に逆《さか》らう者はすべて死んでよし！」

両手を胸の前で交差させて中指を立てながら、ジャルモウさんが自信満々のドヤ顔で宣言します。

「パルミア様は教皇サルゴン様に預言されました。パリスタン王国にある大聖石が、女神の祝福を妨《さまた》げていると。あれを破壊すれば、もっと多くの同志にパルミア様の祝福が与えられるであろうと。故《ゆえ》に私達は大聖石を破壊したのです！　パルミア様もさぞお喜びになってぐぎゃあああっ⁉」

私の回し蹴りによって、ジャルモウさんは地面を滑りながら吹っ飛び、動かなくなりました。

聞くに耐えませんでしたね。とんだ時間の無駄でした。

さて、これで全員お休みになったでしょうか。

「スカーレット！」

その時、甲高い叫び声がして視線を向けると、そこには槍《やり》を構えたテレネッツァさんが。

彼女は怒りに顔を歪《ゆが》め、大聖石の前で仁王立ちしております。

数時間は目を覚まさせないつもりで殴りましたのに。〝聖少女の首飾り〟の効果ですね。抜かりました。

「それ以上一歩でも動いてみなさい！　大聖石をぶっ壊すわよ！」

テレネッツァさんが槍《やり》の穂先を大聖石に向けます。まさか、それで私を脅しているおつもりなのでしょうか。

「どうぞ。できるものなら、ご自由に？」

「なっ、舐めるんじゃないわよ！　私は本気よ！　いままで壊さなかったのも、アンタの目の前でぶっ壊して、ザマァしてやるつもりだっただけなんだから！　やろうと思えばこんなもの、いつだって――」

ヒュンッ、と空気が裂ける音がして、テレネッツァさんの頬に一筋の切り傷ができます。

その傷は〝聖少女の首飾り〟の効果ですぐに治癒されましたが、彼女は確かに感じたはずです。

切り裂かれたあと、頬に伝った血の熱さを。

「な、なによいまの……？」

「いま、私は小石を指で弾《はじ》いて貴女の頬を裂きました。貴女にはそれが見えましたか？」

呆然とした表情をしているテレネッツァさん。その顔を見る限り、答えは聞くまでもないでしょう。

「私が言った言葉をお忘れですか？　私はできるものならご自由に、と言いました。それはつまり、この私を目の前にして、そんな余裕が貴女にあるのですか？　ということです」

一歩、また一歩と、ゆっくりテレネッツァさんに近寄ります。

「く、来るなって言ってるでしょ！」

「貴女がその槍《やり》の力を使って大聖石を破壊するのに、どれだけの時間がかかりますか？

十秒？　いえ、五秒でしょうか？　私にとっては、貴女の顔面をボコボコにしても、余りある時間です」

だんだん詰まっていく距離に、テレネッツァさんはひっ、とか細い悲鳴を漏らします。そして、プレッシャーに耐えられなくなったのか、ぽろぽろと目から涙をこぼし始めました。

「ど、どうしてそんな酷《ひど》いことばっかりするのよお……わ、私はただっ、自分が幸せになりたいだけなのにっ……」

その泣き顔は、世の殿方から見れば、さぞ庇護欲《ひごよく》を誘うものなのでしょうね。

ですが私は、彼女がそうやって自分の可憐《かれん》な容姿と魅了の加護を使って、散々悪事を働いてきたことを知っています。故《ゆえ》に――

「乙女の涙は真珠《しんじゅ》よりも尊《とうと》いと言われますが――貴女の涙には路傍《ろぼう》の石ころほどの価値も感じませんわね」

「っ！　この、冷血女ぁ！」

羞恥憤怒《ふんぬ》に顔を真っ赤にしたテレネッツァさんが、私に向かって槍《やり》を振りかざします。

「忠告しましたよね？　私の拳《こぶし》のほうは――貴女の光よりも早いと」

そう言って、瞬《また》く間にテレネッツァさんの懐《ふところ》に潜《もぐ》り込んだ私。そのことに気づいてすらいない彼女に向かって、思いきり拳《こぶし》を振り上げます。

今度こそ、二度と悪事を働こうと思えないほどにボコボコにしてあげますわ。

私の拳《こぶし》がテレネッツァさんの顔面をとらえようとした瞬間。

「……いまよ！　やりなさい！」

彼女はニヤリと笑みを浮かべて、そんなことを叫びました。

一体誰に命令を下したのでしょう。

だって、この場で意識を保っているのは私とテレネッツァさんと、あとは——

「——〝火球よ、烈火《れっか》のごとく燃え盛れ！〟」

突然頭上から聞こえてきた魔法の詠唱《えいしょう》に、私は殴るのを中断して後方に飛びのきます。

ゴオッ！　と音を立て、燃え盛る火の玉が私のいた位置に着弾して爆発しました。

「ちょっと！　危ないじゃない！　私に当たったらどうするつもりよ！」

私に〝火球の魔弾〟を放ったその方は、空を舞うグリフォンから飛び降りると、テレネッツァさんを守るように私と対峙《たいじ》します。

そして口の端を吊り上げ、いつものように黒い笑みを浮かべてテレネッツァさんに言いました。

「悪いな、目測を見誤った」

「……これは一体、どういうことですか、ジュリアス様」

私の言葉に、ジュリアス様は気だるそうに髪を掻き上げて答えます。

「見ればわかるだろう。私はテレネッツァの忠実なる僕《しもべ》、ということだ。残念ながらな」

「なにが残念よ！　いちいち口が減らない人ね！　だからアンタを魅了するのは嫌だったのよ！」

憤慨《ふんがい》した様子のテレネッツァさんが、ジュリアス様の背後でギャーギャーと喚《わめ》きたてます。

「魅了した……？」

そうなることを懸念《けねん》して、ここに来てからずっとジュリアス様には上空で待機してもらっていました。テレネッツァさんが魅了する隙などなかったはずです。

「……サハスギーラで合流した時から、私が感じていた違和感は当たっていたわけですね」

魅了される隙があったとすれば、それはジュリアス様が単独行動をしていた時だと考えるのが妥当《だとう》でしょう。

「残念だったわねー？　愛しのジュリアス様は、アンタより私のほうが好きみたいよ？　ねえ、ジュリアス様？」

「ああ。貴女のような身のほどを弁《わきま》えない愚かな人が、愚かな振る舞いをするのは、見ていて飽きないからな。そういった意味では好きだぞ？」

「このっ……！　ま、まあいいわ。ほら、減らず口叩いてないで、さっさと戦いなさい！」

テレネッツァさんに命令されたジュリアス様は、肩をすくめてため息をつくと、面倒くさそうに私の前に立ちはだかります。

「やれやれ。人使いの荒いご主人様だ。だが、あんなのでも一応、いまの私の中では一番優先度が高い女性でな。頼まれれば断れんのだよ。スカーレット、貴女には悪いが……」

ジュリアス様は腰に下げていたレイピアを抜き放ち、不敵に笑いながら言いました。

「――彼女の寵愛《ちょうあい》を得るための、礎《いしずえ》となってくれ」

次の瞬間、私の眼前に迫ってきたジュリアス様。片手でまっすぐに鋭い剣先を突き出してきます。

流れるようなその動きに感心しながらも、私は手の平で剣の腹を叩いて軌道をそらしました。そのまま間髪容《かんはつい》れずにジュリアス様の側頭部に蹴りを叩き込もうとして――

「――足癖の悪さは相変わらず超一級だな」

ジュリアス様がもう片方の手に隠し持っていたナイフを突き出してきます。

私は即座に蹴り足の軌道を修正し、ナイフを握っている手に叩き込みました。

「……っ、やはり近接戦闘ではそちらに分《ぶ》があるか」

ナイフを取り落としたジュリアス様は、すぐさま私から距離を取ります。

蹴った手は確実に骨を砕いた感触がありましたが、一瞬のうちに治癒魔法で治しているあたり抜け目がありません。

「いえ、流石《さすが》はジュリアス様です。いまのは少しだけひやりとしましたわ」

学院でジュリアス様と手合わせしたことは何度かありましたが、あくまで模擬戦でしたので、こうして本気でやり合うのは初めてでした。

流石《さすが》は私と学院首席を争っていたお方。中々に手強いですわね。

本当は骨を砕くつもりはなかったのですが、ジュリアス様の攻撃の鋭さについ力が入ってしまったくらいですし。

少なくともこの方を前にして、手加減できる余裕は私にはないようです。

さて、どうしたものかしら。

「こっちを見なさい！　スカーレット！」

ああ、この方の存在を忘れていましたわね。

やかましい叫び声に、テレネッツァさんへ視線を移します。

すると彼女は、にやにやと下卑《げび》た笑みを浮かべ、先ほどと同じように大聖石に槍《やり》を突きつけていました。

「いまからアンタの目の前でこの石をぶっ壊してあげるわ。止められるものなら止めてみなさい。まあ、アンタがいくら強くても、ジュリアス様を倒すのは無理でしょうけどね。だってゲームの設定通りならその人の加護は――」

「テレネッツァ。やるなら早くやってくれないか。私は肉体労働が苦手なのでな。この猛獣のようなご令嬢とこれ以上向き合わせられていては、正直身が持たん」

ジュリアス様に言葉を遮《さえぎ》られたテレネッツァさんが、不愉快そうに顔を歪《ゆが》めます。

ですが、すぐに気を取り直して、再び優越感に満ちた笑みを浮かべると、槍《やり》の穂先に光を集め始めました。

「ほーら、やっちゃうわよお？　早く私を止めないと、大事な大事な大聖石が壊されちゃうわよお？　ほらほらあ！　ねえねえ、いまどんな気持ちぃ？」

……こんな時に停滞の加護が使えれば、と思わずにはいられません。ここに来るまでに心身ともに消耗しすぎました。

こんな状態で負担の大きいあの力を使おうものなら、動く間もなく倒れかねません。口惜しくはありますが、ひとまず降参するフリをして隙をうかがいましょう。

「……わかりました。私の負けです」

両手を上げて降参のポーズをとる私に、テレネッツァさんはにんまりと笑みを浮かべます。

「両手を頭のうしろで組みなさい。わかってるわよね？　少しでもおかしなことをしたら、すぐにこの石をぶっ壊すから。ジュリアス様、その女を拘束して」

言われた通りに頭のうしろで両手を組むと、ジュリアス様が私に向かって歩いてきます。

「どのように拘束すればいいのだ？」

「適当でいいわよ、そんなの！　さっさと捕まえなさい！」

ヒステリックに喚《わめ》くテレネッツァさんにやれやれと肩をすくめて、私の目の前に立ったジュリアス様。彼はゆっくりとこちらに視線を合わせて言いました。

「悪く思うな。これも我が愛しきペットであるテレネッツァの命令なのでな」

「悪びれた顔には到底見えませんが、仕方ありませんね。この借しはいずれ返してもらいますよ」

私の皮肉を聞き流しながら、ジュリアス様はおもむろにこちらに両手を伸ばしてきて――

「んふ。これから私が受けた屈辱《くつじょく》をアンタにたっぷり思い知らせてあげるわ……って、なにしてんのよアンタ!?」

ぎゅっと抱きしめられました。

しかも恋人を抱きしめるかのように、情熱的に。

えっと……なにをしやがっているのかしら、このお方は。

「抱きしめろなんて、一言も言ってないんだけど⁉　普通拘束しろとか捕まえろって言われたら、手首を縛るとか、羽交《はが》い締《じ》めにするとかそういうのでしょ⁉　なにいちゃついてんのよ！」

「知らん。勝手に身体が動いた。私とて不本意だ」

お顔を拝見すると、本当に困惑しているご様子。そうでなければ、大聖石が危険なことも忘れて思わずジュリアス様を殴ってしまうところでした。

この表情を見る限り、勝手に身体が動いたのは事実のようですが……

「絶対アンタの加護のせいでしょ、これ！　はあ……だから嫌だったのよ。英雄譚《ヒロイズム》だなんて面倒な加護が使えるアンタを魅了するのは」

「……英雄譚《ヒロイズム》？」

聞き慣れない言葉に首を傾《かし》げながら見上げると、ジュリアス様は視線を逸《そ》らしてとても面倒くさそうな顔をしていました。

そもそもジュリアス様に加護が使えるということ自体初耳なのですが。

「キャラ設定を見た時から鼻についてたのよね。なにが『ピンチに陥《おち》ったヒロインを絶対に助けることができる加護』よ！　ヒロインって、それ絶対アンタの主観でしょ!?　じゃなかったら悪役令嬢の女に発動するなんておかしいものね！　この世界のヒロインは私なんだし！」

テレネッツァさんの言っていることの意味はよくわかりませんが、要するにジュリアス様の中では、私は物語のヒロインという位置づけになっているということでしょうか。だから魅了で操られていても、私の危機に反応して身体が勝手にかばってしまう、と。

そんなご都合主義的な加護、あっていいのでしょうか。

私がテレネッツァさんの立場だったら、彼に祝福を与えた神様にドロップキックをしたくなるほどですけど。

「……違う。私は断じてスカーレットのことをそのような目では見ていない」

「真顔で否定するのは結構ですが、それならばなぜ私を抱きしめた手を離してくれないのですか。正直言って……」

少しだけ言うのをためらってから、私は喉に引っかかっていたその言葉を絞り出しました。

「――迷惑ですわ。私だって、貴方にそんな感情は抱いていませんもの」

ジュリアス様は一瞬目を見開いたあと「ああ。そうだったな」と、寂《さび》しそうな表情で答えます。

なんですか、その顔は。これでは私が悪いことをしたみたいではないですか。

「あはっ！　かわいそー。魅了で操られていても健気に守ってくれる王子様に、好きでもなんでもない、ですって。ホント薄情よね、この女。パルミア教徒達に聞いたわよ、宰相のゴドウィンに撃たれた時は、身を挺《てい》してかばってくれたんでしょ？」

「あ……」

そういえば、あの時。誰よりも先にあの超高速で撃ち出された弾丸に反応できたのは、たまたまだと思っていましたが――実際は加護が発動したために、身を盾にして守ってくださった……？

ということはあの時点で、私に散々ちょっかいをかけて楽しんでいたジュリアス様は、本当は私のことを、物語のヒロインのように思っていたということですか？

「でもよかったわ。王子様の片想いだから、加護も中途半端な形でしか発動しないのね。つまりそれはアンタがまだ、ジュリアス様にとって完全なヒロインになり得てないってことよ。だってそうでしょ？　ピンチになったら絶対に助けられるなんて……そんなふざけたご都合主義なことが本当に起こるなら、魅了されて私の味方をしたり、撃たれて瀕死《ひんし》になったりするのはおかしいものね？」

私は目を細めて、ジュリアス様を睨《にら》みつけます。

ではジュリアス様、貴方があの時死にかけたのは、私のせいということですか？

私が貴方をなんとも思っていなかったから……？

「……ふざけないでください」

他でもない、貴方が否定したのですよ。

ジュリアス様にほのかな胸の高鳴りを感じていた私に、お前は玩具《おもちゃ》だと言ったではないですか。いつもの憎まれ口で私の心を閉ざしたのは、貴方のほうだったではないですか。

「ま、人形として利用するには、好都合だったからいいけど。あーあ、痛めつけてやろうと思ってたけど、なんか冷めちゃったわ。茶番は終わりにして、さっさと大聖石を壊しちゃいましょ」

テレネッツァさんがニヤニヤと笑みを浮かべながら、槍《やり》の穂先をカツカツと大聖石にぶつけます。

穢《けが》れを溜め込み、瘴気《しょうき》を放っている大聖石ですが、テレネッツァさんの持つ槍《やり》はまったくその影響を受けていません。

あの槍《やり》がいかに強力な魔力を秘めているか、証明しているようです。

結局、彼女は私が降参したとしても、大聖石を壊すのをやめる気はなかったのでしょう。

薄々はわかっていましたが、やはりとんだクソアマですね。

「……ひとつ、確認させてくださいな」

「なんだ」

小声で問いかける私に、ジュリアス様は眉をひそめながら答えます。

「もしその加護……英雄譚《ヒロイズム》が完全な形で発動したのなら、貴方はあらゆる困難を無視して私を助けてくれるのですね？　――物語に出てくる、ヒーローのように」

「……どうしてそんなことを聞く？　私はもとより、貴女も私に対してそのような感情は持ち合わせていないと――」

「どうなんですか。ハッキリしてください」

胸ぐらを掴んで問いかけると、ジュリアス様は一瞬口を閉ざしたあと、困惑した顔で答えました。

「……ああ。英雄はすべての困難を乗り越えて、自らの愛しき人をその手で救うだろう。たとえ、魅了による支配だったとしても、だ。それが、私の使える加護の力だ」

「それを聞いて安心しましたわ」

両手をジュリアス様の背中に回した私は、少しだけ背伸びをして顔の高さを合わせます。

そして、驚きに目を見開くジュリアス様の唇に、自らの唇を重ねました。

「……っ!?」

触れるだけの、情緒もロマンもあったものではない軽いキス。

こんなのが私の初めてのキスだなんて、認めるのも腹立たしいです。

けれどいまこの瞬間、私が貴方に抱いた想いに嘘偽《うそいつわ》りはないと……他でもないこの私自身が確信しております。だから——

「——助けて。私の王子様」

顔が真っ赤になっていることを自覚しながら震えた声で告げると、パキィンとガラスが砕けたような音が周囲に鳴り響きます。

それと同時に、ジュリアス様の身体から桃色の気が抜けていくのがわかりました。

どうやら、魅了の加護は解除できたようですわね。

「……ようやく解けたか。私のことはなんとも思っていないなどと言い出した時には、一体どうなることかと思ったぞ」

「は……？」

いつも通りの憎たらしい声音で、ジュリアス様がつぶやきます。

人に散々恥をかかせておいて、一体この方はどんな神経をしているのかしら。

「なんですか、その言い草は。私が先ほどの決断をするまで、どれだけ葛藤《かっとう》したか。貴方は――」

「だが、よくやった。あとは私に任せておけ」

私の頭にぽんっと手をのせたジュリアス様。その顔は、いままで見たことがないくらいに素敵で……その、不覚にも、まるで物語に出てくるヒーローのように格好よく見えてしまいました。

「なんでよ……」

テレネッツァさんがうつむき、ふるふると震えながら叫びます。

「なんで私の思い通りにいかないのよ!? 私はヒロインなのよ!? 誰からも愛される主人公なの！ なのに、なんでみんな私より悪役令嬢のその女ばっかり気にかけるのよ！」

そして顔を上げ、怒りを剥《む》き出しにすると、私達に向けて槍《やり》を振りかざしました。

「みんな死ねばいいのよ！ 私を好きにならないヤツも！ 国も！ 世界も！ 消えてなくなりなさい！」

振り下ろされた槍《やり》の穂先から、極太の閃光《せんこう》が放たれます。

それは私達を呑み込むように、一直線に向かってきて――

「無駄だ」

私を守るように前に立ったジュリアス様が、右の手の平を前方に突き出します。

すると、閃光《せんこう》はまるでその手を嫌がるかのように、バシュッと幾筋もの細い光にわかれて散っていきました。

「っ！　私の言うことを聞きなさい！　ジュリアス！」

テレネッツァさんが叫ぶと、桃色の羽根が大量に空から降ってきました。

以前とは形状の違う魅了の力は、より広範囲に――島全体に広がるように舞い降りていきます。

「無駄だと言ったぞ」

「う、嘘でしょ⁉」

それをものともせずに悠々と歩くジュリアス様に、テレネッツァさんは明らかに狼狽《ろうばい》しました。

桃色の羽根は、見えない壁に弾《はじ》かれるように、ジュリアス様を勝手に避けていきます。

これが、ジュリアス様の加護の力……なんてデタラメな。

「私の加護は一度発動すれば、たとえ神の力を使おうが止めることは敵《かな》わない。それが創造神オリジンの祝福を得た、英雄譚《ヒロイズム》の力だからな」

「……そういうことですか」

道理でデタラメなわけです。創造神オリジンと言えば、すべての神を生み出した神々の父であり、世界の創造主。そんな神の加護であるならば、他のどんな加護を無効化してもおかしくはありません。

「く、来るな！　来ないでよおっ！」

半狂乱になったテレネッツァさんが、槍《やり》を振り回して閃光《せんこう》を乱射します。

対してジュリアス様は、もう手をかざすことすらせずに、まっすぐに歩いていきました。

「当たれ！　当たれ当たれ当たれ当たれぇ！」

絶叫とともに放たれた光が、バシュッバシュッと虚《むな》しい音を立てて、ジュリアス様の前で散っていきます。やがてジュリアス様はテレネッツァさんの目の前に立つと、槍《やり》を掴んであっさりと奪い取ってしまいました。

「力を振るうことの意味すら知らん子供には、すぎた玩具《おもちゃ》だな。これは没収だ」

「あっ⁉　か、返しなさ――」

パンッと乾いた音が辺りに響きました。

テレネッツァさんは呆然とした表情で、ジュリアス様に平手打ちされた自分の頬を押さえます。

「淑女《しゅくじょ》に手を上げる男は最低か？　だが、私は貴様を女としては見ない。なぜなら貴様は、私の大切なものを傷つけ、私の国を私欲のために滅ぼそうとした大罪人だからだ。テレネッツァ・ホプキンス。貴様を国家反逆罪の容疑で捕縛する」

「あ……ああ……」

腰から力が抜けたテレネッツァさんは、へなへなとその場にへたりこみます。

ジュリアス様は無気力に下ろされたテレネッツァさんの両手を取ると、懐《ふところ》から取り出した手枷《かせ》をはめて、私のほうを振り返りました。

「この世に悪が栄えた試しはない。かくして正義のヒーローの手により、諸悪の根源は絶たれたのだった。めでたしめでたし……と、こんなところか」

なに格好つけてるんですか。私の助けがなければまともに動くこともできなかったくせに。

「それで、その加護の効果はいつまで続くのですか？」

私の問いに、ジュリアス様は「ああ」と自分の身体を見下ろしてから肩をすくめます。

「もう時間切れのようだ。なんとも燃費の悪い加護だな。これでは本当に、一人の女性を救うのがやっとと言ったところだろう」

当たり前です。そのような規格外の加護が使い放題だったら、この世界はジュリアス様お一人で支配できてしまうではないですか。

「いままでその加護を発動させたことはなかったのですか?」

何気なくそう聞くと、ジュリアス様はさも当たり前のことのように言いました。

「私が貴女以外をそういった対象に選ぶと思うか? 加護の使い方は身体に刻み込まれていたが、使ったのは正真正銘今日が初めてだ。だから――」

ジュリアス様が自分の唇に指で触れて、フッと笑います。

「誰かと唇を触れ合わせたのも、生まれて初めての経験だった。存外に柔らかく心地いいものだな」

ああ、もう。どうしてこの方は、そうやって私を辱《はずかし》める言葉ばかりを投げかけてくるのでしょう。

わかっているのです、わざとだということは。そして私がなにか反応を見せれば、この方を喜ばせてしまうことくらい。でも、それでも――

「……そう、ですか」

私はそう言って、火照《ほて》った顔を見せないようにうつむくことしかできませんでした。

「――その加護、もう使えないって言ったわね?」

その時、拘束され、うなだれていたテレネッツァさんが、低い声でつぶやきました。

そして勢いよく顔を上げた彼女は、転がっていた槍《やり》に向かって絶叫します。

「パルミアの槍《やり》よ！　大聖石を壊しなさい！」

彼女の声に応《こた》えるように槍《やり》は宙《ちゅう》に浮き上がると、一気に加速して大聖石に向かっていきます。

「勝った気になってイチャついてんじゃないわよ、ばーか！　はいザマァー！」

テレネッツァさんの勝ち誇った声が響き渡ります。

最後の最後で私達を出し抜いた気になって、さぞ気持ちのいい思いをしているのでしょうね。

ですがテレネッツァさん。最後の出番を待ち望んでいたのは、貴女だけではないのですよ？

「――ナナカ。出番ですよ」

淡々と命じると、上空から黒い影が降ってきて、大聖石の直前まで迫っていた槍《やり》を叩き落としました。

「はあっ!?」

テレネッツァさんが信じられないといった顔で叫びます。

再び宙《ちゅう》に浮き上がろうとする槍《やり》を、器用に地面に押さえつける狼姿のナナカ。

「驚くようなことではありませんよ。グリフォンは二人乗りですが、それは人間を乗せる場合です。ということは、人間より小さな獣であれば、三人目を乗せることができますよね？」

いざという時のために、ナナカを控えさせておいて正解でしたね。

「ア、アンタ達！　全員私に魅了されなさい！」

性懲《しょうこ》りもなく、魅了の力を使おうとするテレネッツァさん。

「残念ながら、貴女にはもはや、指一本動かす暇すら与えませんよ」

地面を蹴って、一瞬でテレネッツァさんに迫った私は、彼女の口元を片手で鷲掴《わしづか》みにして頭上まで持ち上げます。

「んぐー!?」

「こんなにもしぶとく執念深い方は、貴女が初めてです。確かに貴女は、物語の主人公にふさわしいお方ですよ。ただし、その物語の最後はこう締めくくられることでしょう」

懐《ふところ》から取り出した〝時空神の懐中時計〟をかざします。

すると、止まっていた時計の針が凄まじい速度で動き出しました。

夢の中でクロノワ様がおっしゃっていたパルミアの巫女《みこ》の名は、テレネッツァさんのものでした。

彼女を殴るたびに出現していた緑色のシールドは、ディアナ様から奪った結界の加護によるものだったと考えられます。本来の持ち主ではないため、不完全な形でしか使えなかったのでしょう。

「――〝あるべき場所に還れ。時空神の加護よ〟」

詠唱《えいしょう》により発動した〝時空神の懐中時計〟が、テレネッツァさんの身体を覆《おお》う緑色のオーラを瞬時に吸い上げます。

「は？　ちょ、か、返しなさい！　それは私の力よ！　返せー！　この泥棒ー！」

言うに事欠いてこれが自分の力だなど……盗《ぬす》っ人猛猛《とたけだけ》しいとはまさにこのことですわね。

「見るに耐えませんわね――そのまま飛びなさいな、クソ女」

「いやあああへヴんっ!?」

私はテレネッツァさんの顎《あご》を下から思い切り殴り上げました。空高く舞い上がり、やがて逆さまに落ちてきたテレネッツァさんの頭が、地面にズボッと突き刺さります。

頭を支点に逆立ちをしたようなそのお姿は、まるで墓標《ぼひょう》のよう。

「はい、『ザマァ』。これにて終幕でございます」

スカートを摘まんで深々と礼をします。

あの舞踏会から続いた因縁も、これでようやく絶たれましたね。

貴女と出会ってからの数ヶ月。短い間ではありましたが、それなりに充実した時間でしたよ。

いままで私のストレスのはけ口になってくださって、本当にありがとうございました。

「間一髪といったところか。まったく、ヒヤヒヤさせる」

フッと、キザに髪を掻き上げながら私に近寄ってくるジュリアス様。

せっかく一仕事を終えた余韻《よいん》に浸っていたのに、この方の憎まれ口で台無しにされるのはごめんです。

「……スカーレット」

人の姿に戻ったナナカが、槍《やり》をかかえて私に駆け寄ってきました。

「……僕、役に立った？」

首を傾《かし》げながら尋ねてくるナナカの頭を、優しく撫でて微笑みます。

「ええ、貴方は立派に自分の役目を果たしましたよ。ご苦労様でした」

雲間から陽の光が差し、私達とそこら中に倒れているパルミア教徒達を照らします。

頭上からは、テレネッツァさんの置き土産と言ったらいいのでしょうか。効力を失いながらも、魅了の加護の残骸――純白の天使の羽根が舞い落ちてきて、それはまるで神様がこの結末を祝福しているかのように見えました。

「――さあ、帰りましょうか。みなさまのところへ」

第七章　首を洗って待っていてくださいな。

「ふぅ……」

熱い吐息が湯気と混ざって、夜空に白く浮かんでいきます。

テレネッツァさんを捕縛した二日後。

遅れて合流したみなさまとともに、私達は南の大聖石を浄化し、滞《とどこお》りなく聖地巡礼を終えることができました。そして現在、旅の疲れを癒《い》やすという名目で、南の街サウスビーチに滞在し、宿泊している温泉宿の露天《ろてん》風呂に浸かっています。

「ねえ、お姉様。本当にいいのかな、私達。こんなところでのんびりしてて」

ほんのりと火照《ほて》った顔で、はふぅと吐息を漏らしながらディアナ様が言いました。

「大丈夫ですよ。他でもないジュリアス様が、ゆっくり湯治《とうじ》を楽しんでから王都に戻ってこいと言っていたのですから」

聖女としての私の役割は、大聖石をすべて浄化した時点で終わりました。

あとは副聖女であるディアナ様が、王都の聖教区にあるディアナ聖堂で結界を張り直せば儀式は完了です。

「責任を感じるのはいいことですが、駐屯兵の方も含めて死傷者も出ず、大聖石が壊された北の街に住んでいた方々も無事家に戻れたようですし、もうディアナ様が必要以上に悩むことはありませんのよ」

「それはそうなんだけど、やっぱりその原因の一端は、あいつらのスパイになっていた私にもあると思うから」

そう言って力なく笑うディアナ様を、私はぎゅっと抱きしめます。

「ご立派になられましたね、ディアナ様。よしよし」

「お、お姉様……もう、子供扱いしないでくださいっ」

顔を真っ赤にしてうつむくディアナ様を愛でながら、彼女が首から提げている懐中時計を見て微笑みます。

テレネッツァさんから回収した時空神の加護は、この懐中時計の中に封じ込められていました。

加護を元通り使えるようにするためには、この魔道具を一ヶ月ほど身体に触れさせておく必要があるらしく、こうして温泉に入っている時でも肌身離さず身につけているというわけです。

つまり、最低でも一ヶ月は結界を張れないということ。そのため結界を張り直す儀式は、少々先送りすることに決まったのでした。

まあ、今回は色々とイレギュラーなことがあり、北の大聖石が壊れてしまった件や、パルミア教団の断罪など、国として対処しなければならない問題が山積みです。

それらが落ち着くまでは、大人しくのんびりしていましょう。

「一ヶ月も温泉に浸かれば、髪も元通りになるでしょうか」

一部が黒くなった髪は、こうして霊験《れいげん》あらたかな湯に浸かっていてもいまだ変化はありません。

私も年頃の乙女ですから、お気に入りだった髪がこのようにキズモノになっているのを見るのは、悲しいものがあります。

「お姉様ぁ、私のぼせちゃった」

「あらあら。ではそろそろ上がりましょうか」

フラフラになったディアナ様をお部屋に送り届けた私は、火照《ほて》った身体を冷ますため、一人で散歩に出かけます。

途中、宿のロビーで出会ったディオス様とパラガス様に、ディアナ様がのぼせて部屋で休んでいると伝えます。すると二人とも、仲よく血相を変えて走っていきました。

あの様子では、ディアナ様に過保護が過ぎる、とまた鬱陶《うっとう》しがられることでしょう。保護者ならば保護者らしく、我が家のお兄様のように節度を弁《わきま》えた振る舞いを心がけてほしいものですわね。

そんなことを思いながら、宿の外へと出ていきます。

「……なぜこんな夜中に一人で外を出歩いている」

通りに出たところで、お兄様に見つかってしまいました。

「あら、お兄様。もう王都へ出発したものとばかり思っていましたわ。なにか忘れものでもされたのですか？」

一足早くグリフォンで王都に帰ったジュリアス様に続いて、浄化の儀を見届けたお兄様も、私達より先に馬車で王都に帰ることになっています。

今夜がその出発日だったはずですが、まだ宿に残っているとは思いませんでしたわ。

「うむ……まあ、そのようなものだ」

珍しく視線を逸《そ》らして口ごもるお兄様。ああ、わかりました。そういうことですか。

「ディアナ様なら長風呂のしすぎでのぼせたので、お部屋で休んでいらっしゃいますよ」

生暖かい目で見つめながらそう告げると、お兄様が眉間に皺《しわ》を寄せて私を睨《にら》みます。

「……どこまで聞いた？」

「なんのことでしょう」

小首を傾《かし》げてとぼける私の頬を、お兄様がむにっと優しく摘まみます。

「……はあ。まったく、いつから私の妹はこのようにこまっしゃくれた態度を取るようになったのやら」

私もまさか、お兄様のことを恋愛ネタでいじる日がこようとは、思ってもみませんでしたわ。

「しかし、お兄様も罪なお方ですわね。あんな可愛い子の告白を保留にするだなんて」

「言うな……自分でも迷いに迷ったうえでの答えだったのだ」

浄化の儀がすべて終わったあと、ディアナ様はついにお兄様に想いを告げたそうです。ところがお兄様は、告白してきたディアナ様に、「成人するまで待って、それでもまだ自分のことが好きなら、その時に返事をする」などと返したそう。

我が兄ながら、なんとも歯切れの悪い対応と言わざるをえません。

「いまでも彼女を傷つけてしまったのではないかと、後悔している……はっきりと答えを出さず先延《さきの》ばしにするなど、紳士として……いや、男としてどうなのかと」

「もしディオス様が知ったら、血の涙を流しながら切りかかってきそうですね。あの方、中々にお強いですし、いまのうちにお身体を鍛《きた》え直されたほうがよいのではないですか？　お付き合いしますわよ、お兄様」

「遠慮しておく……お前と手合わせなどしたら、命がいくつあっても足らんからな」

まあ失礼な。というか、最近ディアナ様にかまけて、私の扱いがぞんざいになっていませんか？

駄目ですよ、ちゃんと私のことも、妹として愛していただかなければ。

「そういえばお兄様は、ジュリアス様の加護についてはご存じだったのですか？」

「いや……加護をお使いになれることは知っていたが、なぜかあの方はご自分の加護について『あのような恥ずかしいものを、公然と人前で口にできるか』と頑なに口を閉ざすのでな。結局、いまだにどんな加護をお使いになるのか知らないのだ」

恥ずかしいもの……まあ、確かに恥ずかしいといえば恥ずかしいですか。

無敵のヒーローが、ピンチのヒロインを助け出す力だなんて。まるで少女が夢見る物語のようではないですか。

「しかし、あのお方の狡猾《こうかつ》さというか、抜け目のなさには本当に恐れ入る。まさかご自身が魅了の力で操られていたことですら、断罪するための証拠にしてしまうとはな。いま頃王都では、水を得た魚のように嬉々として、あの教皇を追い詰めていることだろう」

呆れたような、感心したような口調で言うお兄様。その言葉に、私も全面的に同意します。

いま思えば、テレネッツァさんの前で加護を発動させたことすら、あの方にとっては計算のうちだったような気がしてならないのです。

あの場で完全な形の加護が発動できたのは、追い詰められた状況下で、私がジュリアス様への気持ちを伝えざるを得なかったからで、だとするならば――

「……っ」

「ど、どうした、スカーレット!? 具合でも悪いのか?」

唇を押さえてうずくまる私を見て、お兄様は慌てて近寄ってきます。

「やられました……」

さてはあのお方、自分からテレネッツァさんに魅了されに行きましたね？

わざと私がピンチに陥《おちい》る場面を作って、ジュリアス様の力に頼らざるを得ない状況を演出して――私にキスをさせて。

それもすべては、自らに秘められた力を解放するためだけに。

「……は？」

困惑した表情のお兄様には悪いですが、いまの私はあの方への、ジュリアス様への恨《うら》みつらみでいっぱいです。

「乙女の純情を弄《もてあそ》んだ腹黒王子……絶対に、絶対に許しません……！」

怒りのオーラを立ち上らせて拳《こぶし》を震わせる私に、お兄様が顔を引きつらせます。

「ま、まあよかったではないか。事態はすべて丸く収まったのだ。あの方もあの方なりに考えがあってだな――」

「お兄様」

にっこりと微笑んで、お兄様の肩をガッシと掴みます。

「道中一人ではお暇でしょう？　私も王都に同行いたしますわ――いいですわね？」

「……わ、わかった」

有無を言わせぬ私の口調に、お兄様は怪訝《けげん》な顔をしながらも首を縦に振りました。

さあ首を洗って待っていてくださいな――クソ王子様。

◆　◆　◆

パリスタン王国の王都グランヒルデにある聖教区。

その中心部の、最も広大で荘厳《そうごん》な建物――パルミア教教皇サルゴン・グリモワールの私邸は、いまや私の指揮する警備隊によって制圧されつつあった。

「ご機嫌麗《うるわ》しゅう、サルゴン殿。何度招待しても中々来てくれないものだから、わざわざこちらから出向いてやったぞ」

まるで王城にある謁見《えっけん》の間のように広い部屋の最奥には、権威と財力を見せびらかすかのように豪奢《ごうしゃ》な椅子が置かれていて、そこには肥《こ》え太った初老の男が座していた。

「ジュ、ジュリアス殿下……！」

狼狽《ろうばい》したサルゴンの表情には、いつもの好々爺《こうこうや》めいた余裕は欠片《かけら》も感じられなかった。

いい顔だ。私はその顔が見たかったのだよ、たぬきジジイ。

聖地巡礼の出発の式典を妨害したとして、この男は一度国王陛下の前に引っ立てられている。だがこいつは一部の教徒が暴走しただけだとぬかし、その主張を覆《くつがえ》す証拠も出てこなかったため、罪に問うことができていなかった。

だが今回はそうはいかないぞ。

「た、たとえ貴方が第一王子とはいえ、国王陛下の許しもなしにこのようなことをして、どうなるかわかっているのか！」

「そうだな。父上が知ったらさぞや驚かれることだろう。いままで散々手を焼かせてくれたパルミア教が、こうもあっさり最期を迎えたとあってはな」

私が手を振ると、警備隊の面々がサルゴンを取り囲み、拘束した。

両手に手枷《かせ》をつけられ、頭を地面に押しつけられたサルゴンは、憎たらしげな目で騎士達を見上げて叫んだ。

「き、貴様ら私を誰だと思っている！　国教であるパルミア教の教皇であるぞ！」

「パルミア教は今日限りで廃教だ。教皇が国家反逆罪で捕まった以上、存続できるわけがなかろう？　よって貴君はこれより、なんの地位も持たぬただの罪人だ。残念だったな、元教皇殿」

そう言い放った私に、押さえつけられていたサルゴンが不意に笑い出す。

「ははっ、バカめ！　私が捕縛されようとしているのを、敬虔《けいけん》なるパルミア教徒達が黙って見ているとでも思ったか！　いまにも王宮へ教徒達が押し寄せるぞ！　私達の偉大なる教皇を釈放しろとな！」

思わず噴き出しそうになってしまった。

この男は、自分達がどんな状況に置かれているか、まるで理解していないらしいな。

「なあサルゴンよ。なぜ私がこのタイミングで貴君の捕縛に踏み切ったと思う？」

「な、なに……？」

ひざまずかされて怪訝《けげん》な表情で私を見上げるサルゴン。その前に歩み寄った私は、髪を掻き上げながら口の端を吊り上げて言った。

「まずは聖地巡礼の出発の式典。あの時の話からしようか」

「あ、あれは一部の教徒が暴走して、勝手にやったことだ！　私にはなんの責任もない！　事実、捕まった者達もそう言っているはずだ！　そうであろう!?」

一転して自信満々に告げるサルゴンの顔には、絶対の自信が見て取れた。

パルミアの教徒達は、たとえ自らの命が脅《おびや》かされたとしてもボロを出すはずはないと、そう信じ切っている顔だ。

「ああ、その通りだ。大した信仰心だよ、まったく」

式典の時だけではない。いままでパルミア教徒が起こしてきた様々な悪行《あくぎょう》において、彼らは一貫して同じ主張を繰り返してきた。

自分達がやったことは、あくまで個人の意思に基づくものであり、パルミア教は一切関係がないと。

だから国王陛下も、サルゴンを追い詰められずにいたのだ。

――だが、いまや状況は変わった。

「三日前のことだ。投獄されていたパルミア教徒達が、一斉に自白を始めた。自分達はいままで、教会に操られていたのだとな」

「……！」

私のその言葉に、サルゴンが目を見開いて固まった。

「驚いたよ。いままで一貫して教会との関与を否定していた教徒達が、口を揃えて言い出したのだからな。自分達は教会によって洗脳されていたのだ、と」

サルゴンの顔色がみるみる青くなっていく。

おやおや、先ほどまでの余裕面はどこにいった？

「だが、その弁解をすべて信じるほど、我々とてバカではない。教徒達が口から出任せを言って、罪から逃れようとしている可能性もあるからな。しかし、だ。流石《さすが》に洗脳された際の状況についての供述まで一致したとあっては、考え直さざるをえない。教徒達が教会によって操られていたのかもしれない、とな」

彼らはみな、口を揃えてこう言った。

友人や知人にしつこく誘われ、パルミア教の神殿を訪れた際教会の幹部に会った、と。

初めは彼らの語る一語一句が胡散《うさん》臭く感じられたが、しばらく説法を聞いているうちに、不快感は薄れていき、教会から出る頃には――まるで最初からそうであったかのように、教会に、教皇に、女神パルミアに、絶対的な信仰心が芽生えてしまったらしい。

それも、己のすべてをかけてもかまわないと思うほど、狂信的なものが。

「確信を得たのは、実際に北の街でパルミア教の聖女と呼ばれていた女と対面した時のことだ。彼女は明らかに怪しげな加護を使って周囲の者達を操っていた。さらに私自身もその影響下に捕われ、意志とは無関係に操られた。この私が直接見て、体験しているのだ。これ以上に説得力のある証拠もあるまい？」

目を伏せて、カタカタと身を震わせるサルゴンに顔を寄せる。

私は心の内から滲《にじ》み出る嗜虐心《しぎゃくしん》を抑えながら、平然と口を開《ひら》いた。

「……私の言っている意味がわかるか？　つまりこの私自身が証人であり、証拠なのだ。当然、その女に操られている時に立ち寄ったパルミア教の施設で、貴様との繋がりを示《し》唆《さ》する物的証拠や、怪しげな魔道具を使って教徒達を操っている幹部の姿もこの目にしっかりと焼きつけている。また、すべての証拠品はすでに押収し、それが王国議会に提出されるのも時間の問題だ。つまり――貴様はもう終わりということだよ。タヌキジジイ」

わざとらしく笑って、肩を叩いてやると、肥《こ》えたその身体がじっとりと汗ばんでいるのがわかる。

いい気味だ。もっと無様な姿を私に見せて、楽しませてくれたまえ。

「どうした？　震えているぞ？　そんなに怖がることはないではないか。私はただ、貴君に話を聞かせているだけなのだから。そうであろう？　なあ、教皇殿」

「……っ」

観念したのだろう。サルゴンはがくりとうなだれた。

なんだ、もう少し楽しみたかったのだがな。存外つまらぬ小物であったか。

「連れていけ」

警備隊員達がサルゴンの両腕をかかえ、引きずるように立ち上がらせる。

うなだれるその姿に背を向け、立ち去ろうとしたその時――

「こ、こいつ！」

「なにをするっ⁉」

サルゴンを囲んでいた騎士達の叫び声が聞こえてきた。

まだなにか隠し玉を持っていたのか。

慌てて振り返ると、僧衣《そうえ》を大きくはだけさせたサルゴンが、その下に巻きつけてある大量の火薬に、魔法で出現させた火球を近づけようとしていた。

「こうなったら、道連れだああ！」

驚いたな。どんなことがあっても保身を第一に考えていたこの男が、まさかそんな覚悟をしていたとは。こんなところで殉教の精神を発揮されても困るのだが。

「パルミア様万歳！　全員死ねえええい！」

火球を火薬の導火線に近づけようとしたサルゴンに、私は王帝印の指輪を取り出そうとした。

ちっ。私としたことが。最後の最後で詰めを誤るとは。

これではスカーレットに笑われるな。腹黒王子のふたつ名も返上せねばなるまい。

その時、バンッと扉の開く音が聞こえて、私の横を一陣の風が駆け抜けた。

「――ごめんあそばせ」

聞き覚えのある冷たく透《す》き通る声とともに、一頭の馬が通りを走り抜ける。

それは瞬《また》く間にサルゴンの前に到達すると、容赦なくやつを蹴り上げた。

「ぐはあああ!?」

訳がわからないうちに撥《は》ね飛ばされ、サルゴンの肥満体が宙《ちゅう》を舞った。

そして自分の邸宅の壁に突っ込んで、人型の穴を作る。

その様子を見た警備兵達が、口をあんぐり開けて絶句していた。

無理もない。こんな強引で暴力的なやり方があってたまるか。

「まったく、いつもながら貴女という人は」

口元に自然と笑みが浮かんでしまうことを自覚しつつ、私は馬上で晴れやかな表情を浮かべているスカーレットのもとへとゆっくり歩いていった。

「ゆっくり温泉地で休んでいろと言ったはずだが……これは一体どういうことだ？」

いつものように髪を掻き上げながら、気だるい口調で話しかける。

そんな私を見てスカーレットは、イタズラを成功させた子供のような、無垢《むく》な笑みを浮かべた。

「ごきげんよう、ジュリアス様。私としましてもゆっくり温泉に浸かっていたかったのですが、レオお兄様からとあるお話を耳にしてしまいまして……」

ほう、どんな話だ？

「このたび、正式にサルゴン様を捕縛し、断罪することになったと」

「……それで？」

「巡礼の旅において散々私達を苦しめた黒幕の最期を見届けたいと思うのは、被害者として当然のことではありませんか？　だから急ぎここまで馬を走らせたのですわ」

「なるほど、それは道理だな」

「そうでしょう？　なにもおかしなことはしていませんわ」

「それで、なぜサルゴンを馬で撥《は》ね飛ばしたのだ？」

サルゴン邸の壁に空《あ》いた人型の穴を指さして問いかける。

スカーレットは馬から優雅に飛び降りると、私の目の前で小首を傾《かし》げながら言った。

「高みの見物をしようと思っていましたのに、まんまと逃げられそうになっていたので、僭越《せんえつ》ながらお手伝いをさせていただいたのですわ。なにか問題がありまして？」

どう考えてもやりすぎだ。そう言おうとした私の口にスカーレットは指を当てると、耳元に顔を寄せてささやいた。

「――それで、自分の楽しみを他人に横取りされた気分はいかがですか？　腹黒王子様」

……そんなことだろうとは思っていたが。

やはりこれは、今回の一件で色々と私に利用されたことへの腹いせか。

「愚者の愚かな様を見て愉悦に浸る、貴方の唯一の楽しみ――それを寸前でかっさらわれたお気持ちはいかがですかと、そう聞いているのですが？」

勝ち誇った笑みを浮かべながら、さらに追撃してくるスカーレット。そんな彼女を見て、私は思わず口元を手で押さえた。

本来であれば、ここはレオのように眉間に皺《しわ》を寄せて渋い顔をするところなのだろう。

だが――

「本当に可愛い人だな、貴女は」

そんな本音がつい口からこぼれてしまった。

予想していた反応と違ったせいか、スカーレットはポカンとした表情を浮かべる。

それがまたなんとも言えず、私の笑いのツボを刺激した。

「……いま、私の顔を見て笑いましたね？」

ボキボキと指の関節を鳴らしながら、スカーレットがニッコリと微笑む。

目は口ほどにものを言うとは言うが、その目は表情とは裏腹にまったく笑っていなかった。

「私も嫌われたものだな。すべてはこの国や貴女の行く末を憂《うれ》いてやったことであるのに」

「ええ、わかっています。わかっていますとも。ですがジュリアス様、貴方はひとつだけ考えが行き届いていないことがありますわ」

「ほう、なんだそれは。後学のためにぜひ聞かせていただきたいものだな」

「では、僭越《せんえつ》ながら不肖《ふしょう》この私、スカーレット・エル・ヴァンディミオンが、ジュリアス様にお教えしてあげましょう。歯を食いしばってくださいな」

スカートを摘まんで一礼するスカーレットに、私は殴られることを予感してうなずいた。

この一発は甘んじて受けよう。それが、策を弄《ろう》して乙女の唇を奪った男としての、責任の取り方というものだろう。

「ああ、そうだ。最後にひとつだけ、お願いしてもいいだろうか」

「なんでしょうか」

「キスをする時は顔の角度を少しずらしたほうがいい。鼻が当たってしまうからな。あと、あまり勢いよくいくのも感心しないぞ。互いの歯が当たって痛い。次にする時はその二点を踏まえたうえでしてくれたまえ。よいな？」

指を立てて講釈を垂れる私に、スカーレットは笑顔のまま拳《こぶし》を振りかぶって言った。

「そういうデリカシーのないところが貴方の最大の欠点ですわ――このクソ王子！」

殴られた私の身体は軽やかに宙《ちゅう》を舞い、天窓を突き破ってすみやかに晴れ渡る青空の下へ投げ出された。

空から見渡すパリスタン王国は、なんだかんだと今日も平和なようである。

穏やかで代わり映えのしない平和な日々は退屈極まりないが、こうして視点を変えて空から眺めてみれば中々どうして、悪くない。

こんな体験を私に与えてくれたスカーレットには、感謝してもしきれないな。

今回の一件が片づいたら、正式にプロポーズするのも悪くないかもしれん。

誓いのキスも先にすませてしまったことだしな。しかし――

「……普通逆だろう？　姫君のキスで眠りから目覚める王子の話など、とてもではないが後世に伝えられん。一体どこの三流作家が書いたお伽噺《とぎばなし》だ、これは」
まあ、なにはともあれ、これにて一件落着だ。
どんなに酷《ひど》い脚本であれ、お伽噺《とぎばなし》の最後はいつだってこの言葉こそがふさわしい。
——その後、王子様とお姫様は末永く幸せに暮らしましたとさ。めでたしめでたし。

書き下ろし番外編

終わりよければすべてよし、ですわ。

「――スカーレット。試しに私と結婚してみないか？」

「お断りいたします」

真顔でジュリアス様のプロポーズを拒否してから十数年の月日が流れ、いま私は国王陛下となったジュリアス様の隣で、王妃として舞踏会を観覧しております。

一体どうして私が個人的殴りたい王子第一位のこの方と結婚して、王妃などになることになったのか。それは周到に練られた腹黒王子の策にハメられたからであり、思い返しても腸《はらわた》が煮えくり返るような気持ちになりますが、もうそれも過去の話。

「それではスカーレット王妃、ごきげんよう」

「ええ、ごきげんよう」

ほら、いまも挨拶《あいさつ》に訪れた美味《おい》しそうなお肉……ではなく、ぽっちゃりとしたいかにも悪そうな顔をした貴族の殿方にも自然な笑顔で対応できたでしょう。なにしろ〝鮮血令嬢〟だとか〝狂犬姫《きょうけんひめ》〟などと不名誉なあだ名で呼ばれていたのはもう二十年以上も昔のこと。いまの私は王妃なのですから、感情のおもむくままに誰かを殴るなんて、そのような野蛮なことをするはずがありません。愚か者を殴る貴女の姿が大好きだと最低のプロポーズをされたジュリアス陛下も、私の成長っぷりにはさぞかし落胆されているに違いありませんね。ふふ。

「くふっ」

ふと横を見れば、ジュリアス陛下が長く伸びた金髪を揺らしながら、私を見て笑いをこらえていました。以前の私ならここでイラッとして「あの、失礼ですがお殴りしてもよろしいでしょうか?」と申し出ていたところです。ですが、いまの私は国の母である王妃。こんなことぐらいでは拳《こぶし》を握りしめたりなんていたしません。ちょっとくらいしか。

「……一体なにをお笑いになっているのですか、陛下」

「いや、なに。どれだけ時が経っても、夫婦になろうとも、やはり貴女は変わらないなと思ってな」

「は?」

「我慢しているのがバレバレだったぞ。だが駄目だ。先に挨拶《あいさつ》に来たゼベス侯爵は貴女が大好物としている肥満系悪人面ではあるが、ああ見えて稀《まれ》に見る善人かつ、領地経営もすこぶる評判がいい優秀な貴族だからな。残念だがおあずけだ。いや、待てと言ったほうがいいか」

なんて失礼な。人をまるで飼い犬かのように。やっぱりこのクソ陛下、ぶん殴っていいかしら？

「陛下。あまり王妃様を焚《た》きつけないでいただきたい。発作が起こりますので」

ゼベス侯爵と入れ替わりで私達の前に現れたレオお兄様が、ため息混じりに言いました。長かった髪を数年前にバッサリとお切りになったお兄様は、もういいお年なのにもかかわらず、相変わらずの美貌《びぼう》を維持しておられます。ああ、麗《うるわ》しのレオお兄様……ですがそれはそれ、これはこれです。

「まあ宰相様《おにいさま》。発作とはなんですか、発作とは。まるで私がいまだに暴力を振るっているかのような言い草ではありませんか。王妃として断固抗議いたしますわ」

「そうだぞ、宰相《レオ》。一応スカーレットはここ数年私が知る限り、誰にも拳《こぶし》を振るってはおらん。精々が夜な夜な私に隠れて寝室から抜け出し、中に砂を詰めたぬいぐるみをサンドバッグ代わりに叩いて鬱憤《うっぷん》を晴らしている程度だ。可愛いものだろう？」

なぜそのことを知っているの？　と眉をひそめる私に、髪を掻き上げながらドヤ顔を見せつけてくるジュリアス陛下。このクソ陛下、私に恥をかかせるために、知っていてわざと寝たフリをしてましたね？　ああ十年以上連れ添ってもやっぱり殴りたいですわ、その笑顔。

「スカーレット……いえ、王妃様。嫁入り前に散々口を酸《す》っぱくして父上と申し上げましたよね？　もう無茶なことはしなくても大丈夫だと。必要以上にお身体を鍛《きた》えるのもやめてくださいと」

「誤解ですわ、レオお兄様。鍛《きた》えてなどいません。あれはただの下準備《ウォーミングアップ》ですわ」

「なんの下準備《ウォーミングアップ》だ!?　うっ……胃痛が……」

あら口が滑りましたわ、ごめんあそばせ。それよりもこのようなやりとりをしていると、私が学生の頃を思い出して懐かしいですわね。そういえばこうして〝四人〟が一堂に揃うのも随分と久しぶりな気がします。お兄様は宰相になられてからとてもお忙しく、中々顔を合わせる機会がありませんし。お兄様専属の護衛をしている〝この子〟とも、もう一年はご無沙汰でしたからね。

「また一段と腕をあげましたね。私でも気を抜くと気配を見失いそうになります」

お兄様の背後に向かって声をかけると、影から浮き上がるように長身で引き締まった身体をした執事が現れました。

「……戦いをしなくなってから十年以上経っているにもかかわらず、その年になってもまだ僕の気配を感じ取れるほうがおかしいんだが」

仏頂面《ぶっちょうづら》でそうつぶやくこの殿方はそう、ナナカです。あどけなかった面影はどこにもなく、いまやお兄様よりも背が高くなって、もう頭を撫でてあげることもできなくなってしまいました。狼の姿ならば話は別ですが、照れくさいのか頼んでも中々なってくれないのですよね。と、そんなことを思いながらナナカを見ていると、ジュリアス様がにこやかな顔で余計なことを口走りました。

「それがな、ナナカ。どうやらこのお転婆《てんば》王妃様は夜な夜な隠れて身体を鍛《きた》えて準備をしているらしい。しかるべき時のためにな」

「しかるべき時……？　確かジュリアスとレオナルドが国の実権を握った時に、国に残っていた悪徳貴族は軒並み左遷したんじゃなかったのか？　まだこの国にスカーレットが殴る相手が残っているとは思えないけど」

「なぜ私が誰かを殴るためにサンドバッ……ぬいぐるみを叩いてるのが前提になっているのでしょうね。ただの運動不足解消とは考えないのでしょうか」

「「お前の普段の行《おこな》いのせいだ！」」

なにもそんなに声を揃えて言わなくても。まったく不敬な方々ですこと。

「まったく……いくつになっても変わらないな、スカーレットもジュリアスも。僕が出会った時のままだ」

「口がうまくなったな、ナナカ。王を褒め称えて褒美をたまわろうとは。腹芸のひとつも知らなかった子犬だった頃と比べて、随分としたたかに成長したものだ」

「そうですわね。ほら、獣化《じゅうか》してこちらにおいでなさいナナカ。また昔のようにお膝の上で毛づくろいをしてあげましょう」

「褒めてない！　それにもう三十歳になる大人を子供扱いするな！　はぁ……この二人を親に持ってよくもまあルージュはあんなにもいい娘に育ったもんだ。本当にお前達の間にできた子供かと疑いたくなるくらいだよ。ほら、噂をすれば――」

ナナカが向けた視線の先を見ると、真紅のドレスを身に纏《まと》い、長い黄金色の髪を頭頂部で結い上げた少女――今年で十四歳になる私とジュリアス様の娘、ルージュがこちらに歩み寄ってきました。

「お父様、お母様。それにレオナルド伯父様に、ナナカさん。ごきげんよう！」

自信に満ちた大きな青い瞳。あどけなさが残る可憐《かれん》な顔立ちに、大輪の華が咲いたような笑みを浮かべるルージュのことを、社交界では〃金色の薔薇《ばら》〃と呼び讃《たた》える方も多いのだとか。そんなルージュのことをレオお兄様は大層可愛がっていて――

「ごきげんよう、ルージュ。そのドレス、よく似合っているぞ。まるで若い頃のスカーレットを見ているようだ。〝金色の薔薇《ばら》〟と呼ばれるのも納得だな」

「うふふっ。ありがとうございます、伯父様！　〝氷の薔薇《ばら》〟と社交界から讃《たた》えられたお母様と比べられるなんて、身に余る光栄ですわ！」

ままあデレデレして、レオお兄様ったら。

「あまり甘やかさないでくださいませ、レオお兄様。確かにこの子は学生時代の私や陛下と比べても遜色ないほどに文武ともに優《すぐ》れていますが、もう少しおしとやかに慎《つつし》みを持って、淑女《しゅくじょ》らしく振る舞ってほしいと常日頃から口を酸《す》っぱくして言い聞かせているのですよ。それなのにこの子ときたら、中々聞いてくれなくて……この頑固なところ、一体誰に似たのかしら。ねえ、陛下？」

「さあな。誰だろうな。まったく心当たりがない」

「「「……」」」

三人から向けられる無言の圧力も陛下は涼しい顔で受け流します。自分に都合が悪いところは素知らぬフリをする。これが大人の余裕というものです。ひとつ勉強になりましたね、ルージュ。

「そういえば貴女、今日は一人のようですが、婚約者のツェペル様はご一緒ではないのですか？」

「あ……それは……」

ルージュがなにやら言いづらそうに口ごもります。いつも笑顔を絶やさないこの子がこんなに表情を曇《くも》らせるなんて、珍しいですわね。なにかあったのかしら。

「ルージュ、なにがあったの？」

うつむいていたルージュが意を決して口を開《ひら》こうとしたその時。会場の中心辺りから、大きな声が響いてきました。

「――今日ここに集まったみんな、聞いてくれ！　私ツェペル・ダグ・アーリソンはいまここに、ルージュ王女との婚約破棄を宣言する！」


婚約者であるアーリソン侯爵家のご子息、ツェペル様が高らかに宣言する声が響いてきた瞬間、私ルージュ・フォン・パリスタンは思った。ああ、ついにこの時がきてしまったのね、と。

「そしてさらに宣言する！　私は新たに、ここにいる男爵令嬢カナリア・ハプスブルムと婚約し、生涯において必ず幸せになることを！　みんな、私達を祝福してくれ！」

「ツェペル様ぁ！　私幸せよぉ！」

前々からツェペル様が平民出の男爵家のご令嬢、カナリアさんとただならぬ仲にあるという噂は耳に届いていた。だから何度かツェペル様に直接申し上げたこともあったのだけれど――

『身分が低い者達のことを知るために、少し遊んでやっているだけだ。その程度で口うるさくするな、馬鹿者が！』

と言われて、怖くて私はなにも言えなくなってしまった。だってこれは王家と侯爵家の間で結ばれた政略結婚。お父様とお母様はもし相手が嫌ならば、別の相手にしてもいいと言ってくれたけれども、パリスタン王国の体制を盤石《ばんじゃく》にするためには、王女である私が貴族社会に影響力の強いアーリソン家と婚約を結ぶことが、どう考えても最上だった。それに幼少期から完璧といわれたお父様やお母様のお顔に泥を塗らないためにも、この婚約は遵守《じゅんしゅ》しなければならないことだったのよ。そのために好きでもないツェペル様を立てて、将来は良き妻になろうと努力してきた。でも――

「申し訳ございません、お父様、お母様。ツェペル様と少し話をしてまいります」

それもこうなってしまっては、すべておしまい。こんな大衆の面前で婚約破棄、だなんて。それもよりによって、一番見られたくなかった敬愛してやまないお父様やお母様の目の前で。こんなの絶対に許せない……！

「ツェペル様！　これは一体どういうことでしょうか？」

困惑している周囲の方々に手を振っていたツェペル様は、私に声をかけられた途端に不機嫌な顔でこちらを振り向いた。

「言ったままの意味だが？　私はお前との婚約を破棄し、カナリアと婚約を――」

「不義を働いた挙げ句、王家との婚約を一方的に破棄するなんて！　いくらアーリソン侯爵家のご子息とはいえ許されることではありませんよ！」

「ええい黙れ！　口うるさい女め！　だから嫌なのだ王家の女は！　可愛げもなく、生意気で、気位ばかり一丁前に高くて！　もううんざりだ！」

「そんなうるさい人のこともう忘れちゃいましょ、ツェペル様ぁ。これからはこのカナリアが、ず～っとお傍《そば》にいますからねぇ。うふふっ！」

「おお、我が愛しの小鳥よ！　カナリアは本当に可憐《かれん》で可愛らしいな！　少しばかり優秀だからといって思い上がったこの女とは大違いだ！」

ツェペル様に抱きしめられて、勝ち誇ったかのように私を見るカナリアさん。本当にバカな人達。婚約破棄もどうせツェペル様が勝手にしたことだろうから、アーリソン侯爵がこのことを知ったらきっと激怒されるに違いないわ。廃嫡《はいちゃく》になるかもね。

「……もうなにを言っても無駄のようですね。わかりました。婚約破棄の件、私の口から正式に、国王陛下と王妃様にお伝えしておきます」

「お前にしては珍しく気が利くではないか。だがいまさら媚びたところで婚約破棄は取り消さんぞ？」

「王女様、貴女って本当に計算高くて性格の悪い女ね。だからツェペル様に愛想を尽かされるのよ。残念でしたー。ぷぷっ！」

――でもそれじゃ私の気持ちが収まらない。

「……ただ、最後にひとつだけお願いしてもよろしいでしょうか？」

せめて一発。いままで我慢した鬱憤《うっぷん》を晴らすためにも、このバカどもの頬に平手打ちしてやる。そう思って、二人に向かって足を踏み出したその時――

「――このクソガキどもをぶっ飛ばしてもよろしいですか？」

「……えっ？」

背後から声が聞こえて、思わず振り返った刹那。長い銀髪をふわりとなびかせながら、私の横を駆け抜けた誰かが、ものすごい勢いでツェペル様とカナリアさんの顔面を殴り飛ばした。

「「うぎゃあああああっ!?」」

悲鳴を上げながら、遥か遠くまで吹っ飛んでいく二人を唖然《あぜん》とした顔で見送る私の横で、両手にグローブをつけたお母様は晴れやかなお顔でこう言った。

「ふぅ、スカッとした」

RC
Regina
COMICS
最後にひとつだけお願いしてもよろしいでしょうか 1~2
原作 鳳ナナ
漫画 ほおのきソラ
待望のコミカライズ!
舞踏会の最中に、第二王子カイルから、いきなり婚約破棄を告げられたスカーレット。さらには、あらぬ罪を着せられて"悪役令嬢"呼ばわりされ、大勢の貴族達から糾弾される羽目に。今までずっと我慢してきたけれど、おバカなカイルに付き合うのは、もう限界! アタマに来たスカーレットは、あるお願いを口にする。――『最後に、貴方達をブッ飛ばしてもよろしいですか?』
大好評発売中!
アルファポリス 漫画
検索
B6判/各定価:本体680円+税

RC
Regina COMICS
自称
悪役令嬢な婚約者の観察記録。
1~5
シリーズ累計
66万部突破!!
(電子含む)
原作=しき
Presented by Shiki & Natsume Hasumi
漫画=蓮見ナツメ
アルファポリスWebサイトにて
好評連載中!!
自称 悪役令嬢な婚約者の観察記録。
原作 しき 漫画 蓮見ナツメ
5
あの…えっと……
私が伴侶って、もう決定事項ですの!?
66万部突破!!
アルファポリス
大好評発売中!!
異色のラブ(?)ファンタジー
待望のコミカライズ!
優秀すぎて人生イージーモードな王太子セシル。そんなある日、侯爵令嬢バーティアと婚約したところ、突然、おかしなことを言われてしまう。
「セシル殿下! 私は悪役令嬢ですの!!」
……バーティア曰《いわ》く、彼女には前世の記憶があり、ここは『乙女ゲーム』の世界で、彼女はセシルとヒロインの仲を引き裂く『悪役令嬢』なのだという。立派な悪役になって婚約破棄されることを目標に突っ走るバーティアは、退屈なセシルの日々に次々と騒動を巻き起こし始めて――?
アルファポリス 漫画
検索
B6判 / 各定価:本体680円+税

悪役令嬢の役割は終えました
1
{原作} 月椿
tsuki tsubaki
{漫画} 甲羅まる
koura maru
異色の悪役令嬢ファンタジー
待望のコミカライズ！
神様に妹の命を救ってもらう代わりに、悪役令嬢として異世界に転生したレフィーナ。嫌われ役を見事に演じ、ヒロインと王太子を結び付けた後は、貴族をやめてお城の侍女として働くことに。どんなことも一度見ただけでマスターできる転生チートで、お気楽自由なセカンドライフを満喫していたら、やがて周囲の評価もどんどん変わってきて——？
嫌われ役は本日限りとさせていただきます。
アルファポリス 漫画
検索
B6判／定価：本体680円＋税
ISBN:978-4-434-28413-7

RC
Regina COMICS
令嬢はまったりをご所望。
1~2
原作 三月べに
漫画 梶山ミカ
アルファポリスWebサイトにて
好評連載中!
もふもふファンタジー
待望のコミカライズ!
過労により命を落とし、とある小説の世界に悪役令嬢として転生してしまったローニャ。彼女は自分が婚約破棄され、表舞台から追放される運命にあることを知っている。
だけど、今世でこそ、平和にゆっくり過ごしたい!
そう願ったローニャは、小説通り追放されたあと、ロトと呼ばれるちび妖精達の力を借りて田舎街に喫茶店をオープン。すると個性的な獣人達が次々やってきて——?
B6判・各定価:本体680円+税
大好評発売中!
アルファポリス 漫画
検索
令嬢はまったりをご所望。
2
三月べに
梶山ミカ
妖精ともふもふ獣人達に
囲まれて幸せ満喫中!?
悪役令嬢
カフェ

RC
Regina COMICS
大好評発売中！
原作 黒田悠月 Yuzuki Kuroda
漫画 甲羅まる Maru koura
悪役令嬢になりました。
待望のコミカライズ！
仕事帰りに交通事故に遭い、命を落とした楓《かえで》。短い人生だった……そう思っていたら、自称神様とやらが生き返らせてくれるという。——ただし、断罪ルート確定の悪役令嬢として。第二の人生もバッドエンドなんてお断り！　のんびり楽しく暮らしたいんです！　そう考えた楓は、ゲームのメインキャラには近づかないと決意。ところが、なぜかヒロイン達から近づいてきて——!?
断罪ルートも聖女になるのもお断りですっ!!
アルファポリス 漫画
検索
B6判／定価：本体680円＋税
ISBN:978-4-434-27116-8

本書は、2018年12月当社より単行本として刊行されたものに書き下ろしを加えて文庫化したものです。


この作品に対する皆様のご意見・ご感想をお待ちしております。

おハガキ・お手紙は以下の宛先にお送りください。

【宛先】

〒150-6008 東京都渋谷区恵比寿4-20-3 恵比寿ｶﾞｰﾃﾞﾝﾌﾟﾚｲｽﾀﾜｰ 8F
（株）アルファポリス　書籍感想係

メールフォームでのご意見・ご感想は右のＱＲコードから、
あるいは以下のワードで検索をかけてください。

アルファポリス　書籍の感想　検索

ご感想はこちらから

RB

レジーナ文庫

最後《さいご》にひとつだけお願《ねが》いしてもよろしいでしょうか２

鳳《おおとり》 ナナ

2020年6月30日初版発行
2021年3月20日2刷発行

文庫編集－斧木悠子・宮田可南子
編集長－太田鉄平
発行者－梶本雄介
発行所－株式会社アルファポリス
〒150-6008 東京都渋谷区恵比寿4-20-3 恵比寿ｶﾞｰﾃﾞﾝﾌﾟﾚｲｽﾀﾜｰ8階
TEL 03-6277-1601（営業）　03-6277-1602（編集）
URL https://www.alphapolis.co.jp/
発売元－株式会社星雲社（共同出版社・流通責任出版社）
〒112-0005 東京都文京区水道1-3-30
TEL 03-3868-3275
装丁・本文イラスト－沙月
装丁デザイン－AFTERGLOW
（レーベルフォーマットデザイン－ansyyqdesign）
印刷－株式会社暁印刷

価格はカバーに表示されてあります。

落丁乱丁の場合はアルファポリスまでご連絡ください。

送料は小社負担でお取り替えします。


ISBN978-4-434-27417-6 C0193